Die Handlung dieses Romans ist frei erfunden. Parallelen zu tatsächlich lebenden Personen, sollten sie existieren, sind rein zufällig.

Autor: A. von Beck

Herausgeber: Alexander Becker,

Im Hagen 12, 54439 Saarburg

Lektorat: Rebekka Haindl | Wörtereule Lektorat & Korrektorat

Weitere Infos: www.eichwald.net

ISBN: 9798420210529

Inhaltsverzeichnis

PROLOG

Freitag, 08. August 2003, 23:54 Uhr

Er parkte sein Auto an einer Engstelle des kaum befahrbaren Weges, der von der Landstraße direkt zu den alten Stollen führte. Selbst um drei Uhr nachts zeigte das Thermometer seines alten Jeeps immer noch 22,5 Grad. Es war der Rekordsommer seit der Wetteraufzeichnung. Tagsüber kaum auszuhaltende vierzig Grad und mehr, nachts immer noch zwanzig Grad plus. Im Radio lief ›The Ketchup Song‹ von Las Ketchup, der schon den ganzen Sommer das Land nervte. Er drehte den Zündschlüssel und stoppte somit nicht nur den Motor, sondern auch den unerträglichen Sommerhit des Jahres 2003.

Hermann Kroll, 71 Jahre alt und seit seinen 40ern zunehmend übergewichtig, wischte sich den Schweiß mit einem Taschentuch von der Stirn. Er betrachtete das Stofftuch, das er von seiner Mutter zu seinem fünfzigsten Geburtstag geschenkt bekommen hatte. Es trug seine Initialen HK und erinnerte ihn an seine Eltern, an die Zeit vor seinem Unfall – an die Zeit, in der noch alles in Ordnung gewesen war. Er verdrängte den Gedanken und steckte das Tuch in die Seitentasche seiner grünen Arbeitshose. Diese oder eine andere seiner grünen

Arbeitshosen trug Hermann eigentlich immer. Er mochte Beständigkeit. Er mied die Abwechslung, so auch bei seiner Kleidung.

Schwer mit sich und der Hitze kämpfend, beugte er sich über den Fahrersitz, um die Tasche aus dem Fußraum seines Jeeps zu heben. Er sparte sich die Mühe, um das Auto herumzugehen, zumal der Waldweg selbst für den schmalsten Geländewagen viel zu eng war. Rechts erhob sich der Berg, zugewachsen mit Dornen, Hecken und Farnen. Links begann der Abgrund nach unten, der im Bett des kleinen Bachlaufs endete. Von hier aus hatte er den besten Blick über das Seitental der Saar, das zwischen Eichwald und Ockhofen malerisch ins Nirgendwo führte. Das Gewässer führte zum Angelweiher und von dort aus bis in die Saar, die wiederum nach knapp zehn Kilometern in die Mosel mündete.

Kurz hielt er inne und genoss die Ruhe. Außer dem leichten Plätschern des Wassers unter ihm war es still. Er hatte noch gut zwei Stunden bis zum Sonnenaufgang. Genug Zeit, um sich vorzubereiten. Er wusste, dass er hier nicht sein durfte. Nicht an diesem Ort und nicht zu dieser Zeit.

Noch einmal kontrollierte er den Inhalt seiner Tasche: Gewehr, Patronen des Großwildkaliber .22Hornet.

Die .22Hornet ist als Schonzeitpatrone einsetzbar bis etwa 120 m und bringt genügend Leistung, um auch schweres Raubwild

sicher zu erlegen. Die.222 Remington ist dagegen schon fast zu stark, da schon bei Kleinwild (wie zum Beispiel Tauben) mit größerer Wildbretentwertung zu rechnen ist. Dieses Kaliber ist zudem deutlich lauter als das .22er.
Bei optimalen Treffern kann es außerdem auch schon mal einem Rehkitz übel zurichten. Für eine Neuanschaffung einer Jagdwaffe ist die kleinste Zentralfeuerpatrone .22 Hornet das Mittel der Wahl.
- Jagdforum ›Jagdfreunde Horridoh‹

Er stellte fest, dass er alles Nötige eingepackt hatte, zog die beiden Reißverschlüsse zu und ging los.

Herrmann wusste von den tiefen Furchen im Boden, die das letzte Fahrzeug auf dem nassen Waldboden hier hinterlassen hatte, und die durch die enorme Hitze zu betonharten Spurrillen erstarrt waren. Er versuchte, die linke Spur zu halten, um so sicher den Waldweg entlangzulaufen.

Dieser Pfad wurde seit dem Ende des Krieges nur noch von Waldarbeitern oder Wanderern genutzt, die sich hierher verirrten. Weit kam man mit Fahrzeugen nicht – auch nicht mit einem Jeep.

Nach wenigen Metern, die ihm allerdings erneut den Schweiß auf die Stirn trieben, kam er an dem ersten Stollen vorbei. Hierhin war das halbe Dorf evakuiert worden, als 1944 die Alliierten

Bomben über der Region abgeworfen hatten. Er erinnerte sich noch gut an die letzten Monate bis zum Kriegsende, als die entscheidenden Schlachten am Westwall nur unweit seines Wohnortes entfernt stattgefunden hatten.

Herrmann hastete weiter den Weg entlang – schließlich kannte er sein Ziel und war gewillt, bei Sonnenaufgang dort bereit zu sein, um den *einen* Moment abzupassen.

Er wusste, dass er sich seine Kräfte einteilen musste, und ging langsam, aber zielstrebig weiter. Als er an dem zweiten Stollen vorbeikam, machte er kurz Halt. Unter sich im Tal hörte er Stimmen. Ein lautes Lachen, dann wieder einen kurzen Moment der Ruhe, ein Schrei, Lachen, ein paar Worte …

Tagsüber war die Wanderroute als ein Teil des Jakobswegs viel besucht, aber mitten in der Nacht? Hermann wunderte sich. Plötzlich erschrak er, als ein dumpfer Schall aus der Dunkelheit zu ihm nach oben drang. Ein Sprung ins Wasser, jemand tauchte ab. *Was war dort los?* Wenige Sekunden später ein zweiter Wassersprung und ein Lachen.

Schnell wich seine Angst der Erleichterung, nachdem sich verschiedene Gedanken zu einem konsistenten Ganzen zusammensetzt hatten: Das Weinfest im Dorf. Der heiße Sommer. Jugendliche, die nachts eine Abkühlung im kalten Nass suchten. Er hastete weiter.

Herrmann blickte den Berg hinauf, an dessen Ende der volle Mond so hell zu ihm herunterleuchtete, dass es ihm wie in einem Film vorkam. Erst jetzt bemerkte er das offenstehende Tor in der Mitte des zugemauerten Stollens.

Irgendwann hatten sie die alten Bunkeranlagen verschlossen und Gittertüren dort angebracht, damit niemand die langen Tunnel betreten konnte. In den Neunzigerjahren hatte es hier einmal fast eine Tragödie gegeben: Ein Junge hatte sich in dem undurchsichtigen Geflecht der Tunnel verirrt und keinen der drei Ausgänge wiedergefunden, von denen einer sowieso schon seit Kriegsende zugeschüttet war. Man hatte den armen Teufel nach dreitägiger Suche bewusstlos gefunden – fast verdurstet – im hintersten Teil des dunklen Schieferstollens. Der Hinweis eines Schulfreundes hatte damals nur knapp eine Katastrophe verhindert.

Die beiden bis dato offenen Stolleneingänge waren infolgedessen mit Gittern verschlossen worden. Sie waren fortan nur noch für Fledermäuse zugänglich, die auch jetzt um ihn herumflogen und im hellen Mondlicht wie riesige schwarze Schmetterlinge wirkten.

Herrmann wunderte sich über das offenstehende Tor. Er erinnerte sich an einen Artikel in der Saar-Mosel-Zeitung, die von einem neuartigen Trend berichtete, nach dem zurzeit viele bei einer Art digitalen Schnitzeljagd Höhlen und abenteuerliche Plätze in der Region erkundeten …

Geocaching etablierte sich um die Jahrtausendwende als eine Art Schatzsuche, bei der anhand geografischer GPS-Daten sogenannte ›Caches‹ versteckt werden, die von Usern anhand angegebener Koordinaten (oft auch mit Rätseln und Aufgaben versehen) gesucht werden.

Er verwarf den Gedanken und ging weiter. Nur noch wenige hundert Meter, und er würde den alten Hochsitz erreichen, von dem aus er den besten Blick über das Tal, den See und die Berge hatte. Bei schönem Wetter konnte man hier bis nach Frankreich sehen. Wenn man es wusste, entdeckte man sogar den Dampf der Kühltürme vom grenznahen Atomkraftwerk in Cattenom.

Er kannte den Weg und den Ansitz nur zu gut, hatte er doch selbst vor 15 Jahren hier offiziell jagen dürfen. Das Gerüst hatte er zusammen mit seinem Jagdfreund Paul Becker geplant, gebaut und aufgestellt. Damals hatten die Saarsteins die Pacht rund um Eichwald innegehabt. Das Jagen gehörte schließlich zum guten Ton alter Adelsfamilien.

Jetzt – 15 Jahre später – war die Jagd an reiche Luxemburger verpachtet, die mit ihren noch reicheren Bänkerfreunden am Wochenende ihren Trieben nach Überlegenheit und Tötungslust nachgingen. Ohne Rücksicht auf die Natur. Ohne Kenntnis wichtiger ökologischer Balancen in der Flora des Waldes. Er, Hermann Kroll, war kein Jäger, der beim Schießen von jungen Rehen Lust empfand. Er tötete, um die Population zu regulieren. Er tötete, um kranke Tiere von ihrem Leid zu erlösen und er genoss die meditative Ruhe des Eichenwaldes rund um seine Heimat. Nur er und die Natur. Ein vollkommener Moment der Zufriedenheit. Weit abseits des Alltags und des sich verändernden Lebens des neuen Jahrtausends.

Doch bevor Hermann auf seinen Hochsitz steigen und sich dort auf die Dämmerung einstellen konnte, ließ ihn ein lauter Knall zusammenfahren. Eine Explosion mitten im Wald, gegenüber vom Hochstand, keine 200 Meter Luftlinie entfernt.

Es kam von dem Chalet der Familie von Saarstein. Dies war Herrmann direkt klar. Er musste schnell weg. Schnell zu seinem Auto.

Er hörte eine Stimme qualvoll aufheulen. Ob männlich oder weiblich, konnte er nicht feststellen. Im Schmerz waren alle gleich. Im Schmerz und im Tod.

ERSTER TEIL: DIE HEIMKEHR

August 2023

Emil

Dienstag, 1. August 2023, 10:15 Uhr

Er saß im ICE 373 in Richtung Saarbrücken, als er beim Ausfahren des Zuges auf Gleis 13 vom Hauptbahnhof Berlin sein Tablet aus dem Rucksack zog.

Der Grund für seine Heimreise war diesmal nicht in erster Linie seine Mutter, die er versuchte, mindestens ein weiteres Mal im Jahr, zusätzlich zur obligatorischen Weihnachtszeit, zu besuchen. Vielmehr nutzte er diese Zusammenkunft dazu, seinen Freund Julian außerhalb der digitalen Welt wieder einmal in seinem Heimatort Eichwald zu treffen, da er das ungute Gefühl verspürte, dass irgendetwas nicht stimmte. Er hatte vor wenigen Tagen eine für seinen alten Schulfreund höchst ungewöhnliche Mail erhalten, die ihn zumindest nachdenklich stimmte.

Obwohl Emil Eichwald den Namen seines Heimatortes trug und dies sicherlich auf eine lange Familiengeschichte im selbigen schließen ließ, hatte er schon zur Schulzeit den Drang verspürt, sein Leben woanders als im kleinen Dorf im Seitental der Saar zu verbringen. Nicht, dass er seine Heimat nicht mochte; er hatte eine unbeschwerte Kindheit in der

Dorfgemeinschaft in Eichwald verbracht. Diese war geprägt gewesen von Vereinen, Festen und Ritualen, an denen alle wie selbstverständlich teilnahmen. Das Gefühl, dort stark verwurzelt zu sein, fehlte ihm jedoch gänzlich. Die Menschen in Eichwald waren ihm vertraut und fremd zugleich.

Ein Gefühl von Fernweh, das er schon als Kind verspürt hatte, verfestigte sich während Emils Jugend immer mehr. Den Drang, etwas anders zu machen als die anderen, hatte er schon früh in sich getragen. So ging er in die Geschichte von Eichwald als der erste Katholik ein, der kein Messdiener wurde. Schon damals ein Verhalten, das mit Fassungslosigkeit und Scham seiner Großmutter zur Kenntnis genommen wurde und ein frühes Anzeichen seines selbstgewählten heimlichen Austrittes aus der katholischen Kirche einige Jahre später darstellte. Nach dem Abitur war es also für Emil Zeit gewesen, aufzubrechen, zumal ihn das Journalismus-Studium in der Hauptstadt mit dem politischen Hotspot der Republik gereizt hatte. Er hatte stets den Kontakt zu Julian gehalten – per StudiVZ, später Facebook und letztlich fast ausschließlich per WhatsApp. Bei jedem Heimatbesuch Emils stand eine Zusammenkunft in der Kneipe der Nachbarstadt an, in der sich schon zur Schulzeit alle getroffen hatten. Dort hielt sich über die Jahre ein unbeschwertes Gefühl heimatlicher Idylle.

Doch dieses Mal fühlte es sich anders an. Eine düstere Vorahnung erfüllte ihn schon seit einer Weile zunehmend. Nicht zuletzt die Form der Kontaktaufnahme, die Julian gewählt hatte, irritierte ihn. Eine E-Mail mit scheinbar höchst seltsamen Ereignissen und einem versteckten Hilferuf ließ ihn seit dem Erhalt vor einer Woche nicht mehr los.

Er startete Gmail auf seinem SAMSUNG Tablet und las die Nachricht seines Freundes noch einmal durch:

> Betreff: Hallo, aus der Heimat
> An: emil@eichwald.net
>
> Hello Emil, wie läuft's in der Hauptstadt? Irgendwelche Polit-Skandale?
> Hier war was los. Ich hatte dir ja von dem Unfall von Niels erzählt, der in seinem Auto verbrannt ist. Seit vorgestern ist Tom verschwunden. Kein Mensch weiß, wo er ist, einfach spurlos verschwunden. Total übel, aber na ja. Irgendwie passieren hier seltsame Dinge. Wenn du mal wieder heimkommst, muss ich dir das erzählen. Echt wie in einem schlechten Film. Langsam denke ich, hier sterben mehr Menschen als geboren werden. ;-)
> Ja, also bis bald, melde dich unbedingt, wenn du mal wieder hier bist. Vielleicht kannst du ja was herausfinden.
> LG, J

Etwas herausfinden? Diese Formulierung hatte Emil schon beim ersten Lesen stutzig gemacht. Was sollte er denn herausfinden? Und wieso dachte Julian überhaupt, dass die Ereignisse miteinander zusammenhingen?

Und die Tatsache, dass in Eichwald mehr Menschen starben, als geboren wurden, war ja schon seit Jahren keine unnormale Entwicklung. Der demografische Wandel traf eben die Dörfer früher und härter als die Großstädte.

Alles in allem eine sehr seltsame E-Mail. Was wollte Julian damit sagen? Emil hatte im Trubel des Alltagsstresses keine Zeit gefunden, seinem alten Freund ausführlich zu antworten oder die Fragen zu formulieren, die er angesichts der Mail hatte. Er hatte sich entschieden, ihm lediglich eine WhatsApp zu schreiben und seine Anmerkungen für den Besuch aufzuheben.

> Ich habe am Montag Abgabe für einen Artikel, komme am Dienstag heim. Ich melde mich. Gruß, E

Jetzt bereute er seine kurze Antwort, ihn plagten sein schlechtes Gewissen und seine Neugier zugleich.

Er war es doch, der bekannt war für sein Gespür, Zusammenhänge zu erkennen. Seine journalistische Arbeit war hochgeschätzt und seine Karriere auf dem Höhepunkt.

Aber die Tatsache, dass Julian glaubte, ein tragischer Unfall und ein Vermisstenfall, welcher sich sicher bis heute schon aufgeklärt hatte, stünden in irgendeinem Zusammenhang, ließ seinen journalistischen Spürsinn nach Antworten nicht los.

Nach zwei Stunden Zugfahrt begann die anhaltende Hitze, auch im Zug ihre erdrückende Wirkung zu entfalten. Die Luft stand, trotz ohrenbetäubender Luftzufuhr, die offensichtlich nicht klimatisiert war.

Er nahm sein Smartphone aus dem Rucksack und öffnete Twitter. Wenigstens die Internetgeschwindigkeit war auf einem ausreichenden Niveau.

Nach der Corona-Pandemie waren die Migrationsbewegungen auf der ganzen Welt wieder das beherrschende Thema der sozialen Medien. Als Journalist verbrachte er täglich einige Stunden auf Twitter und korrespondierte mit Kollegen und Informanten. Twitter war schon seit Jahren sein primäres Kommunikationsmittel. Neben Informationen und Reportagen beschäftigte sich Emil zwischendurch seit längerem mit der Thematik, wie die sozialen Netzwerke die Lebensweise veränderten.

Seine Artikel in Zeitungen und seinem Blog verhalfen ihm zu beachtlicher Reputation auf diesem Gebiet, obwohl er als *Digital Native* so langsam den Anschluss an die junge Zielgruppe verlor. Mit Mitte-Ende dreißig war man eben auch scheidender Teil der werberelevanten Zielgruppe. Viele aus seiner Altersgruppe hatten sich schon lange von Instagram, Twitch oder Snapchat verabschiedet, oder waren nie Teil der aktuellen sozialen Medien geworden. ›Mir reicht Facebook‹ war der Anfang vom Ende der digitalen Zugehörigkeit einer Generation, die zunehmend online lebte. Eines seiner Hauptthemen als Journalist war die Digitalisierung und die damit verbundene Existenz und der Zugang zu Medien im Alltag. Die ständige Präsenz von Smartphones und insbesondere die Möglichkeit, jederzeit und überall gestochen scharfe Fotos zu machen, bestimmten das Leben der heutigen Jugend.

Er dachte an die vielen heißen Sommernächte, bei denen sie früher nachts ins Schwimmbad eingestiegen waren, um dort nackt zu baden. Besonders erinnerte er sich an Tom, der nun verschwunden war. Tom, der als Sechzehnjähriger kaum eine Gelegenheit ausgelassen hatte, sich nackt zu zeigen. Niemanden hatte es damals gekümmert. Und außer den Erzählungen über diese oder jene peinliche Aktion, gab es keine Dokumentation. Tom selbst hatte den Moment und die Zuschauer bestimmt. Alles war jederzeit unter seiner Kontrolle gewesen.

Auch wenn man hinterher dachte: *Musste das jetzt sein?* war die Geschichte darüber die einzige Spur, die man hinterlassen hatte.

Heute war das anders. Emil hatte einige Interviews mit betroffenen Jugendlichen und Eltern geführt, deren Leben durch ein Foto oder ein Video eine Hundertachtzig-Grad-Wende genommen hatte. Das Verrückte daran war, dass viele unbeschwerte Situationen aus Emils jugendlichen Jahren in Eichwald heutzutage ein ähnliches Potenzial gehabt hätten, sein Selbstwertgefühl und sein Vertrauen in andere Menschen zu beeinflussen.

Und besonders Tom, dessen Schamgefühl schon immer verhältnismäßig niedrig gewesen war, wäre sicher nicht so unbescholten durch die Jugend gekommen, hätte im Jahr 2003 schon alle zu jeder Zeit ein Smartphone bei sich gehabt. Das Internet vergaß nicht.

Tom war zwar nie der Klassenclown, war kein vorlauter oder offen extrovertierter Junge mit dem Hang zur ständigen Selbstdarstellung gewesen. Er war individuell aber offen und bereit gewesen, ohne Rücksicht auf sein ›Image‹ Spaß zu haben. Neugierig und mit sich im Reinen. Aber eben auch ohne ständige Präsenz sozialer Medien.

Seine YouTube-Videos, mit denen er etwa um 2005 angefangen hatte, waren selbst gedreht gewesen und im Bewusstsein der Öffentlichkeit, die daraus resultierte. Auch bekamen seine Eltern davon nichts mit. Das Thema Medienkompetenz war weder ein Teil der Erziehung noch eine ernstzunehmende Bedrohung für die Kinder der Achtziger und Neunziger gewesen. Tom war *er selbst* und die Meinung anderer waren ihm egal gewesen. Die Gefahren hatten im Jahr 2003 eindeutig in der realen Welt gelauert.

Nun war Tom spurlos verschwunden. Emils Gedanken waren unweigerlich und abrupt im Hier und Jetzt. Irgendetwas beunruhigte ihn. Ein Bündel Vorahnungen, die er nicht imstande war, konkret einzuordnen, kam in ihm auf.

Nicht pünktlich, aber immerhin noch im Rahmen des üblichen und erwartbaren Zeitverzuges, kam Emil mit fünfzig Minuten Verspätung um 18:35 Uhr am Hauptbahnhof in Trier an.

Die warme Abendsonne drang malerisch durch die hohen Glasfenster des Bahnhofsgebäudes und flutete die Eingangshalle mit einem intensiven Orangeton. Das Bild vermittelte ihm umgehend ein Gefühl von Wärme und Heimat. Ein trügerischer Anblick vor dem Hintergrund seiner bevorstehenden Erkenntnisse über die Vorfälle in Eichwald.

Er hörte das Pfeifen der Zugbegleiterin vom vorderen Teil des Zuges und spürte den Luftzug der sich schließenden Zugtür hinter sich.

Kurz hielt er inne, um in der neuen Umgebung anzukommen, als er am Seiteneingang neben dem Hauptgebäude seine Mutter winken sah. Seine negativen Gefühle entfernten sich mit dem wieder auslaufenden Zug Richtung Luxemburg aus seinen Gedanken. Er freute sich auf das Wiedersehen und auf Zuhause.

Als sie das Ortsschild Eichwald passiert hatten, drosselte seine Mutter die ohnehin schon sehr zurückhaltende Geschwindigkeit auf vierzig Stundenkilometer. Emil wurde öfter nervös wegen ihres unsicheren und langsamen Fahrstils.

Wenigstens hatte er so die Gelegenheit, seinen Heimatort in Gänze zu erleben. Er fühlte sich wie in einem der Touribusse, die in Berlin durch die Gegend schlichen. Es fehlte nur die Ansage eines Reiseführers, der ihn durch die Sehenswürdigkeiten und Geschichte der Ortschaft führte.

> Meine Damen und Herren, wir fahren jetzt ein in Eichwald, der 800-Seelen-Gemeinde im Seitental der Saar, die auf eine über 1000-jährige Geschichte zurückblicken kann. Zu ihrer Rechten sehen Sie gleich die im Jahre 1050 unter dem Kurfürsten Eberhart erbaute Kapelle, die 1450 zur heutigen Kirche erweitert wurde.
> Zu Ihrer Rechten folgt direkt im Anschluss der Dorfplatz, dessen alter Name ›Scheiterplatz‹ auf eines der dunkelsten Kapitel des Ortes hinweist: Hier wurden im sechzehnten und siebzehnten Jahrhundert Hexen zum Tode verurteilt und auf dem Scheiterhaufen öffentlich verbrannt.

Emil musste bei dem Gedanken grinsen, was seiner Mutter nicht entging. »Was ist so lustig?«, fragte sie ihn erstaunt.

»Alles gut. Ich musste nur an was denken … Aber wieso ist hier nichts los, so früh am Abend? Kein Mensch auf der Straße«, lenkte er ab. Tatsächlich war es auffällig ruhig und kaum jemand unterwegs. Just in diesem Moment wollten zwei Jungs die Straße überqueren. Emils Mutter drosselte noch einmal die Geschwindigkeit und nickte den beiden freundlich zu.

»Luca und Ole. Diese zwei Lausbuben. Die sind

schlimmer als du früher«, scherzte sie. Emil musste feststellen, dass er keine Ahnung hatte, zu wem die beiden Jungs gehörten. Früher hatte er von jedem Kind zumindest den Nachnamen gewusst und die Eltern gekannt. Er spürte die Distanz, die er über die Jahre zu seinem Heimatort aufgebaut hatte.

Zum Abendessen gab es Kartoffelpüree mit Lachs und Mamas Spezial-Schmorgemüse. Dazu Rote-Beete-Salat aus dem Glas, mit frischem Schnittlauch und Petersilie aus dem Garten. Sein Leibgericht aus der Kindheit, welches ihm seine Mutter heute noch bei fast jeder Ankunft vorbereitete. Sie war sich sicher, ihm damit ein Stück Heimat zu vermitteln.

Auch wenn Emil heute die Vielfalt der Großstadt liebte und sich so oft wie möglich Sushi bei seinem Lieblingsjapaner direkt um die Ecke gönnte, freute er sich immer auf die bodenständige und frische Küche seiner Mutter.

Julian hatte sich immer noch nicht gemeldet, scheinbar war er noch am Arbeiten. Als Intensivfachpfleger im Krankenhaus hatte er oft Zwölfstundenschichten und war nicht selten mit den Schlafzeiten davor zwanzig Stunden oder mehr offline. Eine ungewohnte Vorstellung für Emil, der nie länger als sieben Stunden sein Handy nicht in der Hand hatte. Es sei denn, er schlief doch mal etwas länger.

Es war noch hell in Eichwald, obwohl die Sonne schon hinter den Bergen untergegangen war. Die Temperaturen wurden langsam angenehmer, trotz allem war die Hitze immer noch drückend.

Man hatte sich eben daran gewöhnt. Dieser Sommer war so heiß wie im Jahr 2003, dem Rekordsommer seit den Wetteraufzeichnungen.

Emil entschied sich, sein altes Fahrrad, das immer noch am selben Platz im Keller seines Elternhauses stand, zu nutzen und eine Runde durchs Dorf zu drehen. Er war immer wieder überrascht, was ihm auffiel, wenn man eine Zeit lang nicht täglich durch die Straßen von Eichwald streifte.

Und das hatte er zuletzt vor über einem Jahr getan, da er bei seinen letzten Besuchen eigentlich immer das Auto genutzt hatte, welches seine Mutter ihm gerne zur Verfügung stellte. Sein Fahrrad, ein altes, mattrotes Mountainbike, schien auch ohne Kettenöl gehalten zu haben. Er nahm sich vor, heute Abend noch einmal etwas Pflege in das mittlerweile nicht oft genutzte, aber damals sehr teure Gefährt zu stecken.

Lara

Dienstag, 1. August 2023, 20:15 Uhr

Sie wunderte sich den Bruchteil einer Sekunde, warum ihr Diensttelefon um diese Uhrzeit anfing, zu vibrieren. An einem Dienstagabend rechnete sie trotz Bereitschaftsdienst nicht mit einem Einsatz, zumal sie als Beamtin des LKA der Mordkommission ein sehr eng gefasstes Einsatzspektrum abdeckte.

Sie befand sich in ihrer Wohnung im dritten Stock und wollte an diesem Abend seit langem Mal wieder ein Buch ihres Lieblingsautors auf ihrem Reader lesen. Das E-Book hatte sie sich schon vor über einer Woche heruntergeladen, um den Druck sich selbst gegenüber zu erhöhen. Heute sollte es so weit sein. Kein Fernsehen, kein Internet. Kein Social Media. Und vor allem: keine Kinder.

Ihre beiden Söhne Paul und Henry waren bei ihrer Großmutter, wie so oft, wenn sie und ihr Mann arbeiten mussten. Oma Hildegard, die Mutter von Theo, ihrem Mann, wohnte nur zwei Autominuten entfernt am Stadtrand.

Theo arbeitete bei der Schutzpolizei und hatte eine Zwölfstundenschicht. Der Spagat zwischen Beruf und Familie wurde von vielen Freunden und Bekannten von außen bewundert. Insgeheim aber plagte sie ständig ein schlechtes Gewissen.

Paul war mit seinen zwei Jahren und der frühen Eingewöhnung in der Kita mit neun Monaten heutzutage keine Seltenheit, kam aber deutlich besser mit der Abwesenheit seiner Mutter klar als der vierjährige Henry.

Verwundert las sie auf dem Display ›Leitstelle‹. Nach dem dritten Vibrationsintervall wischte sie auf dem Bildschirm über ›annehmen‹.

»Lara Riedel, Bereitschaftsdienst«, meldete sie sich angespannt.

»Leitstelle, Meier. Hallo Lara«, gab der Beamte mit freundlichem, aber bestimmtem Ton zurück.

Die Anspannung der Kommissarin wich einer freudigen Erinnerung an ihre Ausbildung Ende 2003. Heinz Meier war der damalige Wachleiter und ihr Ausbilder zur Streifenpolizistin vor Ort gewesen. Sie hatte viele wichtige und lehrreiche Einsätze mit ihm als erfahrenen Polizisten gehabt und schätze ihn sehr. Heinz Meier hatte Lara von Anfang an ›unter seine Fittiche‹ genommen, wie er vier Jahre später bei ihrer Abschiedsrede stolz in ihrer Anwesenheit und dem Team der Polizeiinspektion berichtete. Sie verließ die Wache als Kriminalkommissarin und wechselte zum LKA. Eine steile Karriere, die sie hauptsächlich Heinz Meier zu verdanken hatte.

Der Kontakt war bis auf einige zufällige Begegnungen im Dienst mehr oder weniger abgebrochen. Als er vor vier Jahren bei einem Einsatz durch einen Sturz schwer verletzt im Krankenhaus gelegen hatte, hatte sie ihn dort besucht und sich auch einige Wochen später bei ihm nach seiner Genesung erkundigt.

Die Position des Wachleiters konnte er mit den Spätfolgen der Verletzung nicht mehr ausüben. So verbrachte er die letzten Jahre vor seiner Pensionierung auf der Leitstelle und koordinierte Einsätze im Innendienst. Kurz überkam sie ein schlechtes Gewissen, sich danach nicht wieder bei ihm gemeldet zu haben. Sie verspürte den Drang, sich dafür zu entschuldigen, doch die Situation schien ihr dafür nicht angemessen. Sie nahm sich innerlich fest vor, dies in den kommenden Wochen nachzuholen.

»Wir haben einen Unfall mit Todesfolge in Eichwald. Ich habe zurzeit niemanden vom KDD zur Verfügung. Die Kollegen vor Ort haben die KTU angefordert. Diese sind schon dort. Kannst du da hinfahren und dir das angucken?«, führte er weiter fort.

»Klar, mache ich. Schon wieder in Eichwald? Da war doch letzte Woche erst ein Unfall«, erwiderte sie mit nachdenklicher Stimme.

»Da bin ich nicht im Bilde, ich hatte die letzten beiden Wochen Urlaub. Training für mein Bein …«

»Ich schau mir das an, ich brauche zwanzig Minuten von Trier«, antwortete Lara. Sie war nach der Beförderung beim LKA umgehend nach Trier gezogen, wo sie seither mit ihrem Mann in einer geräumigen Vier-Zimmer-Altbauwohnung lebte. Sie fühlte sich hier sehr wohl, Trier bot ihr die richtige Mischung zwischen Großstadt und Dorf. Ihre Liebe zur Heimatregion und die Nähe zu ihren Eltern war ihr wichtig, ein Haus in Eichwald zu bauen oder zu kaufen war für sie und ihren Mann aber nie infrage gekommen. Eine gewisse Distanz wollte sie dann doch wahren. Außerdem war der jungen Familie klar, dass sie irgendwann das Haus bewohnen würde, in dem Theos Mutter lebte. Sie war mit ihren fünfundachtzig Jahren noch sehr rüstig und versorgte ihre Enkel vorbildlich. Aber dass diese Situation sich von Jahr zu Jahr ändern konnte, war allen Beteiligten bewusst.

Auch wenn bei Einsatzgesprächen eine gewisse ›Funkdisziplin‹ wichtig war und Privatgespräche fehl am Platz waren, nahm sie seine Andeutung über sein Bein wahr und wollte sich zumindest kurz nach seinem Gesundheitszustand erkundigen.

»Wie geht es dir, Heinz, wir haben uns lange nicht gesprochen. Was macht dein Bein?«, fragte sie ernsthaft interessiert.

»Ja, es wird. Man schlägt sich so durch. Ganz der Alte werde ich wohl nicht mehr, aber ich habe es überlebt«, antwortete Heinz wie gewohnt optimistisch. Sie bewunderte seine positive Art. Sie war sich sicher, dass ein Unfall mit so weitreichenden Folgen viele andere Kollegen aus der Bahn geworfen hätte. Nicht so Heinz.

»Komm doch gerne mal bei uns vorbei, wenn du Zeit hast. Meine Frau und ich würden uns freuen, mal wieder ein Glas Wein mit dir zu trinken«, sage er, was Lara aufrichtig freute.

»Das mache ich gerne. Ich melde mich bei dir«, antwortete sie.

»Du weißt ja, wo ich wohne. Ich schicke dir die Einsatzdaten auf dein Handy. Over«, beendete er das kurze private Intermezzo.

Lara nahm ihre Dienstwaffe, eine Walther P99Q, aus dem Tresor. Als Landeskriminalbeamtin war sie angehalten, ihre Pistole auch privat mit sich zu führen. Diese war zu Hause stets im Safe, getrennt von dem Magazin, sicher verstaut und einsatzbereit. Die Bereitschaft, sich immer und jederzeit in den Dienst versetzen zu können, war ihr nicht nur wichtig, sondern auch ihre Pflicht.

Sie kontrollierte das Magazin. Alle 15 Patronen waren eingelegt. Alles ordnungsgemäß wie immer. Sie hatte den Zustand natürlich schon am Tag vorher kontrolliert, als sie die Dienstwaffe dort deponiert hatte, aber sicher war sicher. Ihren Dienstausweis, Autoschlüssel und Pfefferspray hatte sie in ihrem Rucksack, den sie ebenfalls stets einsatzbereit neben der Haustür stehen hatte.

Ihr Diensthandy vibrierte erneut. Das mussten die Einsatzdaten der Leitstelle sein. Sie öffnete die Nachricht.

Einsatz LKA Rheinland-Pfalz
Nr. 92-304-998
Unfall mit Todesfolge. Männlich, ca. 35 Jahre. Nachforderung der PI Saarburg. Einsatzort: B407, Eichwald Richtung Vierherrenberg.

Ihr stockte der Atem. Das war gerade einmal zwei Kilometer Luftlinie von ihrem Elternhaus entfernt. Sie machte sich zügig auf den Weg zu ihrem Wagen, der in der Tiefgarage unter ihrem Haus stand.

Der Anblick, der sich ihr bot, war kein alltäglicher, obwohl sie mit Leichen und Todesfällen mittlerweile sehr vertraut war. Die Unfallstelle war weiträumig für den Autoverkehr abgesperrt. Die B407 führte nur wenige Meter an der Unfallstelle vorbei.

Diese lag direkt unterhalb eines etwa drei Meter hohen Felsvorsprungs, der durch ein Holzgeländer gesichert war. Sie erkannte einige Kollegen der örtlichen Polizeiinspektion. Kriminalhauptkommissar Bender winkte ihr von Weitem zu. Ein freundlicher Kollege, der oft als erster vor Ort war, wenn sie vom LKA dazu gerufen wurde.

Die KTU, die Landesbeamten der Kriminaltechnischen Untersuchung, die für die Spurensicherung zuständig waren, befanden sich scheinbar schon länger am Fundort. Lara ging auf den Leiter der Abteilung, Wolfgang Weidig, zu, mit dem sie schon einige Einsätze zuvor gemeinsam bearbeitet hatte, und den sie für einen der fähigsten Beamten der KTU hielt. Wolfgang war Professor der Rechtsmedizin und hatte das Kriminaltechnische Institut übernommen. Er war quasi ein überqualifizierter Quereinsteiger und ein Glücksfall für das Landeskriminalamt.

»Hallo Wolfgang. Kannst du schon was sagen?«, kam sie ohne Begrüßungsfloskeln direkt zum Punkt.

»Hallo Lara. Das ging ja schnell. Ich habe ehrlich gesagt gehofft, dass du kommst. Bist du nicht aus Eichwald?«, begrüßte er sie und nahm die Geschwindigkeit aus ihrem Auftreten.

»Meine Eltern leben hier, ich bin in Eichwald aufgewachsen. Richtig. Ist schon was zur Identität bekannt?«, fragte sie weiter nach. Sie spürte einen innerlichen Druck, eine Dringlichkeit, schnell an Informationen zu kommen. Irgendetwas machte sie stutzig, sie wusste nur noch nicht, was.

»Ja, der Tote heißt Jakob Wild, ist 42 Jahre alt und ...«

»Jakob Wild?«, fiel sie ihm ins Wort, ohne ihren Gedankengang näher zu erläutern.

»Ja, du kennst ihn?«, hakte Wolfgang nach.

»Ja, flüchtig. Er war früher auf meiner Schule. Ich glaube, er hat ein Jahr vor mir Abi gemacht. Er muss irgendwo hier aus der Gegend kommen. Aber nicht aus Eichwald, das wäre mir noch in Erinnerung geblieben.«

Der junge Mann lag mit dem Gesicht nach unten auf dem steinigen Boden am Waldrand. Es war kein Blut zu sehen, obwohl der Helm den Großteil seines Gesichtes verdeckte. Sie blickte die Felswand hoch und sah die Schatten einiger Kollegen, die über ihnen am Arbeiten waren.

»Nein. Wohnhaft war er in Rieslingsheim. Jedenfalls ist er dort gemeldet«, ergänzte er die Ausführungen der Kommissarin und reichte ihr einen Personalausweis, der in einen Asservatenbeutel verpackt mit einer Nummer versehen war.

Sie zog ihr Smartphone aus der Tasche, machte ein Foto von beiden Seiten und gab ihm den Beutel wieder.

»Rieslingsheim … Das ist etwa zwanzig Minuten mit dem Rad durch den Wald«, murmelte sie vor sich hin. »Was kannst du zum Unfallhergang sagen?«

»Unfall halte ich für mindestens überprüfbar«, erwiderte er und deutete mit einer Kopfbewegung an, ihm zu folgen.

Lara runzelte die Stirn und folgte ihm. Wenn es kein Unfall war, und kein Selbstmord, wonach es nicht aussah, dann …

In ihr kam das beunruhigende Gefühl auf, dass dieser Unfall sich zu einer größeren Sache entwickeln würde. Sie dachte an die Geschehnisse vorletzte Woche und versuchte, irgendeinen Zusammenhang herzuleiten. Irgendeine Gemeinsamkeit oder eine Verbindung, außer dass beide Unfallopfer im selben Alter und aus derselben Gegend stammten? Oder war alles nur Zufall? Lara nahm sich vor, die Akten dazu heute noch anzufordern.

Sie stieg zielstrebig etwa fünfundzwanzig Meter bergaufwärts, wo der Radweg um eine scharfe hundertachtzig-Grad-Kurve auf den oberen Teil des Weges führte, auf dem sich Jakob zuvor mutmaßlich befunden hatte. Der Boden war staubig und von einer schmalen, etwa vierzig Zentimeter breiten Fahrbahn durch viele Mountainbiker geformt. Als sie an der Unfallstelle ankamen, und sie das Rad auf dem Boden liegen sah, wurde ihr der Unfallhergang umgehend klar. Dennoch hörte sie sich den Bericht ihres Kollegen an.

»Er kam von dort oben«, deutete Wolfgang den steil ansteigenden Berg hinauf, der nach etwa einhundert Metern im dichten Eichenwald endete. Rechts und links war die Fahrbahn dicht von Hecken und Sträuchern bewachsen. Dieser Pfad führte geradewegs auf die Klippe zu.

»Da vorne am Waldrand hat der Kulturverein extra ein Schild angebracht, das auf die neunzig Grad Kurve und die Klippe hinweist«, führte Wolfgang weiter aus. »Aber wie zu erkennen ist, fahren die meisten Mountainbiker hier besonders schnell in die Kurve.« Er deutete auf die Fahrbahn kurz vor der Klippe hin, die wie eine Hohlkehle abgefahren war und den Schluss zuließ, dass die meisten Radfahrer diese Kurve nicht mit der nötigen Vorsicht und Geschwindigkeitsreduktion passierten. »Dann muss er abrupt durch etwas gestoppt worden und über das Geländer die Klippe heruntergefallen sein. Die Todesursache ist mit Sicherheit Genickbruch. Darauf deuten alle Hämatome hin.«

»Und was kommt dir daran komisch vor? Bis hierher hört sich alles nach einem Unfall an«, versuchte sie, seine Bemerkung von vorhin aufzugreifen.

Wolfgang deutete wieder mit einem Kopfnicken an, ihm zu folgen und kniete sich neben das Fahrrad, ein türkisfarbenes, sehr kostspielig aussehendes Profi-Bike mit der Aufschrift ›Santa Cruz‹.

Das Gefährt sah wesentlich intakter aus als sein Fahrer. Bis auf den Vorderreifen schien es nahezu unversehrt.

»Das Fahrrad muss an irgendetwas hängen geblieben sein. Siehst du hier …« Er deutete auf eine Einknickstelle am Laufrad des Vorderreifens. »Eindeutig Spuren, die mit hoher Wucht durch die Geschwindigkeit – ich schätze etwa fünfzig km/h – entstanden sind. Außerdem ist nicht nur der Schlauch kaputt, sondern auch der Mantel hier an einer Stelle regelrecht zerquetscht …«

Er machte eine spannungssteigernde Pause, bevor er den wichtigsten Punkt an seiner Theorie erläuterte. »Aber wir haben keinen Gegenstand gefunden, der das verursacht haben könnte. Nichts. Das Geländer kann es nicht sein, das Fahrrad ist vorher zum Stehen gekommen. Die Fußgänger, die ihn entdeckt haben und die Polizei gerufen haben, sind sich sicher, nichts angerührt zu haben und auch niemanden hier gesehen zu haben. Auch deutet nichts darauf hin, dass das Fahrrad nachträglich bewegt worden ist. Das heißt, der Aufprall muss vor dem Geländer gewesen sein und das Opfer muss dann über den oberen Balken nach unten auf den Weg unterhalb des Felsens geflogen sein und sich die tödlichen Verletzungen beim Aufprall zugezogen haben.«

»Und was ist, wenn er wegen irgendetwas stark gebremst hat und dadurch nach vorne katapultiert wurde?«, stellte Lara ihre These dagegen.

»Dann bleibt immer noch das Laufrad, was dabei nicht so beschädigt worden wäre. Auch sieht man hier keine Bremsspuren. Es passt einfach nicht wirklich zusammen. Wir warten mal die komplette Auswertung der Spuren ab, wir sind ja selbst erst seit gut einer Dreiviertelstunde hier. Ich schlage vor, wir treffen uns morgen und ich kann dir dann Näheres zum Tathergang sagen.«

Beide blickten weitläufig das Gelände ab. In den Büschen rund um die Unfallstelle waren drei weitere Beamte dabei, in weißen Schutzanzügen den Boden abzusuchen und Spuren zu sichern.

Lara nickte und zog ihr Smartphone aus der

Tasche. Sie machte aus verschiedenen Blickwinkeln Fotos der Umgebung und des Fahrrads. Sie kannte diese Pfade, ihr war bewusst, dass um die felsigen Berge von Eichwald viele Downhillstrecken verliefen und neben dem Wandertourismus immer mehr Tagestouristen mit Fahrrädern die Gegend erkundeten. Sie selbst war diese Strecke jedoch noch nie gefahren – jedenfalls konnte sie sich nicht mehr daran erinnern.

Sie machte sich auf den Weg, den schmalen Pfad nach oben zu laufen, um sich auch von dort aus ein Bild zu machen. Sie erkannte viele Spuren im staubigen Boden der Fahrrinne und ging vorsichtig und bedacht am Rand, um keine, möglicherweise relevanten, Spuren zu verwischen.

Am Waldrand entlang verlief ein Weg aus Richtung Eichwald. Diesen kannte sie von Spaziergängen aus ihrer Kindheit. Er endete oberhalb ihres Elternhauses und diente als Wirtschaftsweg für Traktoren und Grundstücksbesitzer von Obstwiesen, die im Seitental von Eichwald lagen und oft über Generationen vererbt wurden. Diese Streuobstwiesen wurden heute allerdings nur gelegentlich besucht, worauf der Zustand vieler Grundstücke hindeutete.

Als sie am Waldrand ankam und feststellte, dass der Weg eine ganz schöne Steigung aufwies, nutze sie die Aussicht, um eine kurze Pause einzulegen. Ein atemberaubender Anblick über die Berge und Täler. Überall waren in der untergehenden

Abendsonne Windräder auf den Berghöhen zu sehen, deren Silhouetten wie aus einem Prospekt für erneuerbare Energien wirkten. In der weiten Ferne entdeckte sie die vier Türme des Atomkraftwerkes in Cattenom, beziehungsweise deren weiße Rauchwolken, die am Horizont gut sichtbar aufstiegen. Ein surreales Bild.

Sie konnte sich gut vorstellen, dass einige Radfahrer hier kurz anhielten, um die Aussicht zu genießen, bevor sie die steile Abfahrt ins Tal nach Eichwald antraten. Sie sah sich auf dem Boden um. Die Reifenspuren deuteten nicht unbedingt auf viele Start- und Stoppbewegungen hin. Vielmehr waren sie eher durch einen kleinen Hügel, den scheinbar viele als Sprungschanze nutzten, geprägt. Sie machte ein paar Fotos in den Wald hinein und einige, dem Verlauf der Fahrbahn folgend, nach unten. Sie wollte sich gerade auf den Rückweg machen, als sie einen Radfahrer über den Feldweg auf sich zufahren sah.

An der Haltung vermutete sie einen Mann in ihrem Alter. Zumindest war es kein Downhillfahrer, sondern eher ein Grundstückbesitzer oder Einheimischer auf einer gemütlichen Sommerfahrt durch die Natur. Sie blieb oberhalb des Weges stehen, sodass der Radfahrer nicht umhinkam, an ihr vorbeizufahren.

»Lara?«, sprach er sie noch im Fahren aus drei bis vier Meter Entfernung an.

Überrascht versuchte sie, den Unbekannten

einzuordnen und dann wurde ihr innerhalb von zwei Sekunden klar, wer sie offensichtlich schon eher erkannt hatte.

»Emil … Verrückt«, rief sie ihm verblüfft entgegen. »Wie lange ist *das* denn bitte her?«

»Zwanzig Jahre würde ich sagen«, schätzte dieser die letzte Begegnung der beiden, während er von seinem Fahrrad abstieg.

»Und du hast immer noch dein rotes Mountainbike«, erinnerte sie sich an ihren Nachbarn und Jugendliebe Emil. »Was machst du hier? Ich dachte, du lebst seit Ewigkeiten in Berlin?«

»Urlaub bei meiner Mutter, und du? Ich dachte, du wohnst seit Ewigkeiten in Trier?«

Beide mussten schmunzeln, als sie erkannten, dass es wohl aus der jeweils anderen Perspektive überraschend erschien, sich gerade an diesem Ort nach so langer Zeit wiederzusehen.

»Touché«, antwortete sie mit einem Augenzwinkern. »Ich bin beruflich hier. Wir haben einen toten Radfahrer an der Klippe da unten. Aber sag nicht, dass du auch beruflich hier bist, bei allem was man von dir hört …«

»Einen Toten? Schon wieder? Aber nein, ich bin rein privat unterwegs. Mein Fahrrad musste bewegt werden, sonst rostet die Kette ein. Ich habe auch keinen Presseausweis dabei«, log er und hielt ihr unschuldig wirkend seine Hände entgegen. Natürlich hatte er diesen immer in seinem Geldbeutel, aber er schlussfolgerte schnell, dass er an dieser Stelle mehr Informationen über eine persönliche Ebene erhalten würde.

»Wird es denn eine Pressekonferenz geben?«, fragte er weiter.

Sie lachte und runzelte die Stirn.

»Eine Pressekonferenz gab es seit Tanja Gräff nicht mehr …«

> Der Todesfall Tanja Gräff
> Die Studentin Tanja Gräff (* 23. Dezember 1985 in Trier; † mutmaßlich 7. Juni 2007 ebenda) verschwand nach dem alljährlichen Sommerfest der Fachhochschule Trier spurlos und galt jahrelang als vermisst. Am 11. Mai 2015 wurde ihre verweste Leiche unweit des Hochschulgeländes unterhalb des „Roten Felsens" gefunden. Trotz unzähliger Zeugenaussagen, Rekonstruktionen und Ermittlungsansätze konnte kein Gewaltverbrechen nachgewiesen werden. Bis heute geht man von einem Unfall in Form eines Sturzes von der Klippe aus. Das Ermittlungsverfahren wurde im Juni 2017 endgültig eingestellt.

»Na gut, ich bin ja sowieso nicht beruflich hier …«, bekräftigte er erneut. »Aber vielleicht können wir mal so was trinken gehen. Das letzte Mal ist ja schon verjährt«, bot er ihr weiter an.

»Ja gerne, schick mir mal deine Nummer«, freute sie sich über das Interesse von Emil.

Er zog eine Karte aus der Hosentasche und reichte ihr diese. »Hier steht meine Nummer drauf, schreib mir einfach.«

Sie las sich die minimalistisch gestaltete, jedoch sehr ansprechend wirkende Visitenkarte kurz durch, auf der in Schwarz gedruckt zu lesen war:

Emil Eichwald.
015737239811
emil.eichwald@gmail.com

Darunter war ein QR-Code abgedruckt. Mit ihrem Smartphone scannte sie ihn ab und drückte auf ›speichern‹.

Emil bemerkte, dass sein Smartphone vibrierte und öffnete die WhatsApp-Nachricht.

»Ich treffe mich gleich mit Julian. Das ist wohl der Tag des Wiedersehens heute«, scherzte er.

»Alles klar, ich muss weitermachen. Viel Spaß euch, schöne Grüße an Julian. Ich melde mich«, rief sie ihm zu und war schon auf dem Weg nach unten zur Unfallstelle.

Julian

Dienstag, 1. August 2023, 22:08 Uhr

Er kam direkt von der Spätschicht aus dem Krankenhaus und wartete einen kurzen Moment vor der Villa, dem alten Stammlokal seiner Jugend. Eine Institution in der benachbarten Kleinstadt, eine Kneipe, die Heimat bedeutete. Obwohl ›Kneipe‹ das falsche Wort war. ›Bar‹ traf es jedoch noch weniger; es war eine eigene Kategorie von Treffpunkt.

Das Interieur war zusammengewürfelt, aber passend. Der Raum war gemütlich, mit Ofen und Kerzen auf den Tischen, und im Sommer hatte der Biergarten im Hinterhof geöffnet – eine Open-Air-Version des Innenraumes: Unkonventionell und gemütlich.

Das Haus, eine alte Villa aus dem neunzehnten Jahrhundert, war in den oberen beiden Stockwerken bewohnt. Im Parterre befand sich die Kneipe, die den offiziellen Titel ›Villa Kunterbunt‹ trug, den aber niemand benutzte. Es war für alle einfach ›Die Villa‹.

Julian freute sich nach einer anstrengenden Schicht, seinen Freund Emil nach langer Pause wieder zu sehen. Ihm war bewusst, dass er durch seine Depressionen bei vielen seiner Bekannten ein

Bild von schlechter Laune oder Angespanntheit abgab. Er hoffte, heute keinen zu abgehetzten Eindruck zu vermitteln.

Julian schlenderte durch den mit Efeu umwachsenen Eingang nach drinnen.

Die Getränkepreise schienen sich in den letzten dreißig Jahren nicht geändert zu haben.

Die Besitzerin, Klara, eine in den 70er-Jahren beheimatete sechzigjährige Hippie-Dame, begrüßte Julian wie vor zwanzig Jahren mit einem freundlichen: »Hallo Junge, schön, dich zu sehen!«

Das Publikum war wie eh und je gemischt: Von den sechzehnjährigen Schülern bis zu den alten skatspielenden pensionierten Lehrern war alles vertreten, was sich dort wohl fühlte.

Der Duft von Marihuana- und Zigarettenrauch schwebte über dem Raum. Es war der Duft der Jugend. Menschen aller Generationen trafen sich hier, auch wenn sie nur auf Heimatbesuch waren. Am deutlichsten wurde das zwischen den Jahren, beginnend an Heiligabend. ›Weihnachten in der Villa!‹ war für die meisten seines Alters eine unabdingbare Größe im Jahresverlauf.

Julian setzte sich an einen Tisch in der Ecke. Heute war der Betrieb überschaubar. Am Wochenende sah das anders aus. Zwei Monate nach dem Lockdown vor drei Jahren musste die Polizei mehrfach einschreiten, da die Abstandsvorschriften bei den Menschenmassen zur Stoßzeit unmöglich einzuhalten waren.

Er bestellte ein Bier und zog sein Smartphone aus der Hosentasche.

Wird Viertel nach bei mir. Sorry. E

Da er sich selbst etwas verspätete hatte, war ihm das nur Recht.

Nach dem ersten Schluck Bier kam Emil um die Ecke und sah ihn an seinem Tisch im hinteren Teil der Gaststätte sitzen. Die beiden begrüßten sich mit einem Handschlag, der erste in diesem Jahr.

»Wie war die Schicht?«, fragte Emil, der bemerkte, dass sein alter Freund müde, fast schon traurig, wirkte.

»Vier OPs heute, du bist so ziemlich der erste Mensch, mit dem ich rede, der keinen Mundschutz und blaue OP-Kleidung trägt«, versuchte dieser etwas krampfhaft lustig zu wirken. »Stimmt nicht, Klara hat mich schon wie immer begrüßt«, korrigierte er sich, jetzt etwas entspannter.

»Hallo Junge, schön, dass du da bist«, zitierte Emil die Wirtin. Beide lachten und waren glücklich, sich außerhalb der sozialen Medien an diesem Abend zu sehen.

Schon nach einer Minute kam die Kellnerin mit einem Bier um die Ecke, das Emil beim Hereinkommen bestellt hatte.

»Wie immer, bitte sehr«, sagte sie und verschwand umgehend wieder.

»Und bei dir? Wie laufen die Enthüllungen?«, wollte Julian wie immer wissen, wenn er seinen alten Schulfreund länger nicht gesehen hatte. Emil wollte angesichts der vielen offenen Fragen und des Vorfalls von heute direkt zum Thema kommen und antwortete nur knapp: »Läuft alles so weit.«

Die Neuigkeiten über den Tod des Radfahrers wollte er noch für sich behalten. Diese Informationen musste er erst selbst einordnen und irgendetwas in ihm brachte ihn dazu, seinem alten Freund die Begegnung mit Lara und den Unfall am Abend nicht direkt mitzuteilen.

»Deine E-Mail war etwas verwirrend. Was meinst du, geht hier vor sich?«

»Keine Ahnung, aber der Tod von Niels und jetzt das Verschwinden von Tom … Irgendwie werde ich das Gefühl nicht los, dass alles in einem Zusammenhang steht.«

»Was ist denn überhaupt genau passiert?«, wollte sich Emil auf den neuesten Stand bringen lassen. Tiefgreifende Informationen hatte er bisher noch nicht erhalten. Scheinbar war Julian da mehr im Bilde.

»Also der Unfall von Niels kam hier allen sehr komisch vor. Er hat zwei Kinder, fährt die Strecke zur Arbeit täglich und weit und breit keine Anzeichen von Drogen oder Alkohol. Und dann überschlägt sich das Auto und er verbrennt im Wagen. Das finde ich schon seltsam.«

»Moment mal«, unterbrach ihn Emil. »Ich dachte, Niels wäre im Auto eingeschlafen. Sekundenschlaf oder Übermüdung.«

»Ich habe mit Jenny, seiner Frau, gesprochen. Sie ist eine Kollegin von mir. Ich war sie zwei Tage nach dem Unfall besuchen. Und da meinte sie, er wäre am Morgen ausgeschlafen gewesen. Und außerdem war er nie müde, keine Anzeichen oder Andeutungen, dass so etwas schon einmal passiert sei.«

»Was sagt die Obduktion?«, fragte Emil, da er ahnte, dass Julian auch weitere Informationen dazu eingeholt hatte.

»Nichts. Keine Spuren auf ein anderes Fahrzeug, kein Defekt am Auto, soweit man das bei dem Zustand beurteilen kann ...«

»Und was ist mit Tom? Was haben die beiden miteinander zu tun?«

»Naja, die waren schon früher die besten Freunde, das weißt du noch, oder?«, schien Julian wie selbstverständlich den Zusammenhang herzustellen.

»Ja früher, stimmt. Aber irgendwann haben die beiden doch nichts mehr miteinander geredet. Ich erinnere mich noch, dass Tom nicht auf der Beerdigung von Niels Vater war, was alle komisch fanden. Wann war das? 2005 oder 2006?«

»Ja, 2006, glaube ich. Kann sein, ja, aber immerhin waren sie lange Jahre die besten Freunde und jetzt sind beide in kürzester Zeit tot oder verschwunden. Ich meine, wann verschwindet hier schon mal eine Person spurlos? Das ist schon etwas seltsam …«

Emil war irritiert. Er konnte den Gedankengängen von Julian nicht folgen. Das Verschwinden war sicherlich ungewöhnlich, zumal es sich nicht um einen fünfzehnjährigen Teenager handelte, der von seiner ersten Liebe verlassen wurde, sondern um einen Mann mitten im Leben.

»Wo wurde Tom denn zuletzt gesehen? Es muss doch irgendeine Spur geben.«

»Er ist wie vom Erdboden verschluckt. Ich weiß es ja auch nur von seiner Mutter, die bei mir nachgefragt hatte, ob ich irgendetwas weiß. Aber ich habe ja schon länger nicht wirklich mehr etwas mit ihm zu tun gehabt. Er wollte ein Wochenende wandern gehen, das hat er öfter gemacht. Nur dieses Mal kam er nicht zurück. Es gibt keinen Hinweis, wo er sein könnte, oder was passiert ist. Er war meistens allein unterwegs, manchmal mit Leuten, die er im Internet gefunden hatte. Seine Mutter hat eine Vermisstenanzeige aufgegeben, aber die Polizei nimmt es nicht ernst. Er ist jetzt über eine Woche weg. Kein Wort zu niemandem, kein Kontakt. Sein Handy ist aus. Da muss was passiert sein!« Julian standen die Tränen in den Augen. Er redete sich mit jedem Satz mehr in Rage. Es schien geradezu, als wäre er wütend über das Unverständnis seines Freundes, hier eine Katastrophe zu erkennen.

Emil gab sich verständnisvoll: »Das klingt alles wirklich komisch. Vielleicht sollten wir morgen mal mit seiner Mutter reden, oder versuchen herauszufinden, wo seine Tour hingehen sollte.«

»Ich dachte, du könntest vielleicht eine Vermisstenmeldung schreiben, irgendwas für die Presse …«, schlug Julian vor.

»Ja, das werde ich tun. Lass uns trotzdem mit seiner Mutter reden, vielleicht hat sie Zugang zu seiner Wohnung und wir finden einen Laptop oder Hinweise. Er lebt doch hier in der Nähe und allein, oder?«

»Ja, er war für ein Jahr verheiratet, das ging aber nicht lange gut, seitdem lebt er in Trier und arbeitet als Programmierer. Ich glaube als Freelancer.«

Emil entschloss sich, den Unfall erst einmal nicht zu erwähnen. Julian schien zu aufgewühlt und beschäftigt mit den beiden Vorfällen, da würde ein neuer direkt in Eichwald nicht zu seiner Beruhigung beitragen.

Emils Handy vibrierte. Er nahm sein Telefon aus der Tasche und las nebenbei, ohne abgelenkt zu wirken.

Wenn du Donnerstag Zeit und Lust hast:
Komm zum Essen vorbei. Achtung, Kinder
sind auch anwesend :-)
18:00 Uhr? Lara

Sehr gut, dachte er. Im familiären Rahmen würden ihr Informationen sicher einfacher zu entlocken sein als an einem Tatort unter der Anwesenheit vieler Kolleginnen. Eventuell konnte er morgen ausloten, ob irgendein Zusammenhang zwischen den Fällen bestehen konnte. Auch wenn er bisher nicht besonders davon überzeugt war. Irgendetwas schien Julian aber ziemlich sicher zu machen. Er wirkte ungewöhnlich involviert und betroffen. Emil entschied sich, weitere Nachforschungen anzustellen.

Er tippte schnell in sein Smartphone:

Super, ich freu mich! Emil

Nach dem dritten Getränk war für diesen Abend Schluss. Julian musste am nächsten Tag erneut zu einer anstrengenden Schicht und bei mindestens zwei Operationen anwesend sein. Er und Emil verabschiedeten sich vor der Villa und verabredeten sich für Freitagmorgen zum Frühstück. Nach seiner letzten Zwölfstundenschicht hatte Julian bis zum kommenden Montag frei und wollte unbedingt mit seinem alten Freund Zeit verbringen.

Der Abend war angenehm warm und Emil ging alleine, ohne seinem Freund davon zu erzählen, zum Saarufer, wo sich früher viele Jugendlichen getroffen hatten, wenn die Villa voll war oder man mit mitgebrachtem Alkohol vorglühen wollte.

Die in großzügiger Anzahl aufgestellten Bänke waren kaum belegt. Ein Pärchen saß auf der letzten

Sitzgelegenheit im Schatten der Buchen.

Er brauchte noch etwas Zeit, um die Informationen und Neuigkeiten des Tages zu sortieren und nahm sich vor, morgen auch seinen Onkel Karl zu besuchen, den er dieses Jahr noch nicht persönlich gesprochen hatte. Zu dessen neunzigsten Geburtstag im Februar hatte er pflichtgemäß angerufen und seine Gratulation ausgesprochen, aber er wollte seiner Mutter mit dem obligatorischen: »Geh doch mal Onkel Karl besuchen. Wer weiß wie lange er noch da ist …« zuvorkommen.

Es war 23:59Uhr, als er zu Hause in Eichwald ankam.

Jonas

Mittwoch, 2. August 2023, 12:45 Uhr

Erst viel zu spät bemerkte er, dass das Schlürfgeräusch seines Hälmchens im leeren Latte-Macchiato-Glas die Aufmerksamkeit seiner Kollegen auf sich zog. Abrupt beendete er seinen täglichen Kaffeegenuss in der Mittagspause, als er die genervten Blicke seiner Tischnachbarn bemerkte, aus deren Gespräch er sich schon vor einigen Minuten ausgeklinkt hatte.

Die in Luxemburg gesetzlich vorgeschriebene Mittagspause war in Jonas' Augen reine Zeitverschwendung. Er musste sich aber daran halten und wollte nicht als Außenseiter alleine spazieren gehen. Also schloss er sich seinen Kollegen der Deutschen Bank, für die er in Luxemburg Stadt arbeitete, jeden Arbeitstag regelkonform an. Er genoss – im Gegensatz zu der *Plörre* aus dem Kaffeevollautomaten in der Bank – den wohltuenden Latte Macchiato im Café. Für 4,40 € ein teurer Spaß, den er sich aber durchaus leisten konnte.

Nach seiner Bankkaufmannslehre in Deutschland hatte er, wie jeder grenznahe Bankkaufmann auch, versucht, in Luxemburg einen Job zu finden, was ihm erst vor vier Jahren gelungen war.

Der Beruf war der gleiche. Langweilig und eintönig. Aber die Bezahlung war nach Steuern fast doppelt so hoch wie in Deutschland und dafür nahm er den Fahrtweg von einer Stunde zur Arbeit, einer Stunde Mittagspause und einer Stunde im Feierabendverkehr wieder zurück nach Eichwald in Kauf. Im Grunde hasste er seinen Job, aber ihm fehlte der Antrieb und der Mut, etwas Neues auszuprobieren. Er fühlte sich wie die Wüstenrennmaus im Terrarium in seinem Kinderzimmer damals: gefangen ohne Ausweg. Aber immerhin war er gut bezahlt.

Das Bankgeschäft war schon lange auf dem absteigenden Ast, jedenfalls in der Ebene, in der er sich befand. Überall wurden Filialen geschlossen, Angestellte durch Automaten ersetzt und mehr und mehr online abgewickelt. Obwohl er noch jung war, fühlte er sich am PC unwohl und unterdrückte den Gedanken, dass er einmal die Sparkassen-Filiale in Eichwald leiten sollte, wie sein Vater es einundvierzig Jahre lang getan hatte.

Neben dem Bäcker, dem Pastor und der Grundschuldirektorin war sein Vater eine der wichtigsten Persönlichkeiten im Ort. Der Mann mit den Finanzen. Ohne ihn wurde kein Kredit vergeben, kein Haus gebaut und kein Fest mit Sponsorenbudget eröffnet.

Jonas war eine anonyme Nummer in der riesigen Bankenblase in Luxemburg. Keine Entscheidung hing von ihm ab, kein Kredit wurde vergeben, ohne dass zwei Etagen über ihm nochmal alles geprüft wurde. Aber immerhin war sein Job noch immer sicher. Luxemburg und die Banken, das war, mit allen Höhen und Tiefen und erst recht nach dem Brexit, ein Schwamm, der alle Bankkaufleute und betriebswirtschaftlich Studierten der Großregion grenzübergreifend aufsog.

Zu gerne hätte er noch einen zweiten Latte Macchiato bestellt, aber seine Mittagspause war schon wieder fast zu Ende. Er knöpfte das Sakko seines blauen Anzugs auf und zog seine Krawatte wieder in Position. Eine schlechte Angewohnheit, fast schon eine Eigenart, die sich zu einem Tick entwickelt hatte, war die ständige Kontrolle seines Outfits. Die Peinlichkeit, unbemerkt mit einem Kaffeefleck auf dem weißen Kragen herumzulaufen, stresste ihn, solange er unter Menschen war und seine vorgeschriebenen Arbeitshemden mit Anzug und Krawatte trug.

Er fühlte sich auch nach all den Jahren als Arbeitnehmer bei einer Bank verkleidet. Vielleicht lag es an dem Umstand, dass er schon seit seiner Kindheit sehr tollpatschig war und oft unbemerkt mit Flecken herumlief. Oder an der Tatsache, dass viele Menschen, inklusive seiner Eltern, ihn auf sein Äußeres reduzierten. Er war nie der beste in Sport gewesen, hatte nie sonderlich gute Noten geschrieben. Auch musikalisch besaß er kein Talent.

Sein Merkmal war schon immer gewesen, dass er attraktiv aussah und viele ihn für ›niedlich‹ hielten. Und vor allem: dass niemand ihn wirklich ernst nahm. Er entsprach als Kind nicht nur einem Schönheitsideal, er hatte vielmehr einen Blick, nach dem sich nicht nur alte Damen umblickten. ›Süß‹ fanden ihn alle. Und jeder sagte es. Immer wieder.

Er hatte diese Rolle schon früh angenommen und auch deren Vorzüge lange genossen. Mit steigendem Alter wurde ihm aber bewusst, dass er nie einen inneren Antrieb entwickelt hatte, etwas aus sich zu machen. »Was kannst du besonders gut? «, hatte er als Kind in einem Freundebuch beantworten sollen. Ihm war nichts eingefallen. Auch seine Mutter, die die Fragen für ihn aufschreiben sollte, hatte lange überlegen müssen, bis sich beide schließlich auf »mit Lego spielen« geeinigt hatten. Mutter und Sohn hatten genau gewusst, dass das nicht stimmte. Selbst mit Lego waren seine Freunde aus dem Kindergarten stets kreativer und talentierter gewesen.

Im zarten Alter von zehn Jahren hatte er seinem Schulfreund David das Leben gerettet. Zufällig und in letzter Minute. Nach drei Tagen intensiver Suche – neben dem ganzen Dorf waren Feuerwehr, Polizei und Hundestaffeln unterwegs gewesen – war Jonas plötzlich eingefallen, dass der Junge die alten Stollen erkunden hatte wollen, da dort eines der Gitter offenstand. Die Zeitung hatte Jonas als Held gefeiert. Die Dankbarkeit von Davids Eltern war grenzenlos gewesen. Nur Jonas' Vater war klar gewesen, dass sein Junge fast den Tod von David zu verantworten gehabt hatte. »Das war verdammt knapp! Verdammt, Jonas!«, war sein vorsichtiger

Hinweis gewesen, dass die öffentlich gefeierte Heldentat nur knapp einer katastrophalen Schuld zuvorgekommen war.

Jonas und seine Kollegen zahlten und machten sich auf den Weg zur Bank. In seiner Hosentasche vibrierte sein Smartphone, was ihn zu dieser Uhrzeit sehr verwunderte. Alle ihm nahestehenden Personen wussten, dass er am Arbeiten war. Unerwartete Anrufe von Fremden hatte er so gut wie nie. Er blickte auf sein Display. Eine deutsche Vorwahl. Eine Mobilnummer. *Nicht, dass etwas mit meiner Mutter passiert ist,* dachte er und wischte über ›annehmen‹.

»Ja …? Jonas Hausen …«, meldete er sich schüchtern.

»Lara Riedel vom LKA aus Trier«, antwortete eine kräftige und selbstbewusste Stimme. »Vielleicht kennst du mich noch, Lara, aus Eichwald. Hast du einen Moment Zeit für mich?«

»Ähhh …«, überlegte er bei völliger Überforderung. LKA? Lara? Zeit? Jetzt? »Ähhh … Ja, also. Ich bin am Arbeiten. Also gerade in der Mittagspause, aber auf dem Weg ins Büro. Was ist denn passiert?«, versuchte er, etwas Sinnvolles zu sagen.

»Können wir uns heute Abend treffen?«, wich sie seinen Fragen aus. »Wann hast du Feierabend, beziehungsweise bist du wieder in Deutschland?«

»Ich fahre gegen 17:45 Uhr über die Grenze bei Remich.«

»Okay, dann sagen wir 18:00 Uhr bei dir. Passt das?«

»Ähh … Ja …« Er war so gestresst bei diesem überraschenden Gespräch, dass er dachte, er wäre vielleicht bei einer versteckten Kamera gelandet. »Das … Äh. Ja, das passt!«

Er drückte auf ›Auflegen‹ und bemerkte, dass die anderen schon etwas mehr als zwanzig Meter vor ihm schlenderten und sein Zurückbleiben nicht bemerkt hatten. Er ging nun zügiger in Richtung Bankgebäude, einem dreizehnstöckigen modernen Glasbau in der Innenstadt von Luxemburg.

Lara Riedel. Jonas konnte sich gut an sie erinnern, war er doch als Jugendlicher lange Jahre in das taffe ältere Mädchen verliebt gewesen. Lara war ein paar Jahre älter als er und hatte sich ihm gegenüber immer überlegen und distanziert gegeben. Jedenfalls war sie niemand, der den goldigen Jonas früher angehimmelt hatte. Das Gegenteil war der Fall. Und das machte Lara für ihn so interessant. Aber um sie jemals darauf anzusprechen, war Jonas viel zu schüchtern. Die Gleichaltrigen hatte er schon immer haben können. Viele Mädchen hatten sich für ihn interessiert, da war Jonas noch weit von seiner sexuellen Reife entfernt gewesen. Nicht so Lara. Aus seiner Sicht hatte sie ihn übersehen, was seit Beginn der siebten Klasse sein Interesse geweckt hatte.

Und dass Lara zur Polizei gehen wollte, wusste er auch noch. Nach ihrem Abitur hatte sich der

Kontakt jedoch verloren. Er wusste nicht mehr, wann er seinen Jugendschwarm zuletzt gesehen hatte. Das musste mindestens zehn Jahre her sein.

Seine Gedanken sprangen von Lara zur Polizei, zur Schulzeit und wieder zurück zur Bank. Woher hatte sie seine Nummer? Was wollte sie überhaupt von ihm? Wieso war sie am Telefon nicht konkreter geworden? Er versuchte, sich zu konzentrieren und den Rest des Arbeitstages nicht ausschließlich an Lara zu denken.

Er machte überpünktlich Feierabend und nahm den längeren, aber sicheren Weg über die Autobahn. Die einstündige Fahrt mit seinem Tesla Model Y aus der Hauptstadt Luxemburg zurück nach Deutschland war wie jeden Tag geprägt vom Stau bis zur Grenze. Er hatte sein neues Elektroauto erst kürzlich über ein Firmenleasing bekommen, musste aber einen Teil der Kosten privat tragen. Nach seinem Vertrag stand ihm lediglich ein Auto bis 45.000 Euro zu.

Als er um fünf Minuten vor sechs Uhr abends in die Einfahrt seines Einfamilienhauses einbog, bemerkte er den im Fahrerraum beleuchteten Wagen von Lara, einen 5er-Golf.

Ihre Überpünktlichkeit machte ihm die Dringlichkeit ihres Besuches noch einmal deutlich. Er parkte vor der Garage und ging auf ihr Auto zu.

Lara lehnte sich über den Beifahrersitz und suggerierte ihm durch das Öffnen der Beifahrertür, neben ihr Platz zu nehmen.

»Hallöchen«, versuchte er entspannt wirkend, seine alte Bekannte zu begrüßen.

»Hallo, Jonas. Danke für das schnelle Treffen«, erwiderte sie freundlich. »Schönes Haus. Und schöner Wagen. Was nicht alles in ein paar Jahren passiert, in denen man sich nicht sieht …«

»Danke. Ja, ich bin zufrieden. Aber was ist der Grund für unser Treffen? Ist was passiert?«, fragte er und bemerkte erleichtert, dass seine Frau Rebecca mit ihrem gemeinsamen Sohn am Fenster des Schlafzimmers stand. Über sich selbst erstaunt fiel ihm auf, dass er sich nicht umgehend heute Mittag schon erkundigt hatte, ob es den beiden gut ginge, beziehungsweise ob das Treffen etwas mit seiner Familie zu tun haben könnte.

»Ist das deine Frau und dein Kind?«, fragte Lara, die ebenfalls die Beobachter am Fenster bemerkte.

»Ja«, fing er freudig an zu erzählen. »Die fragt sich sicher, warum ich mich hier mit einer fremden Frau im Auto treffe … Wir wohnen jetzt seit zwei Jahren hier, der Kleine kam letztes Jahr zur Welt. Ein Hammer-Kerl. Der ist jetzt schon der Wahnsinn. Hast du auch Kinder, Lara?«

»Ja, schon etwas älter, aber ich erinnere mich noch gerne an die ersten Monate«, beantwortete sie knapp seine Frage und kam dann direkt zur Sache: »Der Grund für unser Treffen ist beruflicher Natur. Es kann sein, dass ich dich in den nächsten Tagen nochmal bitten muss, bei uns auf das Präsidium zu kommen, um eine schriftliche Aussage aufzunehmen. Das wird sich zeigen. Ich benötige nur dringend einige Informationen zu einem Fall, bei dem du mir eventuell weiterhelfen kannst.«

Seine gute Laune war wie weggeblasen. Es war also doch eine ernste Sache. Wie hatte er nur davon ausgehen können, dass es anders sein sollte? Aber in dieser Sekunde wurde ihm klar, dass dieses Treffen etwas in seinem Leben verändern würde. Seine Frau war hinter dem Vorhang verschwunden. Ob sie aus dem Hintergrund das Gespräch weiter beobachtete, war aus dem Auto nicht ersichtlich. Jonas ging jedoch davon aus und ärgerte sich, ihr keine WhatsApp mit einer Nachricht geschrieben zu haben. Das war typisch für ihn und ärgerte ihn hinterher immer selbst: Ständig vergaß er, Rebecca wichtige Informationen mitzuteilen. Ohne Vorsatz oder böse Absichten. Er dachte einfach nicht daran.

»Vielleicht hast du mitbekommen, dass Jakob Wild bei einem Fahrradunfall gestern verunglückt ist«, erklärte Lara ihm und beobachtete seine Reaktion.

Sein leerer Blick und sein entsetzter, starrer Gesichtsausdruck schienen ihr glaubhaft zu versichern, dass Jonas vom Tod seines Bekannten zum ersten Mal hörte.

»Jonas?«, hakte sie fragend nach.

»Nein«, antwortete er erstarrt. »Das habe ich nicht mitbekommen.«

»Wir haben Grund zur Annahme, dass es sich möglicherweise um Fremdverschulden handelt und es kein Unfall war«, fuhr sie fort. »Jakob ist die Downhillstrecke über Eichwald gefahren und an der scharfen Kurve über dem Felsen vom Rad gestürzt. Dabei hat er sich das Genick gebrochen.«

Sie wartete kurz seine Reaktion ab. Jonas blieb stumm, versuchte aber den Eindruck zu vermitteln, als würde er sie verstehen. Der Schock war ihm dennoch sehr deutlich anzumerken. Sein Gesicht war schlagartig kreidebleich geworden. Seine fröhlichen Gesichtszüge wichen einer ernsten Miene, die man selten bei ihm so sah.

»Wir wollen seinen Tag und den Unfall rekonstruieren und brauchen deine Hilfe, Jonas«, erklärte sie in einem ruhigen Ton. »Wir haben durch die ersten Gespräche mit seiner Familie erfahren, dass du häufiger mit ihm Touren gemacht hast. Ist Jakob diese Strecke regelmäßig gefahren? Vielleicht sogar jeden Dienstag?«

Er dachte nach. Sich zu konzentrieren, fiel ihm angesichts der Informationen und Anspannung schwer.

»Ja also …«, begann er, um zu signalisieren, dass er die Fragen verstanden hatte. »Also … äh.

Ich bin schon häufiger mit ihm gefahren. Aber dienstags war er eigentlich immer alleine unterwegs. Ich komme ja nie vor achtzehn Uhr nach Hause. Mit dem Kleinen und dem Essen wird mir das zu spät. Wir sind immer am Wochenende gefahren. Meistens sonntags. Und dann auch oft zum Abschluss den Trail am Felsen.«

»Aber Jakob ist auch regelmäßig dienstags gefahren? Und dann alleine? Oder hatte er noch andere Bekannte, die ihn vielleicht dienstags begleiteten?«

»Also … Davon weiß ich nichts. Ich war ja dienstags nicht dabei. Aber ich denke, er ist dann immer alleine auf Tour gewesen. Jakob hatte so gut wie keine Unfälle. Im Gegensatz zu mir. Er klebt an dem Bike, obwohl er sehr schnell fährt. Vor allem wenn er die Strecke kennt.«

»Und diese Strecke kannte er gut?«, hakte sie nach.

»Ja!«, gab Jonas sehr deutlich als Antwort. »Den Trail fahren wir seit Jahren. Eigentlich seit 2005. Da habe ich mein erstes Downhillbike bekommen. Jakob ist ja schon früher gefahren. Die Strecke kennt er in- und auswendig. Und da gibt er auf jeden Fall alles!«

»Wer weiß denn alles davon, dass Jakob diesen Trail immer dienstags abends fuhr?«, versuchte sie sich etwas persönlicher in seinem Fachjargon auszudrücken.

»Puh. Schwer zu sagen. Also seine Freunde und Familie auf jeden Fall. Wer da spazieren geht, mit Sicherheit auch. Es ist ja auch kein Geheimnis«, erklärte er, jetzt etwas gelassener und konzentrierter wirkend.

»Ist dir in den letzten Wochen irgendwas Komisches aufgefallen?«, versuchte sie, direkt weiter nachzuhaken. »Irgendeine Situation, die dir sonderbar vorkam, wenn du mit Jakob unterwegs warst? Oder hat er sich anders verhalten als sonst?«

»Was heißt in den letzten Wochen? Wir sind ja nur einmal die Woche gefahren. Vor vier Wochen war ich krank und habe abgesagt ...«

»Und bei den letzten beiden Touren? Irgendetwas, was ihn belastet hat oder was anders war als früher?«, hakte sie nach.

»Nein, er war wie immer. Nichts Besonderes. Ich kann mich jedenfalls an nichts erinnern, was sonderbar war. Oder Moment ...«

Er überlegte.

Lara ließ Jonas, ohne weiter nachzufragen, Zeit, da sie sich sicher zu sein schien, dass er nur ohne Druck relevante Informationen liefern würde. Es dauerte einige Sekunden, bis er erneut ansetzte: »Vor etwa drei Wochen«, versuchte er sich zu erinnern. »Ja, genau. Das muss so vor drei Wochen gewesen sein. Am Sonntag. Da sind wir zusammen den Trail gefahren. Auf der Höhe oben fährt man ja an den Feldern des Bauern Feller vorbei. Also, man kommt aus dem Wald und bevor man hinten wieder an die Felsen kommt, fährt man etwa einen Kilometer am Waldrand an den Maisfeldern vorbei. Da hat uns einer von der Anhöhe aus beobachtet. Der Stand mit dem Fernglas auf der anderen Seite des Feldes, wo die Weinberge anfangen. Und der hat uns ganz klar beobachtet. Jedenfalls kam es uns so vor.«

»Konntet ihr erkennen, wer das war?«, versuchte sie erneut, präzisere Informationen aus Jonas herauszubekommen. »Und wo genau stand er? Kannst du mir die Stelle zeigen?«

Sie zog ihr Smartphone aus der Tasche und öffnete die Google-Maps-App.

Sie tippte ›Eichwald‹ ein, zoomte auf die Stelle, wo sie in etwa das Geschehen vermutete, und hielt ihm das Display entgegen.

»Boah, das weiß ich nicht mehr genau.« Jonas überlegte kurz. Dann tippte er auf eine Stelle im Weinberg. »In etwa hier stand der. Erkennen konnten wir den nicht genau. Das Feld ist kilometerlang. Wir haben nur gesehen, dass uns da jemand beobachtet hat. Das war irgendwie klar. Als Jakob angehalten hat, weil der Waldboden da voller Wurzeln ist und man auf die Entfernung kaum was erkennen kann, ist die Person auch direkt verschwunden. Aber wir standen genau hier«, zeigte er Lara die Stelle auf Google Maps, bei der das Feld eine etwa Zwanzig-Grad-Kurve nahm und auf der Luftaufnahme deutlich zwei Sitzbänke zu erkennen waren. »Da stehen die zwei heruntergekommenen Bänke vom Kulturverein. Die nutzt seit Jahren niemand mehr, obwohl die Aussicht von da wirklich super ist.«

Lara markierte die Standorte mit den Placemarks ›A‹ für den Standort des Beobachters und ›B‹ für den Rastort der beiden Radfahrer, ohne seine Ausführungen zu unterbrechen. Sie ließ ihn einfach reden.

»Ich glaube, Jakob hat erwähnt, dass er am Dienstag davor schon einmal beobachtet worden war«, fügte er weiter hinzu. »Aber an einer anderen Stelle. Scheinbar die gleiche Person. Ich habe da aber ehrlich gesagt nicht wirklich drauf geachtet. Ich habe den kurzen Stopp genutzt, und war hinter der Bank schnell pinkeln.«

Lara konnte ihre Enttäuschung kaum verbergen. Eine heiße Spur, die durch den einzig lebenden Zeugen unbrauchbar geworden war.

»Okay, das wär's fürs Erste«, beendete sie die Unterhaltung. »Morgen wird dich ein Kollege von mir anrufen und bitten, deine Aussage schriftlich abzugeben. Wenn dir noch irgendetwas einfällt, sag mir bitte Bescheid. Jedes Detail kann wichtig sein.«

Er nickte zustimmend und stieg aus dem Auto aus. Auf dem Weg zum Haus gingen ihm tausend Dinge durch den Kopf. War es wirklich sinnvoll gewesen, den Unbekannten zu erwähnen? Schließlich hatte nur Jakob die Vermutung gehabt, beobachtet zu werden. Jonas hatte seine Gedanken vor ihm als Einbildung abgetan. Es hätte ja auch ein Vogelbeobachter – er hatte schon im Gespräch mit Jakob das Wort Ornithologe gesucht, aber den Fachbegriff einfach nicht Kopf gehabt – oder ein Förster sein können. Oder einfach jemand, der sein neues Fernglas ausprobierte.

Jetzt, da es scheinbar um ein Verbrechen ging und sein Freund tot war, bewertete er die Vermutung von Jakob plötzlich anders und verheimlichte vor Lara, dass er damals keine Minute darüber nachgedacht hatte oder gar in Sorge gewesen war. Hoffentlich war für ihn die Sache erledigt, als er durch das sich langsam öffnende elektrische Garagentor ins Haus ging.

Lara stöhnte geräuschlos vor sich hin, als Jonas sich vom Auto entfernt. *Er war pinkeln, als sich das aussichtsreichste Detail ereignete.*

Sie hatte nicht das Gefühl, hier wirklich weiterzukommen, aber sie dokumentierte die Beobachtung natürlich und ging dem Hinweis nach.

Schnell beschriftete sie die Placemarks A und B auf der Map mit ›Standort des Beobachters‹ und ›Rastort der beiden Radfahrer‹. Sie fügte einen Standort C in der Hälfte des Weinberges hinzu, bei der genau unterhalb der Markierung des Beobachters eine deutliche Verbreiterung am schmalen Wirtschaftsweg mitten durch den Weinberg zu sehen war. Diese Ausbuchtungen waren ihr sehr gut bekannt. Sie befanden sich auf den schmalen Wegen durch die Weinberge alle fünfhundert Meter und dienten dazu, dass Traktoren wenden oder aneinander vorbeifahren konnten.

Die Weinbergparzellen waren oft verschiedenen Winzern zugehörig und zur Traubenlese oder im Frühjahr zum Rebschnitt waren viele Traktoren gleichzeitig unterwegs. Sie beschriftete den Standort C mit ›möglicher Parkort Pkw‹.

Diese Halte- oder Wendebuchten waren der ideale Parkplatz für ein Auto, welches der Beobachter dort abgestellt haben könnte.

Sie drückte auf das ›teilen mit‹-Symbol und verschickte die Karte als Anhang einer Mail.

Betreff: Spurensicherung // Jakob Wild

Hallo Wolfgang.
Ich brauche eine neue Spurensicherung in der Nähe des Tatortes von gestern.
Der Zeuge Jonas Hausen hat von B aus zusammen mit dem Opfer einen Beobachter am Standort A erkannt, der möglicherweise bei C geparkt haben könnte.
In der Anlage habe ich eine Karte mit den Standorten beigefügt:
A für Standort des Beobachters
B Rastort der beiden Radfahrer
C möglicher Parkplatz
Das Ganze ist etwa 3 Wochen her.
Bitte überprüfe doch, ob man vom Standort B aus einen Menschen am Standort A erkennen kann. Und ob es Reifenspuren zu einem Pkw am Standort C gibt. LG, Lara

Sie wartete noch einen Moment, um das Gespräch zu rekapitulieren und ihr weiteres Vorgehen zu ordnen. Lara erkannte nach wenigen Minuten Jonas auf der ersten Etage am Fenster. Er entledigte sich seines Anzuges, der an ihm wie eine Verkleidung wirkte. Überhaupt passte das Leben, das er führte, nicht zu dem Jonas, den sie von damals in Erinnerung hatte. Irgendein Detail störte sie. Für heute war aber definitiv Feierabend. Sie wollte die Kinder noch sehen, bevor sie einschliefen, weshalb sie die weitere Planung auf morgen verschob.

Karl

Donnerstag, 3. August 2023, 09:40 Uhr

Der Holzstuhl, in dem er morgens seinen Japan-Sencha-Grüntee zu trinken pflegte, quietschte bei der kleinsten Bewegung, was ihn fast in den Wahnsinn trieb. Er stellte seine leere Teetasse auf dem kleinen Beistelltisch ab und erhob sich aus seinem Sessel. Das Aufstehen fiel ihm immer schwerer, die Anstrengung wurde immer größer, aber er ignorierte den Verfall seines Körpers konsequent und versuchte, auch ohne die Anwesenheit anderer Menschen keine Schmerzen oder Schwerfälligkeiten zu zeigen.

Mit seinen neunzig Jahren war er ohnehin ein biologisches Phänomen. Er war einer der letzten Überlebenden des Zweiten Weltkrieges. Zumindest in Eichwald der letzte Zeuge einer dunklen Zeit.

Karl war, wie viele seiner Mitschüler auch, nach den verpflichtenden acht Jahren Volksschule und nach Kriegsende bei der Eichwalder Glashütte in die Lehre gegangen.

Seine Jugend jedoch war geprägt gewesen von Angst und Verlust. Als er am 30. Januar 1933 zur Welt gekommen war, war Adolf Hitler zum Reichskanzler durch den Reichspräsidenten Paul von Hindenburg ernannt worden. Die Reichspropaganda und die Hitlerjugend waren ihm aber, vor allem durch die Erziehung seiner Eltern, immer befremdlich gewesen und er versuchte, sich so gut es ging davon zu distanzieren.

Mit dem Herannahen der Front Ende 1944 war der Krieg, der bis dato für den elfjährigen Karl immer so weit entfernt erschienen war, auch nach Eichwald gekommen. Die ersten Anzeichen hatten sich schon Jahre zuvor mit dem Bau des Westwalls angedeutet, der von Bunkern und Höckerlinien sowie Panzer- und Schützengräben geprägt gewesen war.

Später dann die Einquartierungen von Soldaten, die erste Evakuierung von September bis Dezember 1939, die wachsende Knappheit an Versorgungsmitteln und schließlich die Rekrutierungen von Eichwalder Männern zum Kriegsdienst, hatten jedoch den Kriegszustand stets präsent sein lassen. Einer derer, die auch am Ende noch eingezogen worden waren, war Karls Vater Johann gewesen. Seine letzten Worte zu Karl waren gewesen: »Bald ist der sinnlose Mist hier vorbei! Keine Angst, Karl. Wir sehen uns wieder!« Die Angst war immer da. Das Wiedersehen blieb aus.

Oft waren Karl und seine Mutter in den Bunkeranlagen der Stollen oberhalb des Sees bei Ockhofen gewesen und hatten sich vor Angriffen der Alliierten versteckt.

Am 3. Dezember 1944 war der Befehl zur Räumung Eichwalds eingegangen, dem etwa zwei Drittel aller Dorfbewohner gefolgt waren. So auch Karl und seine Mutter. Gleichzeitig war der Unterricht eingestellt und die Kirche geräumt worden. Vereinzelte Bomben- und Granattreffer hatten zu Schäden am Pfarrhaus, der Kirche und vielen Häusern des Dorfes geführt.

Karl und seine Mutter hatten zu dieser Zeit fast ausschließlich im Luftschutzbunker gelebt. Die Bombendetonationen im umkämpften Gebiet waren durch Erschütterungen und dumpfe Einschlaggeräusche bis in den Bunker hörbar gewesen. Sie waren für ihn grausam und erfreulich zugleich: Das Kriegsende war spürbar gewesen. Die Angst war der Erleichterung über eine hoffnungsvolle Zukunft gewichen. Da war sich Karl sicher gewesen. Er hatte versucht, seine Mutter täglich aufzubauen und hatte Geschichten über die Zeit nach dem Krieg erfunden.

Heute war er dankbar für jeden Tag, den er mit seinem bescheidenen Wohlstand in seinem Heimatort genießen hatte dürfen. Jammern kam ihm dabei nicht in den Sinn.

Nachdem 2009 seine acht Jahre jüngere Frau verstorben war, hatte sich Karl jedoch stark verändert. Seine Fröhlichkeit und Gelassenheit waren nicht mehr spürbar. Die Höhen und Tiefen des Lebens hatte er früher stets mit Humor genommen und hatte ausgeglichen und zufrieden gewirkt. Der Tod seiner Frau hatte ihn jedoch sehr getroffen. Nicht dass er nun ein griesgrämiger alter Mann war, er wirkte nur seither eher traurig und nachdenklich. Das blieb auch Emils Mutter, seiner Nichte, nicht verborgen. Sie bemühte sich sehr, den Kontakt zu halten und Karl zu unterstützen, wo sie konnte.

Die meiste Zeit des Tages verbrachte der rüstige Rentner allein. Er kümmerte sich um seine Bienen. Die Imkerei war seine Leidenschaft und sein Hobby. Das ganze Dorf kaufte den Honig beim Imker Karl. Die Grundschullehrerin des Ortes nannte ihn einmal den ›Bienenflüsterer‹, weil er den Grundschülern, die ihn regelmäßig in der vierten Klasse besuchten, weit mehr als nur die Arbeit eines Imkers erklärte. Er erzählte vielmehr, welche großen Aufgaben seine Bienen in der Umwelt hätten, dass es ohne diese wichtigen Insekten keine Artenvielfalt gäbe, und dass diese mehr über das Wetter verrieten als die Tagesschau.

Er war, ohne es für sich zu beanspruchen, ein echter Experte auf dem Gebiet und liebte es, jungen Menschen mit Begeisterung davon zu erzählen. Früher. Heute war das anders. Er schob es auf sein Alter, aber tatsächlich hatte er einfach keine Lust mehr. Die Besuche der Grundschule wurden weniger, das Thema Bienen wurde für ihn immer unbedeutender und auch die Leidenschaft war eher einer Routine gewichen.

Er kam mit einer Sprühflasche WD-40 und einer vollen Tasse Tee zurück zu seinem Platz und sprühte etwas Öl auf die Befestigungen des Sessels, die er als Ursache der Quietschgeräusche ausmachte. Zufrieden setzte er sich wieder in den Stuhl und genoss die Ruhe und Wärme auf seiner Veranda.

Da er in der Nacht zuvor, wie so oft in den vergangenen Tagen, schlecht geschlafen hatte, war er kurz davor, wegzudösen. Er hatte alle Zeit der Welt und vor allem: keine Pläne für den Tag. Er gab seinem ermüdeten Körper nach und ließ sich treiben. Karl schloss die Augen und verschränkte die Arme vor seiner Brust. Die morgendliche Sonne erwärmte seine Haut und die Erinnerungen an die Tage der vergangenen Jahre machten ihn traurig und stolz zugleich. Er hatte viel in seinem Leben bewegt und angepackt. Er hatte unzählige Menschen um sich herum, die kamen und gingen. Karl war im Reinen mit sich und seinem Leben. Nur der Schmerz über den Verlust seiner Frau überschattete jeden Anflug von positiven Gedanken. In diesem Moment genoss er die Ruhe und Friedlichkeit der Situation.

Erst spät bemerkte er, dass sich ein Schatten vor ihm aufbaute und eine Stimme sich immer mehr in seiner Gedankenwelt hervortat. Er öffnete die Augen und erkannte erst nach einer Sekunde, wer vor ihm stand.

»Onkel Karl?«, hörte er ein weiteres Mal, jetzt deutlich vor sich die Stimme rufen.

»Emil, schön dich zu sehen!«, begrüßte er mit matter Stimme, jedoch freudig erregt seinen Großneffen, der es gewohnt war, durch den Garten zu ihm zu kommen. Er war als Kind oft mit dem Fahrrad zu ihm gefahren und die Routine und Vertrautheit war auch heute noch wie selbstverständlich da.

»Hallo Onkel Karl, wie geht's dir?«, fragte der seltene Besucher und ignorierte, dass er seinen Onkel scheinbar bei einem morgendlichen Nickerchen gestört hatte.

»Kein Grund, zu klagen. Mir geht es immer gut«, entgegnete Karl, der allen Grund zum Klagen hatte, die Freude über den Besuch seines Neffen aber damit nicht überschatten wollte.

»Deine Mutter hatte gar nicht erwähnt, dass du in Eichwald bist. Sie war vorgestern noch hier und hat von deinen Geschichten aus Berlin erzählt.«

Offensichtlich meinte er Emils Reportagen oder Texte in Zeitungen und seinen Blog. Onkel Karl war wie immer auf dem Laufenden, er hatte schon oft mit dem Wahl-Berliner Gespräche über Themen aus seinen Artikeln geführt. Emil freute sich über das Interesse an seiner Arbeit. Die beiden waren wie Großvater und Enkelsohn. Er hatte seinen Opa, den Bruder von Karl, nie kennengelernt. Karl hatte sich in Emils Kindheit und Jugend stets wie ein Großvater um seinen Neffen gekümmert. Er hatte ihn mit zu seinen Bienen genommen, Ausflüge mit ihm gemacht und ihn auch finanziell unterstützt, als die Anschaffung des ersten Autos anstand.

»Ja, mein Besuch ist auch sehr spontan. Ich habe

bis nächste Woche Urlaub und wollte mal wieder heimkommen«, gab Emil nicht ganz wahrheitsgetreu den Grund seines Heimatbesuches wieder. »Was gibt's hier Neues?«, wollte er von seinem Onkel wissen, der in Eichwald besser vernetzt war als er selbst.

Onkel Karl kannte jeden Bürger, auch die, die schon jahrzehntelang nicht mehr lebten. Insgeheim hoffte er, einige Einschätzungen aus seiner Perspektive zu bekommen, da er sich sicher war, dass den alten Herrn ein oder zwei Unfälle oder das Verschwinden eines Menschen nicht so schnell schocken konnten. Er hatte weitaus Schlimmeres in seinem Leben erlebt.

»Hier passiert jeden Tag alles und nichts. Leute kommen und gehen. Ich bin jetzt der Dorfälteste, seit Hermann gestorben ist«, erklärte er melancholisch.

»Hermann Kroll ist gestorben? Hat meine Mutter gar nicht erzählt …«, erwiderte Emil, der sofort wusste, wer gemeint war.

»Ja, der war ja auch alt genug«, schmunzelte Karl, der selbst kaum jünger war als sein alter Freund.

»Ich hab gehört, Niels ist bei einem Autounfall ums Leben gekommen. Und Tom ist verschwunden. Den hast du früher immer mit mir zum Schwimmtraining gefahren. Weißt du, wen ich meine?«, versuchte Emil, das Gespräch auf die mysteriösen Vorfälle zu lenken.

»Klar weiß ich, wer Tom ist. Sein Vater und dein Vater waren früher die besten Freunde. Ein höflicher Junge. Ich habe das gehört. Seit damals ist nichts mehr, wie es früher war, in Eichwald. Das Dorf hat sich verändert. Und die Menschen. Das ist ein Fluch, der auf Eichwald liegt, seit damals ...«

»Was meinst du damit? Seit wann *damals*?«, versuchte Emil, die Gedanken seines Onkels einzuordnen. Er dachte an die Geschichten seines Onkels über den Krieg und die Nazis. Die schrecklichen Jahre vor 1945, bei dem das halbe Dorf zerstört worden war und in Flammen stand.

»Das Feuer vor zwanzig Jahren. Als die Hütte der von Saarsteins abgebrannt ist. Jetzt geht alles wieder von vorne los. Am besten, du fährst schnell wieder zurück nach Berlin.«

Emil war verwirrt. Er wusste nicht so recht, was sein Onkel damit sagen wollte.

»Wieso geht alles wieder von vorn los? Was meinst du damit?«, hakte er nach.

»Die Stimmung im Dorf ist seit damals eine andere. Nach dem Brand in der Hütte war hier nichts mehr wie vorher. Und glaub mir, hier ist schon viel passiert.«

Karl kam Emil plötzlich so fremd vor. Er selbst war seit 2003 kein Teil der Dorfgemeinschaft mehr. Auch seine ehemaligen Mitschüler, Verwandten und Nachbarn kamen ihm seit seinem Umzug nach Berlin fremd vor, was ihn nicht weiter wunderte – im Gegenteil, schließlich lebte er nun fast 800 Kilometer entfernt. Nie hätte er dieses Gefühl mit dem Brand 2003 in Verbindung gebracht.

»Es gibt so gut wie kein Vereinsleben mehr in Eichwald. Das Weinfest ist seither immer kleiner geworden und findet ja schon seit einigen Jahren nicht mehr statt. Diese Hütte, die damals abgebrannt ist, gehörte ja Edeltrud von Saarstein. Sie hatte sich kurz vor dem Prozess das Leben genommen. Ich glaube mit Gift. Sie hatte die Hütte an Touristen und Wanderer vermietet und sollte wegen fahrlässiger Tötung angeklagt werden. Zu dem Prozess kam es dann aber nie.« Emil kannte die Geschichte natürlich. Der Prozess und der Selbstmord waren lange Gesprächsthema Nummer eins gewesen. Karl fügte nach einer kurzen Pause hinzu: »Es ist wie ein Fluch. Eichwald hat die Schuld nie überwunden. Niemals. Und jetzt rächt sich, was damals passiert ist.«

Die von Saarsteins waren der alte Adel und Großgrundbesitzer einer längst vergangenen Zeit. Deren Einfluss und Macht war schon damals nur noch im Besitz imposanter Gebäude und Ländereien sichtbar gewesen. Die von Saarstein-Dynastie war bis in die Siebziger mit der Eichwalder Glashütte der größte Arbeitgeber der Region gewesen. Die Verbundenheit zur NSDAP und deren Mithilfe, kriegsrelevante Güter zu produzieren, brachte der Firma viel Geld – und nach Kriegsende die Beschuldigung wegen Beihilfe eines Systems, mit dem niemand in Verbindung stehen wollte.

Emil

Donnerstag, 3. August 2023, 10:30 Uhr

Emil war wie versteinert. Julian war nicht der Einzige, der einen Zusammenhang erkannte. Nur was hatten die Ereignisse mit damals zu tun? Und vor allem: Wie hingen sie zusammen?

Er beschloss, sich heute noch über die Hintergründe des Brandes 2003 zu informieren. Langsam, aber sicher wurde ihm klar, dass nicht nur er sich von seinem Heimatort entfremdet hatte. Auch Karl und viele andere Bewohner waren sich fremd geworden. Die Dorfgemeinschaft hatte sich verändert.

Nachdem Emil zu Hause angekommen war, öffnete er den Laptop in seinem Jugendzimmer auf seinem alten Schreibtisch.

Er musste dringend einige Recherchen anstellen und versuchen, herauszufinden, ob es einen Zusammenhang zwischen dem Verschwinden von Tom und dem Unfall von Jakob gab.

Er öffnete Google und tippte ein:

›Brand Waldhütte 2003 Eichwald‹

Die Suchmaschine zeigte einige Ergebnisse an, bei denen einzelne Wörter gestrichen waren. Es gab mehrere Brände in Eichwald in anderen Jahren, die dokumentiert waren.

Fast alle Ergebnisse waren der lokalen Presse zu entnehmen, die seit den Anfängen der 2000er-Jahre zunehmend Artikel online einstellte. Ein Hausbrand aus dem Jahr 2010 wurde mehrfach in unterschiedlichen Medien und einem Forum als Ergebnis gelistet.

Auf der zweiten Seite der Google-Liste wurde Emil dann fündig.

Die lokale Tageszeitung ›Saar Mosel Zeitung‹ titelte am 9. August 2003 ›Brand in der Waldhütte bei Ockhofen: Mann erliegt seinen Verletzungen‹.

Emil klickte auf den Artikel.

In der Onlineversion des Beitrags war ein Bild des abgebrannten Gebäudes zu sehen, mit einer Bildunterschrift:

> ›Beim Einsatz des nächtlichen Brandes waren die Feuerwehr, Rettungsdienste und die Polizei im Einsatz. Der männliche Besucher der Hütte erlag seinen Verletzungen noch am Unfallort.‹

Emil erinnerte sich nicht, den Artikel damals gelesen zu haben. Der Brand war zwar das Gesprächsthema Nummer eins an den Folgetagen gewesen und die ›Saar Mosel Zeitung‹ – kurz SMZ – hatte seine Mutter bis heute im täglichen Abo, das Foto kam ihm aber trotz allem nicht bekannt vor.

Er erinnerte sich, dass er kurz nach dem Weinfest, am Folgetag oder vielleicht am Montag darauf, mit dem Zug nach Berlin gefahren war, um seine Bewerbung an der Journalistenschule abzugeben und sich nach einer Wohnung umzusehen. Emil hatte von der weiteren Berichterstattung und dem Tratsch im Dorf wenig mitbekommen.

Der folgende Text in der Samstagsausgabe war wenig aufschlussreich und kurz gehalten. Sicherlich hatte man nur schnell die Information mit unterbringen oder online stellen wollen. Ob die Notiz überhaupt am Samstag gedruckt wurde, konnte er nicht erkennen.

> ›In der Nacht zum Samstag kam es in einer Waldhütte in der Nähe von Ockhofen gegen 3:00 Uhr zu einem folgenschweren Brand: Die Waldhütte, die seit einigen Jahren von Touristen und Wanderern des Jakobsweges als Unterkunft genutzt wurde, brannte bis auf die Grundmauern ab.
> Dabei kam ein Mann ums Leben. Er verstarb noch am Unfallort an den Folgen seiner Verbrennungen. Über die Identität des Toten und die Brandursache lagen bis Redaktionsschluss keine Informationen vor.
> Im Einsatz waren mehrere Einsatzwagen der Polizei und Feuerwehr sowie das DRK mit einem Rettungswagen. Wir berichten in Kürze weiter.‹

Sehr dürftige Informationslage, dachte Emil. Da er sich mit den Abläufen und der Produktion einer Tageszeitung bestens auskannte, wusste er, dass um diese Uhrzeit die Zeitung meistens schon im Druck war. Sicher gab es einen detaillierten Bericht in der Montagsausgabe. Er recherchierte auf der Internetseite der ›Saar Mosel Zeitung‹, wurde aber nicht fündig. Die lückenlose Dokumentation der Artikel im Internet stand 2003 noch nicht im Fokus. Die meisten neueren Artikel lagen sowieso hinter einer Paywall und mussten mit 0,99 Cent gekauft werden. Emil hielt nichts von dieser Strategie, gab aber nach weiteren zwanzig Minuten Suche auf.

Er sah auf sein Handy. 11:29 Uhr.

Schnell öffnete er einen neuen Tab und googelte die Öffnungszeiten des Stadtarchivs.

Heute geöffnet bis 16:00 Uhr.

Er klappte seinen Laptop zu, verstaute ihn in seinem Rucksack und machte sich auf den Weg.

Das Stadtarchiv hatte Emil früher mehrmals im Monat besucht. Er liebte es, in alten Büchern und Zeitschriften zu stöbern. Die Dokumentation auf Mikrofilmen hatte er mit großem Interesse bei einem Schulausflug bewundert und sich seither mit Archiven und Dokumentation beschäftigt. Er war als Jugendlicher nie nostalgisch dem alten Druckwesen gegenüber eingestellt gewesen oder hatte den, durch die Digitalisierung schwindenden, Auflagen der Printmedien hinterhergetrauert. Im Gegenteil. Als Gerade-Noch-›Digital Native‹ war er schon sehr früh an digitalen Formaten interessiert gewesen und hatte sich mit den neuen Medien beschäftigt.

So war es auch Emil gewesen, der der alten

verstaubten Schülerzeitung seiner Schule ins einundzwanzigste Jahrhundert verholfen hatte, indem er die erste Onlineausgabe einführte.

Mit Stolz ›blätterte‹ er noch heute zweimal im Jahr die Schülerzeitung seiner ehemaligen Schule im digitalen Format durch und freute sich, dass einige Rubriken und Ideen von ihm kamen. Gut zwanzig Jahre waren vergangen, aber seine Spuren waren immer noch sichtbar.

Er war drei Jahre Chefredakteur der Schülerzeitung und auch in den Jahren nach seinem Abitur immer wieder ein gern gesehener Gast bei Redaktionssitzungen freitagnachmittags gewesen. Auch das hatte sich in den letzten zwanzig Jahren nicht geändert.

Emil betrat das Stadtarchiv durch den Haupteingang. Hier waren immer noch die Coronaregeln sichtbar: Rechts Eingang. Links Ausgang. Und auf dem Boden rote Trennlinien. Das war zu seiner Schulzeit anders gewesen: Alle Wege hatten nach drinnen oder eben draußen geführt. Aber die Jahre 2020 und folgende hatte überall ihre Spuren hinterlassen.

An der Anmeldung saß Frau Hammerschmidt, eine etwa achtzigjährige zierliche Person mit schmalem Gesicht und einer Brille mit kleinen, ovalen Gläsern. Ihr Haar war grau meliert, aber Emil erkannte sie umgehend. »Sie arbeiten ja immer noch hier, Frau Hammerschmidt«, begrüßte er die alte Dame freudig. Unweigerlich war sie schon seit

Jahrzehnten das Gesicht des Archivs. Niemand kam an ihr vorbei, ohne ihrem kritischen Blick entgehen zu können. Eine Kontrolle, die heutzutage in vielen Museen und Archiven offensichtlich platzierte Überwachungskameras übernahmen. Hier war das wachsame Auge Frau Hammerschmidt. *Big Brother is watching you!* Sie war tatsächlich immer noch an ihrem Platz.

»Herr Eichwald. Schön, Sie mal wiederzusehen«, erwiderte sie nüchtern, aber mit einer Nuance an Freude, die Emil in ihren Augen zu entdecken glaubte. »Es handelt sich aber um einen seltenen Aufenthalt dieser Tage. Ich bin seit mehr als sieben Jahren pensioniert und helfe nur noch gelegentlich aus, wenn mein Nachfolger in Urlaub ist. Das ist diese Woche der Fall.«

»Dann freue ich mich, Sie genau jetzt noch erwischt zu haben. Ich muss kurz zu den Zeitschriften ...«, antwortete er im Vorbeigehen. Er erinnerte sich noch gut an die ausweglose Situation, wenn man in Gespräche mit Frau Hammerschmidt verwickelt war. Unter fünfzehn Minuten kam man da nicht raus. Das wollte er sich trotz der Freude über das Wiedersehen heute ersparen.

Ihr »Sie wissen ja, wo es lang geht« hatte er schon nicht mehr mitbekommen.

Emil wusste genau, wo er suchen musste. Alle Ausgaben der SMZ lagen in dreifacher Ausfertigung im Stadtarchiv und waren auf Mikrofilmen gespeichert. Zum Erstaunen stellte er allerdings fest, dass mittlerweile die Arbeitsplätze alle mit PCs ausgestattet waren und man sich nicht mehr durch die Mikrofilme suchen musste. Scheinbar war auch hier die Digitalisierung angekommen und verschaffte ihm eine deutliche Zeitersparnis.

Schnell fand er sich im digitalen Archiv zurecht und öffnete die Scans der Tageszeitung vom 11. August 2003. Der Montag nach dem Wochenende. Wenn ein Artikel zum Unfall abgedruckt worden war, dann in dieser Ausgabe der SMZ. Direkt auf der Titelseite erkannte er das Bild der abgebrannten Hütte mit dem Verweis auf Seite fünf: ›Lokalnachrichten‹.

Emil übersprang die Seiten drei und vier, die bis heute die dpa-Meldungen zur deutschen Politik des Vortages wiedergaben. Er sah ein, dass das Medium Druck und Tageszeitungen den Vorteil der digitalen Medien niemals mehr würde einholen können: aktuelle Nachrichten zeitgenau abzubilden. Alles, was auf den Seiten zwei und drei stand, waren Informationen, die User auf Facebook und Twitter schon gestern gehabt hatten. Heute lagen meist schon neue Erkenntnisse vor oder die Informationen waren mittlerweile komplett irrelevant.

Stattdessen waren die lokalen Ereignisse, Spielberichte der regionalen Fußballvereine und natürlich die Feste auf den Dörfern umso wichtiger für den Erhalt der Zeitung. Neben den Todesanzeigen am Ende. Emil dachte schon einige Male, dass seine Mutter die SMZ nur wegen der letzten Seiten noch im Abo hatte. Sie schlug grundsätzlich zuerst die Rubrik ›Familienanzeigen & Trauer‹ auf.

Ernüchterung über den Informationsgehalt des Artikels machte sich in Emil breit, als er das Volumen des Berichtes sah. Der Artikel war kaum länger als die nichtssagende Notiz der Samstagsausgabe. Nur zwei zusätzliche Fotos waren dort zu sehen.

Die eine Aufnahme erregte sofort seine Aufmerksamkeit. Er zoomte das Bild heran. Die Qualität wurde wegen des Scans und der 2003 noch mittels Druckplatten im Rasterdruckverfahren gedruckten Zeitung leider nicht besser. Aber er erkannte eindeutig Jakob Wild.

Am Bildrand einer Aufnahme waren zwei Mitarbeiter des DRK an ihrem Rettungswagen zu sehen. Eine Person stand mit dem Rücken zur Kamera und war nicht zu identifizieren. In der anderen Person glaubte er, Jakob Wild zu erkennen. Natürlich konnte er das nicht mit hundertprozentiger Sicherheit sagen. Je näher er an das rasterhafte Foto herankam, umso mehr verschwanden die Indizien in einem unscharfen Gebilde an schwarz-weißen Punkten.

Es war mehr der Gesamteindruck beim Betrachten aus etwas weiterer Entfernung. Die Körperhaltung, die Gesichtsform. So hatte er Jakob in Erinnerung. Er fotografierte das Bild mit seinem Smartphone ab und schickte es an Julian.

Ist das Jakob? E.

Die Antwort kam innerhalb weniger Sekunden.

Ja! Woher hast du das?

Er wollte in Ruhe mit seinem Kumpel reden und zunächst seine Erkenntnisse sammeln.

Es gab einiges zu ordnen und herauszufinden. Doch dazu musste er erst mehr über den Einsatz in der Nacht vom 8. August 2003 erfahren.

Erkläre ich dir persönlich. Melde mich. E.

Er überflog noch einmal den Text, der zunächst keine weiteren Erkenntnisse brachte. Es war im Grunde der gleiche Bericht wie in der Onlineausgabe am Samstag zuvor.

Nur eine Information enthielt die Bildunterschrift des dritten Fotos, das ihm vorher noch nicht bekannt gewesen war: »Bis auf die Grundmauern niedergebrannt: Das ›Bockstein Chalet‹ ist nicht mehr bewohnbar.«

Er wunderte sich über die dämliche Formulierung. »Nicht mehr bewohnbar«, bei einem Haufen Schutt und Asche. Aber den Namen ›Bockstein Chalet‹ hatte er noch nie zuvor gehört. Er wusste, dass das kühle Seitental der Saar mit seinen Schieferböden bei Rieslingliebhabern bekannt und beliebt war: Neben den dichten Wäldern auf der einen Seite, befand sich auf dem sonnenzugewandten Berg die Weinlage Bockstein. Nach dieser Gemarkungsbezeichnung war die Hütte scheinbar benannt.

Er öffnete erneut Google und gab ›Bockstein Chalet‹ in die Suchleiste ein.

Sofort wurde ihm ein Link angezeigt, der zum Tourismusverband der Region führte. Hierüber wurden viele Ferienwohnungen und Apartments vermietet. Was heute große Buchungsportale abdecken, hatte die Region früh versucht, selbst mit einem regionalen Portal in die Hand zu nehmen.

Der Link führte allerdings zu einer Seite mit dem Fehlercode 404.

> Der HTTP-Statuscode 404 bedeutet, dass die aufgerufene Webseite nicht auf dem Webserver zu finden ist. Entweder wurden Inhalte der Webseite entfernt, oder auf eine andere URL verlegt.
> - Handbuch HTML

Dass die Hütte nicht weitervermietet wurde, war ihm klar. Eine Unterkunft mit dieser Historie machte sicher auch keinen Sinn mehr, sie neu zu betreiben.

Er fand im Cache der Seite allerdings einen Eintrag mit einem Kontakt zur Hütte. Sicher war das Kontaktformular nicht mehr aktiv, wenn schon die Seite und die Hütte nicht mehr existierten. Im Impressum war allerdings neben der Anschrift auch der folgende Satz vermerkt: ›Unser Mitarbeiter Oliver Meier kümmert sich um Ihre Anliegen.‹

Oliver Meier. Emil überlegte. Der Name kam ihm bekannt vor. Oliver Meier. Er durchforstete sein Gehirn nach allen Meiers, die er kannte, als es ihm plötzlich wie Schuppen von den Augen fiel: Oliver Meier war der ›Butler‹, wie viele geschwätzige Eichwälder ihn nannten. Er arbeitete bei den von Saarsteins als ›Mädchen für alles‹. Ein unscheinbarer, aber freundlicher Mann, mit dem Emil noch nie ein Wort gesprochen hatte.

Aufgrund dessen geschätzten Alters von Ende fünfzig, hatte Emil umgehend eine Idee.

Er öffnete Facebook und gab den Namen in die Suchleiste ein. Da diese Kombination sicher auch auf Facebook keine Seltenheit war, hoffte er auf den Algorithmus und ein relativ ehrlich geführtes Profil mit Klarnamen des Mannes, den er suchte.

Der erste Eintrag war gleich der passende: Ein Oliver Meier mit Heimatort Eichwald und ohne Profilbild. Das musste er sein. Er öffnete die Infoseite des vermeintlich Gesuchten und war nach kurzer Recherche sicher, den Richtigen gefunden zu haben:

> Oliver Maier gefällt ›Musikverein Eichwald‹
> Oliver Meier gefällt ›Kulturverein Eichwald‹
> Oliver Meier gefällt ›Traumschleife Eichwald – Wandern im Saartal‹

Er klickte auf ›Nachricht senden‹ und entschied sich spontan, dem Mann zu schreiben.

»Hallo, Oliver. Mein Name ist Emil Eichwald. Vielleicht erinnern Sie sich …« Er überlegte. Sollte er den Mann siezen oder duzen? Er entschied sich, aufgrund des Alters und der respektvollen Anrede älterer Menschen gegenüber, wie sie in Eichwald früher unausgesprochen üblich war, für das *Sie*.

> Hallo Herr Meier. Mein Name ist Emil Eichwald. Vielleicht erinnern Sie sich an mich. Ich bin der Sohn von Petra aus Eichwald. Ich schreibe als Journalist einen Bericht über Wanderwege und natürlich auch über den Jakobsweg und die Traumschleife in unserer Region. Sie haben damals das Bockstein Chalet betreut und verwaltet. Wurde die Hütte nochmal aufgebaut oder gibt es Ihres Wissens nach eine neue Hütte für Wanderer? Ich würde gerne mehr erfahren, zum Beispiel woher die Besucher kamen oder wer hier als Wandertourist in die Region reist. Ich dachte, Sie könnten mir da ein paar Informationen geben

Die Hoffnung war gering, aber vielleicht gelang es ihm, durch diesen Kontakt weitere Details zu erhalten.

Für heute hatte er erst einmal genug. Er musste die Fülle an neuen Erkenntnissen verarbeiten und die Spur von Jakob und dem Brand weiterverfolgen. Er spähte auf den Startbildschirm seines Smartphones. Es war 15:49 Uhr. Das Stadtarchiv würde in wenigen Minuten schließen.

Oliver

Donnerstag, 3. August 2023, 15:49 Uhr

Er nahm sein Tablet aus der Schublade des Nachttisches an seinem Bett im Krankenhaus. Im Laufe der letzten Jahre hatte er immer wieder die Vorzüge einer mobilen und zeitgemäßeren Version seines alten PCs zu schätzen gelernt. Diese waren im Großen und Ganzen die komfortablere Nutzung der Mediatheken der öffentlich-rechtlichen Rundfunkanstalten, E-Mails und Facebook.

Bis zu dem Erwerb des mobilen Gerätes hatte er auch ab und an Rezepte auf Kochseiten im Internet ausgedruckt, um diese nachzukochen. Das hatte seit den komfortablen Mitteln eines Tablets eine ganz andere Qualität.

Oliver hatte schon immer allein gelebt. Er wurde von seinem Vater großgezogen. Nach dem frühen Tod seiner Mutter hatte sich der Vater sehr bemüht, Oliver auf der einen Seite und seiner Arbeit als Viehbauer auf der anderen Seite gerecht zu werden. Mit Ende 20 hatte er den Hof als einziges Kind geerbt, aber schon vor dem Tod seines Vaters die Milchkühe und einen Großteil der Ländereien verkauft.

Er war in nahezu allen Vereinen Eichwalds aktiv, oder zumindest zahlendes Mitglied. Das hieß, soweit heute noch ein Vereinsleben stattfand. Er liebte das Weinfest, die Kirmes und auch das Pfarrfest mit seinen vielen Begegnungen und der Dorfgemeinschaft. Das hatte seit dem Brand ein jähes Ende gefunden.

Sein Berufsleben verlief in Dekaden. Jeden Job übte er in etwa zehn Jahre aus. Dann kam irgendetwas dazwischen. Firmenpleite, Umstrukturierung … So war er schließlich zu seiner jetzigen Tätigkeit als Fahrkartenkontrolleur bei der Deutschen Bahn gekommen.

Oliver war in seinem Leben meist unterschätzt und übersehen worden. Er war ein überdurchschnittlich intelligenter Kerl, hatte stets gute Noten in der Schule gehabt. Er wurde zwar von jedem anerkannt, aber irgendwie als Eigenbrötler abgetan. Man konnte es kaum erklären, aber seine Vorgeschichte und seine Erziehung hatten ihm früh einen Stempel in Eichwald auferlegt, den er nicht verdient hatte. Er war immer der Junge des Bauern Hans-Paul Meier gewesen. Der, der ohne Mutter und ohne Geschwister aufgewachsen war.

»Bauer Meier, Bauer Meier. Großes M, kleine Eier«, riefen ihm die Jungs oft hinterher. Oliver schäumte innerlich vor Wut, ließ sich aber nie etwas anmerken.

Als Außenstehender würde man vielleicht sagen, dass es das Beste gewesen wäre, wenn Oliver nach der Schule Eichwald verlassen hätte. Er hätte mit Sicherheit Karriere machen können. Er hätte studieren können.

All das blieb ihm verwehrt. Er war stets bescheiden. Er war heimatverbunden. Und er war meistens glücklich.

Oft dachte er an die Zeit, in der der Musikverein noch regelmäßig Auftritte gehabt hatte und Jung und Alt aus dem Dorf gemeinsam probten. Er dachte an die Zeit als Angestellter der alten Frau von Saarstein zurück, für die er als Hausmeister und Fahrer bis zu ihrem Freitod tätig gewesen war.

Danach hatte er sich, wie so oft in seinem Leben, neu orientieren müssen. Aber statt daran zu verzweifeln, hatte er auch dieses Mal wieder eine neue Arbeit gefunden, die ihn erfüllte. Jetzt war er in Altersteilzeit, kurz vor dem Renteneintritt und außer seinem Hund, einer deutschen Dogge, hatte er kaum Verpflichtungen mehr. Er genoss sein Leben, zumal er überdurchschnittlich vital und aktiv war.

Oliver war nie ein klassischer Sportler gewesen, hatte nie die Wettkampfsituation gesucht, aber er war viel spazieren und schwimmen gegangen.

Seit dem ersten Lockdown 2020 und der mehrmaligen, vorübergehenden Schließung des Schwimmbades hatte er seine Leidenschaft für Waldläufe entdeckt. Er lief drei- oder viermal die Woche durch den Forst, von dem es um Eichwald herum genug gab. Sein jüngeres Ich hätte ihn vor zehn Jahren für verrückt erklärt, wenn er sich selbst einmal so aktiv gesehen hätte. Der Umstand, Sport als Ausgleich zu betreiben, war ihm früher eher fremd gewesen. Er fand stets Situationen oder Gegebenheiten vor, in denen er aktiv war.

Sport war für ihn lange Zeit etwas für Büroleute gewesen, die nach acht Stunden sitzender Tätigkeit etwas für ihre Figur tun mussten.

Seit einigen Jahren nun gehörten aktive sportliche Tätigkeiten zu seinem täglichen Ablauf.

Doch jetzt lag er seit fast zwei Wochen im Reha Krankenhaus und war an ein Bett gefesselt. ›Doppelter Schlüsselbeinbruch mit einer traumatischen Luxation des Oberschenkelgelenkes‹ lautete die Diagnose. Neben vielen Blutergüssen und Schürfwunden waren für den Oberschenkel und das Schlüsselbein jeweils eine Operation nötig gewesen.

Der Unfall, der sich vor genau zwei Wochen ereignet hatte, passte so gar nicht zu Oliver. Sportverletzung durch einen tiefen Sturz. *Die Leute im Dorf werden kein Mitleid mit mir haben,* dachte er. *Muss man in dem Alter noch so gefährliche Strecken laufen*?

Ihm war das Gerede der Menschen egal, wohl aber dachte er darüber nach, was man so über ihn erzählte. Viel Besuch hatte er nicht bekommen. Seine Vereinskollegen hatten größtenteils sicher gar nicht mitbekommen, dass er im Krankenhaus lag.

Zumindest redete sich Oliver das ein.

Sein Bettnachbar Fabian, ein siebzehnjähriger Fußballer, erhielt da doch wesentlich mehr Aufmerksamkeit. Oftmals vier- oder fünfmal am Tag kamen ihn Freunde und Freundinnen aus seiner Klasse, sogar ein Lehrer und der Trainer seiner Mannschaft besuchen. Stolz zeigte er stets sein angeschwollenes Knie, das nach der Operation wie ›ein aufgequollenes Würstchen am Morgen nach seinem sechzehnten Geburtstag‹ aussah, wie er selbstironisch jedes Mal aufs Neue seine Verletzung präsentierte. Gleich einem Kriegsveteranen, der mit Mut und Einsatz für sein Vaterland die Schmerzen tapfer ertrug.

Hatte Fabian keinen Besuch, beschäftigte er sich größtenteils mit seinem Smartphone und hier im Speziellen mit seinem Instagram-Profil. Die ungleichen Bettnachbarn waren sich die ersten Tage fremd wie zwei Personen aus unterschiedlichen Jahrhunderten. Mit der Zeit fanden sie aber einen guten Draht zueinander und führten immer häufiger Gespräche, die hauptsächlich Fabians Belangen galten. Oliver hatte aber große Freude und entwickelte ein ausgesprochenes Interesse für die Themen der heutigen Jugend, die ihm bis dato weitestgehend fremd waren.

So kam es, dass Fabian ihm einige Apps auf sein Tablet lud und ihm das Medium Instagram erklärte. So durfte Oliver bereits am fünften Tag des gemeinsamen Aufenthaltes das erste Instagram-Foto für seinen jungen Bettnachbarn machen. Fabian erklärte verschiedene Filterfunktionen und welche Hashtags er jetzt nutzte. Dass dieser zwar einen Facebook-Account besaß, dort aber nur sporadisch einmal die Woche eingeloggt war, warf sein komplettes digitales Weltbild über den Haufen.

»Facebook ist so tot. Da geht kein Mensch mehr drauf«, hatte er ihm erklärt. Die Ambivalenz zwischen Fabians Verhalten, wenn ihn Freunde besuchten und wenn die beiden allein auf ihrem Zimmer lagen, hatte ihn anfangs sehr irritiert. Doch schon nach wenigen Tagen im selben Zimmer mit ähnlichen Schmerzen und Bedürfnissen, kamen sich beide in Gesprächen näher. Diese wurden intensiver und der junge Patient erzählte trotz des Altersunterschiedes gerne auch intime Details seines Jugendlebens. Ein Leben, das Oliver so nie gekannt hatte. Und das er auch so nie gelebt hatte.

Er war anfangs sehr bemüht, Geschichten aus seiner Jugend nicht zu traurig oder unaufgeregt wirken zu lassen. Doch er stellte fest, dass Fabian das Leben im Dorf der Nachkriegsgeneration sehr bewegte und interessierte.

Als Oliver an diesem Nachmittag die Facebook-App auf seinem Tablet öffnet, fiel ihm umgehend die rote Eins über dem Messenger-Icon auf. Er erhielt kaum Nachrichten; war, im Gegensatz zu seinem Bettnachbarn, eher der Typ ›Konsument‹. Seine Timeline war bis auf wenige Notizen leer. Er verfasste weder Beiträge, noch postete er Fotos.

Wenn es Feierlichkeiten oder Beiträge über Eichwald gab, teilte er diese, wohl wissend, dass seine Reichweite weit unter der jüngerer und aktiverer Mitglieder lag. Er nutzte Facebook mehr als Informationsquelle und Zeitvertreib.

Wenn er doch mal eine Nachricht erhielt, freute er sich umso mehr. Erstaunt und gespannt zugleich öffnete er sie. ›Emil Eichwald‹. Verwundert runzelte er die Stirn. Der Sohn von Petra Eichwald? Karls Großneffe? Damit hatte er nicht gerechnet.

»Hast du einen Geist gesehen?«, fragte Fabian in einem unangemessen lauten Ton. Er nahm den Kopfhörer aus seinem rechten Ohr. Oliver blickte kurz fragend zu ihm hinüber, aber der Junge war schon wieder in sein Smartphone vertieft und akustisch maximal beschallt.

Er öffnete die Nachricht und las:

> Hallo Herr Meier. Mein Name ist Emil Eichwald. Vielleicht erinnern Sie sich an mich. Ich bin der Sohn von Petra aus Eichwald. Ich schreibe als Journalist einen Bericht über Wanderwege und natürlich auch über den Jakobsweg und die Traumschleife in unserer Region ...

Als er die Nachricht zum zweiten Mal gelesen hatte, überkam ihn ein Gefühl der Angst. Lange hatte er die Ereignisse verdrängt. Er hatte die Schuldgefühle und die Furcht, in irgendeine Verantwortung gezogen zu werden, lange mit Erfolg unterdrückt und versucht, so zu leben, wie er es vor dem Unfall und dem anschließenden Freitod seiner Chefin getan hatte.

Einige Zeit hatte das sehr gut funktioniert. Er hatte den Ort und die Personen, die an diesem Freitag und Samstag 2003 präsent gewesen waren, stets gemieden. Nur einmal, ein paar Jahre nach den Ereignissen, war die Angst erneut zurückgekehrt, die er bis dato geglaubt hatte, überwunden zu haben: Er war an diesem besagten Spätnachmittag in seiner Freitags-Skatrunde der letzten Kneipe, dem ›Eichwalder Hof‹ gesessen. Seine beiden Mitspieler, die er seit mehreren Jahren zum Skatspielen traf, waren bester Laune gewesen. Die vierte Partie ›Herrengedeck‹, bestehend aus jeweils einem Bier und einem Schnaps, war von der Wirtin Elfriede gerade neu serviert worden. Die Karten wurden verteilt und Oliver hatte einen lupenreinen ›Grand‹ auf der Hand. Im großen Saal war die Stimmung ebenfalls hörbar ausgelassen und gesellig. Einige gut gelaunte Damen mittleren Alters waren mit den Vorbereitungen zur Geburtstagsfeier von Jürgen, dem Bürgermeister von Eichwald, beschäftigt. Normalerweise lief in der Kneipe keine Musik. Seit ein Kontrolleur der GEMA das illegal betriebene Radio in Rechnung stellen wollte, hatte Elfriede alle technischen Geräte entfernt. Sie sah nicht ein, dafür Geld auszugeben.

Es gab ein lautes Krachen, was auf das Einstecken eines Audiokabels in eine Musikanlage zurückzuführen war. Mehre Damen kreischten auf und fingen sofort an, zu lachen. »Kein Plan von

Technik. Hat dein Mann dir das nicht erklärt?«, hörte man eine Frau mit schriller Stimme belustigt ausrufen. Die Männer kümmerte die Veranstaltung wenig. Oliver war dabei, seine Karten zu sortieren und fing an, zu reizen.

»18.«

»Jap.«

Die Musikanlage schien einsatzfähig und direkt erklangen in einer unangemessen hohen Lautstärke die ersten Klavierakkorde von Vicky Leandros' ›Ich liebe das Leben‹.

Olivers Angst durchdrang seinen Körper wie aus dem Nichts kommend mit den ersten Zeilen des Liedes.

»Oliver, kommt noch was von dir?«, fragte sein rechter Mitspieler, dem die Pause beim Reizen etwas lange vorkam und der nervös wirkend auf eine Reaktion wartete.

Doch Oliver war wie versteinert. Er brachte nur noch ein »Weg!« heraus, legte seine Karten auf den Tisch und verließ das Lokal.

Draußen bekam er plötzlich Atemnot. Er setzte sich auf einen Blumenkübel und versuchte, sich zu sammeln. Dieses Lied hatte er seit vielen Jahren nicht mehr gehört. Aber er wusste sofort, welche Angst es in ihm ausgelöst hatte. Er konzentrierte sich und versuchte, sich wieder zu sammeln, indem er seine Atmung zu kontrollieren versuchte, was ihm erst nach wenigen Minuten gelang. Die besorgte Wirtin kam nach draußen und fragte, ob sie einen Krankenwagen rufen solle. An diese Frage und seine verneinende Antwort konnte er sich hinterher nicht mehr erinnern.

Dieses Gefühl kam nun, da er diese Nachricht las, wieder in ihm auf. Er versuchte, sich zu konzentrieren und nicht in einem Zusammenbruch zu enden.

Sein Bettnachbar hatte beide Kopfhörer in den Ohren und hörte sehr basslastige, elektronische Musik. Olivers lautes Atmen bekam er zum Glück nicht mit; dieser hatte sich aber auch schnell wieder unter Kontrolle. *Ruhig durchatmen und konzentrieren.* Das hatte beim letzten Mal schon geholfen.

Er las den Text ein drittes Mal. Dieses Mal hatte er sich unter Kontrolle und eine Angstattacke blieb aus. Oliver wollte die Nachricht umgehend löschen, dachte dann aber noch einmal nach. Er musste sich der Angst und den Schuldgefühlen irgendwann stellen. Nach dem Brand 2003 hatte er oft darüber nachgedacht, ob er sich psychologische Hilfe suchen sollte. Oft hätte er das auch für seinen Vater als den richtigen Weg empfunden. Aber wie schon sein alter Herr, hatte Oliver sich nie überwinden können. Es gab auch niemanden, der ihn dazu gedrängt oder beraten hätte. Er machte es, wie so oft, mit sich selbst aus und entwickelte seine eigenen Strategien der Bewältigung. Mehr oder weniger mit Erfolg.

Doch nun war er mal wieder an einem Punkt,

an dem er nicht mehr weiterwusste.

»Du bist irgendwie komisch unterwegs heute«, hörte er Fabian sagen. Er hatte gar nicht mitbekommen, dass dieser ihn ansah und seine Kopfhörer abgenommen hatte. »Alles okay bei dir?«

Alles okay bei dir? Er konnte sich nicht daran erinnern, diesen Satz schon mal auf sich bezogen gehört zu haben.

»Jaja, alles okay. Und bei dir? Was machen die Schmerzen?«, antwortete Oliver ausweichend.

»Solange ich genug von dem Zeug hier bekomme …« Der Junge sah zu seinem Tropf auf, der mit einem Schmerzmittel angereichert war. »Ich bin wie angetrunken, aber keine Schmerzen. Bei mir ist nur alles ab dem Bauchnabel abwärts taub. Wenn erst mal die Betäubung nachlässt, dann …«

Er befand sich in einem Redefluss, dem Oliver nur nebenbei folgte. Gedanklich war er wieder bei der Nachricht von Emil Eichwald und einer geeigneten Reaktion darauf. Sollte er antworten oder die Mail einfach ignorieren?

Er entschied sich schließlich, sich der Situation zu stellen und zurückzuschreiben. Er sah es als Therapieansatz, sich gedanklich seinen Ängsten zu stellen.

Hallo, Emil. Schön, von dir zu hören. Du warst als Kind oft bei uns auf dem Hof bei den Kühen. Ich erinnere mich noch gut. Ich habe gelesen, dass du Journalist bist. Die

Hütte wurde nicht wieder aufgebaut. Sie ist 2003 abgebrannt und ich arbeite auch seitdem nicht mehr bei den Saarsteins. Den Artikel würde ich aber gerne lesen, wenn er fertig ist. Liebe Grüße aus dem Krankenhaus. Oliver

Er drückte auf ›senden‹.

Liebe Grüße aus dem Krankenhaus. Warum habe ich das geschrieben?, fragte er sich umgehend nach dem Versenden der Nachricht. Aber irgendwie war er auch an einer weiteren Unterhaltung interessiert. Er erinnerte sich an den aufgeweckten Emil als Kind.

Oliver starrte etwa zehn Minuten gedankenversunken auf das Messenger-Icon, bevor erneut eine rote ›1‹ aufpoppte. Schnell öffnete er die Nachricht.

Hallo, Oliver. Ich erinnere mich gut an euren Hof und die Kühe. Aber das ist lange her. Was waren das denn damals hauptsächlich für Leute, die die Hütte gemietet hatten? Eher Deutsche oder Ausländer? Paare oder Gruppen? Bei dem Brand kam nur ein Mann ums Leben. War der allein unterwegs? Vielen Dank für deine Informationen und gute Besserung. Ich hoffe, es ist nichts Schlimmes passiert?

Oliver atmete tief durch. Er blickte zu Fabian, der gerade ein weiteres Selfie von sich im Krankenzimmer machte. Das waren viele Fragen. Und eine Frage zu dem Toten. Dem letzten Gast in der Waldhütte.

Oliver fasste allen Mut zusammen und entschloss sich, Emil zu antworten. Die Distanz der digitalen Kommunikation beruhigte ihn und ließ ihn so unaufgeregt wie noch nie seit zwanzig Jahren an den Vorfall denken.

> Lieber Emil. Ich habe die Waldhütte nur nebenbei vermietet. Im Auftrag von Frau Saarstein. Die Buchungen waren fast alle auf Deutsch, ich denke, es waren hauptsächlich deutsche Touristen. Ab und an aber auch Amerikaner oder einmal ein chinesisches Ehepaar. Wir hatten sogar mal einen prominenten Besucher: Irgendeine Ministerin aus dem Kabinett von Helmut Kohl mit ihrem Ehemann. Alles topsecret. Aber normalerweise Paare oder Wandergruppen mit maximal fünf Personen. Der letzte Gast war scheinbar alleine dort.

Nach dem vorschnellen Absenden bemerkte Oliver, dass er vergessen hatte, die letzte Frage zu beantworten. Diese Messenger waren für ihn einfach viel zu schnell. Völlig euphorisiert von seiner Offenheit über die Ereignisse, ohne dass seine Angst ihn überfiel, hatte er die Nachricht wieder einfach abgeschickt.

Er schrieb eine weitere hinterher:

> Danke für die Genesungswünsche. Es geht mir schon wieder besser. Nach der Operation hatte ich viele Schmerzen. Gerade geht es. Ich hatte einen Unfall. Beim Laufen bin ich im Wald abgestürzt. Zum Glück hat ein Mountainbiker mich gefunden, sonst würde

ich heute noch dort liegen. Aber alles gut. Grüß mir deine Mutter von mir und schick mir den Artikel, wenn er gedruckt wird. Liebe Grüße Oliver.

Nach dem Senden merkte er, dass er schon wieder eine Verabschiedungsfloskel benutzt hatte, obwohl das in einem Chat unüblich war. Jedenfalls hatte Fabian ihm das kürzlich erst erklärt. Aber das war ihm angesichts seiner guten Laune völlig egal. Seine Freude darüber, dass er so frei über die Zeit des Unglücks reden konnte, erstaunte ihn immer noch. Er gestikulierte wild winkend, um seinem Bettnachbarn ein visuelles Signal zu geben, seine Kopfhörer abzunehmen.

»Hast du Lust auf eine Pizza?«, fragte er Fabian, der offensichtlich nicht mit dieser Frage gerechnet hatte. »Bestell doch mal über eine deiner Apps für uns Pizza. Ich lade dich ein. Ich habe heute keine Lust auf das Krankenhausessen.«

Wolfgang

Freitag, 4. August 2023, 09:49 Uhr

Auch nach einundzwanzig Jahren war sich Wolfgang Weidig immer noch sicher, den richtigen Beruf, seine *Berufung,* ergriffen zu haben. Als er sich während seines Medizinstudiums entschieden hatte, der Chirurgie den Rücken zu kehren und stattdessen seinen Schwerpunkt auf die Gerichtsmedizin und später die Pathologie zu legen, war die Enttäuschung seines Vaters groß gewesen. In der Familientradition waren seine Vorfahren schließlich bis ins neunzehnte Jahrhundert zurückreichend namhafte Chirurgen gewesen. Und dieser Brauch wurde bei jeder Gelegenheit erneut, wie ein Sonntagsbraten auf einem Silbertablett, stolz vorgetragen.

Die Pathologie war damals zunächst der medizinische Kompromiss zu seinem eigentlichen Interesse gewesen: Archäologie und Altertumskunde. Nachforschungen über Vergangenes waren ihm näher als die Arbeit an dem Fortbestehen eines Körpers. Der Alltag im OP hatte ihn in den Praxissemestern immer gelangweilt. Die Pathologie war schon damals der einzige Ort gewesen, an dem er sich wohlfühlte. Nach dem Wechsel zum Landeskriminalamt war er dann endgültig angekommen.

Weg vom Krankenhausalltag und der öden routinemäßigen Arbeit des Leichenschauens und der Schnellschnitte. Hin zu spannenden und abwechslungsreichen Tätigkeiten der Kriminologie.

Es war für ihn eine Befreiung gewesen, als er beim damaligen Weihnachtsessen seiner Familie und im Speziellen seinem Vater mitteilte, dass er seinen Schwerpunkt auf tote Menschen legen würde, statt den Lebenden zu helfen. Er hatte mit einer heftigen Reaktion des patriarchalischen Vaters, dem Chefarzt der größten Klinik des Bundeslandes und Koryphäe auf dem Gebiet der Viszeralchirurgie, gerechnet. Zwar blieb diese aus, jedoch war die Enttäuschung dessen, angesichts der Stille, die an diesem festlichen Familientreffen herrschte, deutlich anzumerken gewesen. Es war das erste Weihnachten, bei dem er nicht auf die Familientradition der Chirurgie hingewiesen hatte.

Wolfgang war glücklich und entwickelte seit diesem Zeitpunkt einen Ehrgeiz und Fokus, der ihm nicht nur einen beispiellosen Ruf bei der Polizei einbrachte, sondern auch den Professorentitel. Der großgewachsene, hagere Mann war eine Institution – ein Fachmann auf vielen Teilgebieten der Gerichtsmedizin. Viele Anfragen aus anderen Bundesländern hatte er zu beantworten und half gerne, um damit auch seinen eigenen Horizont zu erweitern.

Zu niemandem zuvor hatte Wolfgang einen so freundschaftlichen, fast sogar familiären Umgangston gehabt, wie zu Lara. Beide hatten schon oft beruflich miteinander zu tun gehabt und Wolfgang schätzte die Arbeitsweise seiner jungen Kollegin sehr. Er hatte einiges an ›Arbeit‹ in den Kühlzellen der Rechtsmedizin liegen, versuchte aber, innerhalb eines Tages die wichtigsten Anhaltspunkte auszuwerten, um Lara bei den Ermittlungen bestmöglich zu helfen.

Es war kurz vor zehn. Wie immer war die junge Frau überpünktlich zum vereinbarten Zeitpunkt erschienen und begrüßte ihn freundlich und energiegeladen.

»Wie laufen die Ermittlungen?«, fragte er, nachdem er einen kräftigen Schluck aus seiner Kaffeetasse getrunken hatte. »Schon irgendwelche Erkenntnisse über den Hergang?«

»Das erhoffe ich mir durch deinen Bericht. Also bisher noch nicht viel Konkretes. Es sieht einfach alles nach einem Unfall aus, wenn nicht dein Hinweis vom Tatort auf Fremdverschulden wäre. Alle Verwandten und Freunde sind verwundert und können sich nicht vorstellen, dass jemand dem Opfer was antun wollte.«

»Vielleicht war ja auch nicht er der, dem der Anschlag galt, sondern jemand anderes. Meine ersten Vermutungen haben sich aber auch nach den Analysen hier bestätigt. Der Unfall ist wohl durch Fremdverschulden verursacht worden. Alles sorgsam durchdacht und geplant inklusive der Beseitigung von Spuren, die darauf zurückführen könnten. Aber eins nach dem anderen. Willst du einen Kaffee, Lara? Ich habe gerade frisch eine Kanne gekocht.«

Er wusste, dass er bei seiner Kollegin die wichtigsten Informationen zügig präsentieren und nicht in einem Spannungsbogen seine Arbeit erklärend diese erst herleiten musste. Die Details interessierten sie natürlich ebenso, aber der wichtigste Aspekt der Fremdverschuldung musste als Erstes raus.

»Ja gerne. Wenn du Milch da hast«, nahm sie sein Angebot an und folgte ihm in den Aufenthaltsraum direkt neben dem Labor.

Nachdem er zwei Tassen zu gut dreiviertel mit Kaffee gefüllt hatte und Lara einen Tetrapak Milch hingestellt hatte, fuhr er direkt mit seinem Bericht fort: »Die Obduktion hat meine Vermutung bestätigt und keine weiteren ermittlungsrelevanten Erkenntnisse gebracht: Jakob Wild war in exzellenter körperlicher Verfassung«, berichtete er, während er den Aufenthaltsraum in Richtung Obduktionsraum verließ und ihr andeutete, ihm zu folgen. Am ersten Seziertisch lag die Leiche von Jakob Wild. »Er war durchtrainiert und seine Organe und körperlichen Merkmale unversehrt. Keine Operationsmerkmale, keine Beeinträchtigungen. Das toxikologische Gutachten hat keine Spuren von Alkohol, Drogen oder Medikamenten ergeben. Ein echter Glücksfall für die Krankenkasse«, versuchte er scherzhaft zusammenzufassen. Er schaltete den über der Arbeitsfläche an der Hinterwand des Raumes hängenden

Leuchtkasten an. An diesem war ein Röntgenbild angeheftet, das einen Schädel mit Teilen der Wirbelsäule zeigte. »Wie du hier und hier erkennen kannst, ist er durch einen doppelten Genickbruch gestorben, der sehr wahrscheinlich vom Unfall herrührte. Die Art des Bruches passte schlüssig dazu. Er ist kopfüber aufgeschlagen. Die gute Verfassung des Schädels ist auf den Schutz des Helmes herzuführen. Dieser konnte den Genickbruch jedoch nicht verhindern.«

Er schaltete den Leuchtkasten aus und ging zu seinem PC, der ebenfalls mittig an der Hinterwand stand und öffnete einen Ordner auf seinem Desktop, in dem sich die Fotos der dokumentierten Beweismittel befanden. »Die KTU hat ebenfalls die Spuren des Mountainbikes ausgewertet und unsere Vermutung bestätigt: Das Fahrrad war vor dem Unfall intakt und gewartet. Ein …« Er blätterte in einem Schnellhefter mit einem vorläufigen Bericht einige Seiten hin und her, bis er die Information vor sich hatte, um auch hier präzise Auskunft geben zu können: »Santa Cruz Megatower CC X01 Air in der Farbe green, Modelljahr: 2020, Listenpreis 7499€. Der Rahmen ist aus Carbon, das Mountainbike ist ein sogenanntes ›Fully‹, also ein vollgefedertes Fahrrad für extremes Gelände. Von der Schaltung über die Federung und die verbauten Teile wirklich ›high-end‹ und zuverlässig.«

»Also ein Materialfehler oder ähnliches ist ausgeschlossen?«, hakte sie noch einmal nach, um auf Nummer Sicher zu gehen. Jede Eventualität wollte sie abgewogen haben, da eine Mordermittlung keine leichtfertig einzuleitende Ermittlung darstellte. Und darauf würde es hinauslaufen, was sich für Lara zu diesem Zeitpunkt abzeichnete. Die Thesen aber immer wieder zu verifizieren, gehörte natürlich zum Job einer guten Ermittlerin.

»Ja!«, beantwortete Wolfgang die Frage ohne Interpretationsspielraum. »Ein Materialfehler kann ausgeschlossen werden. Alle relevanten Teile sind intakt.«

Er machte eine Pause und blätterte im Bericht zu dem Bild des Vorderreifens.

»Außer hier; der Knackpunkt der ganzen Geschichte: der Vorderreifen. Wie ich vermutet hatte, ist der Reifen auf einen Gegenstand aufgeprallt und hat dadurch den Unfall verursacht. Wir haben den abrupten Stopp auch berechnet. Nach der Flugkurve und der Position des Fahrrads am Auffindungsort, muss er mit etwa dreiundvierzig Kilometer pro Stunde abgebremst worden sein.«

»Ja, okay. Aber womit?«, hakte sie in Wolfgangs Ausführungen ein.

»Mit einem Drahtseil«, gab er kurz und knapp die Antwort.

»Mit einem Drahtseil? Aber wo war das am Tatort? Und wie kam es da hin?« Lara war nun vollkommen verwirrt. So etwas hatte sie in ihrer ganzen Laufbahn noch nicht erlebt.

Sie nahm noch den letzten Schluck aus ihrer

Tasse. Durch die hohe Dosis an Adrenalin gepaart mit dem Koffein des starken Filterkaffees war sie hellwach und hochkonzentriert.

»Lass mich dir die gesicherten Erkenntnisse ausführen, dann werden dir meine Schlussfolgerungen besser nachvollziehbar sein. Das hier ist auf jeden Fall eine sehr gut geplante Sache gewesen, mit präziser Vorbereitung.« Wolfgang öffnete eine Karte des Unfallortes am PC, während er weitersprach. »Also nochmal zum Unfallzeitpunkt: Das Rad ist mit einer Geschwindigkeit von dreiundvierzig Stundenkilometern an dieser Stelle abrupt abgebremst worden. Wie bereits erwähnt durch ein Drahtseil, das quer über die Fahrbahn gespannt worden sein musste. Und zwar genau von hier …«, er zeigte auf eine rot eingezeichnete Linie, »… bis hier. Wir vermuten, dass das Seil hier am Pfosten und hier auf der anderen Seite am Baum befestigt war. Diese Pfosten hier, von denen dort noch neun ähnliche stehen, dienten früher als Grundstücksbegrenzung. Das Gelände war möglicherweise damals eingezäunt, um das Feld vor Wildwechsel zu schützen. Jedenfalls könnte das gespannte Drahtseil gut ein Stacheldraht gewesen sein, so wie er zum Einzäunen verwendet wird. Das ist aber nur eine Vermutung. Die ganze Apparatur wurde dann nach dem Unfall abgebaut.

Es kann nur so gewesen sein, denn die Spuren deuten eindeutig darauf hin. Der Todeszeitpunkt lag mindestens eine Stunde vor dem Auffindezeitpunkt. Der oder die Täter hatten also bis zu einer

Stunde Zeit, das Seil zu entfernen und die Spuren zu beseitigen. Diese Theorie habe ich rückwärts entwickelt. Die Flugbahn des Opfers und die Beschädigung am Vorderreifen deuten eben eindeutig auf einen viel höher liegenden Punkt hin, obwohl man auf den ersten Blick – ohne die Drahtseil-Theorie – vermuten würde, dass er etwas weiter unten kurz vor der Kurve irgendwie gestürzt und dann den Felsen heruntergeflogen sein muss. Ich werde diese These nochmal genau verifizieren. Ich habe für einen Realtest bereits das Fahrrad vom Hersteller angefordert und werde mit einem Crashtest-Dummy die Drahtseil-Theorie rekonstruieren. Ich wette, dass ich recht habe: Es war ein Drahtseil genau hier. Und dieses Seil wurde nach dem Unfall entfernt. Mutmaßlich von dem, der es zuvor gespannt hatte. An der Stelle sind auch frische Spuren im Boden zu erkennen, die auf ein Loch hindeuten. Ich kann mir aber nicht erklären, wie das im Zusammenhang stehen sollte. Wenn wir da weitergekommen sind beziehungsweise neue Erkenntnisse gewinnen sollten, lasse ich es dich wissen.«

»Puh, das ist heftig. Gute Arbeit, Wolfgang. Bleibt nur die Frage, ob es ein geplanter Anschlag auf Jakob Wild war, oder der ein Zufallsopfer war.«

»Das ist jetzt deine Aufgabe, das herauszufinden«, grinste er, immer noch stolz über seine Theorie.

»Aber ich habe noch etwas gefunden«, ergänzte er ein weiteres Detail seiner Untersuchungen.

»Das ist fast noch eindeutiger als die Drahtseil-Theorie.«

Lara sah ihn gespannt an. Sie war sich jetzt sicher, dass sie sich mitten in einer Mordermittlung befand und ein Unfall mit Eigenverschulden als Theorie beiseitegeschoben werden musste. Ein Mord in Eichwald. Und sie hatte die Ermittlungen übernommen. Das war wirklich ein Hammer. Sie war gespannt auf die weiteren Details, die Wolfgang noch präsentieren wollte.

»Wir haben hier …« Er zeigte auf das Foto des Holzgeländers, das kurz vor dem Abgrund der Klippe auf eine Länge von etwa fünf Metern Radfahrer und Wanderer vor der Klippe schützte und dort vor einigen Jahren scheinbar erneuert worden war. »… das Holzgeländer. Wie man unschwer erkennen kann, wurden die horizontalen Streben erst kürzlich erneuert. Ich schätze vor circa einem Jahr. Interessant ist aber, dass die vertikalen Stützen, welche fachmännisch eingemauert wurden, hier unten Bruchstellen aufweisen. Wir haben uns das genau angesehen. Es sind keine Sägespuren erkennbar, aber es sieht so aus, als ob die ganze Konstruktion mechanisch so oft bewegt wurde, dass mit einem starken Stoß das ganze Teil mit in die Tiefe gerissen worden wäre. Zwei der mittleren Pfosten müssen bis vor wenigen Tagen intakt gewesen sein, denn die Bruchstellen sind ziemlich frisch. Wir haben auch Fingerabdrücke sichergestellt, aber keinen Treffer aus der Datenbank erhalten. Meine Vermutung ist, dass die Stützen in den letzten Tagen bis maximal drei oder vier Wochen zurückliegend aktiv manipuliert worden sind und dies zu einem Stabilitätsverlust geführt hat. Das muss auch nichts mit dieser Sache hier zu tun haben. Es ist aber zumindest auffällig.«

Er ließ die Information sacken. Lara betrachtete die Fotografien genau, ohne ein Wort von sich zu geben. Die Information führte unweigerlich zu der Annahme, dass da ein Zusammenhang bestehen musste. Wolfgang ergänzte weiter seine Ausführungen: »Jetzt war die Flugbahn des Opfers ja nach meinen Berechnungen knapp über der Oberkante des Geländers. Dies vorherzuberechnen ist quasi unmöglich ohne Tests und die exakte Fahrradgröße, Geschwindigkeit und Haltung – auch die Reaktion im Flug muss ja miteinberechnet werden. Aber man kann davon ausgehen, dass wenn jemand diese Situation hervorrufen wollte, hier zusätzlich vorgesorgt hat. Einer niedrigeren Flugbahn des Opfers gegen das Geländer hätte die Konstruktion jedenfalls nicht standgehalten. Der Ausgang wäre nahezu der Gleiche gewesen.«

Beide schwiegen fast eine Minute und betrachteten die Fotoreihe im Bericht. Auf einem Bild war eine Mikroskopaufnahme eines Holzpfeilers zu erkennen, mit der Unterschrift ›frische Sollbruchstelle am Stützpfeiler 5 aufgrund mechanischer Gewalteinwirkung in Richtung D‹. Richtung D war mit einem Pfeil vom Geländer zum Abgrund und Leichenfundort hin eingezeichnet.

Lara dachte nach. Alle Spuren waren beseitigt worden. Aber alles deutete auf ein Fremdverschulden hin. Das hieß im Umkehrschluss: Die Planung und Durchführung des ›Unfalls‹ war hinterhältig ausgeführt worden, mit dem Ziel, es echt aussehen zu lassen.

»Eine Frage habe ich noch«, versuchte sie, ihre Gedanken zu ordnen und sich Klarheit zu verschaffen. »Die Spuren des Drahtseils und die Sollbruchstellen am Geländer: Waren das offensichtliche Merkmale beziehungsweise seid ihr da direkt drauf gestoßen, oder hätte man die Situation mit vielleicht weniger Personal oder anderen Mitarbeitern, die nicht so gründlich gearbeitet hätten, wie ich es von euch gewohnt bin, anders beurteilt und den Mord als einen Unfall eingestuft?«

Wolfgang überlegte und ging die Reihenfolge der Indizien im Kopf durch. Er nahm sich einige Sekunden Zeit, bevor er ihre Frage beantwortete.

»Du erinnerst dich vielleicht an den Drahtseilspanner im Weißhauswald?«, fragte er Lara, die umgehend zustimmend nickte. Vor einigen Jahren hatte ein Pilzsammler in diesem Wald, der wegen seiner vielen Radwege bei Mountainbikern sehr beliebt war, Drahtseile um Bäume gespannt, um die Radfahrer zu provozieren. Damals war kein schwerwiegender Unfall passiert. Die Seile waren gut sichtbar und auch scheinbar extra nicht auf Strecken angebracht worden, bei denen im Falle eines Unfalls viel passiert wäre. Aber der ›Drahtseilspanner‹ hatte medial große Aufmerksamkeit verursacht, die dazu geführt hatte, dass viele Mountainbiker nicht mehr dort unterwegs waren, bis der Täter letztlich überführt worden war.

»Damals ist zwar kein wirklicher Unfall passiert, was der Täter auch nach seinen Angaben vor Gericht nicht wollte. Er hatte die Seile extra locker befestigt, teilweise sogar an Steigungen, bei denen keine Geschwindigkeit vorlag. Er wollte lediglich abschrecken. Aber für die Gerichtsverhandlung sollte ich ein Gutachten anfertigen. Die Spuren am Reifen von Jakob Wilds Mountainbike erinnerten mich sofort an die Spuren von damals. Ich habe die Analyse auch in Anlage D im Bericht abgeheftet. Dass ein Drahtseil hier die Ursache war, kann ich zu neunundneunzig Prozent beweisen.«

Lara wusste, was für Wolfgang neunundneunzig Prozent bedeuteten. Das hatte absoluten Bestand vor Gericht. Und das hieß natürlich auch, dass andere Ermittler ohne diese Vorkenntnisse eventuell zu einem anderen Schluss gekommen wären.

bedankte sich bei ihrem Kollegen und stellte ihre leere Tasse neben seiner auf der Ablage ab. Sie musste dringend ins Kommissariat – die Spuren einordnen und alle Erkenntnisse unter dem neuen Aspekt beurteilen. Es war Mord. Und er war geplant gewesen.

Anna

Donnerstag, 3. August 2023, 12:22 Uhr

Sie lag auf der Sonnenliege ihrer vierzig-Quadratmeter-Terrasse im Münchner Vorort Ambach und hörte ihre Playlist, die den Namen ›Früher‹ trug, über ihr neues iPhone.

Bad influence – Pink
Freestyler – Bomfunk MC's
Supergirl – Reamonn
She's Got That Light – Orange Blue
Sportfreunde Stiller – Ein Kompliment
Why Does My Heart Feel So Bad? – Moby
Angel – Shaggy
Miss California – Dante Thomas
Teenage Dirtbag – Wheatus
L'Amour Toujours – Gigi D'Agostino
From Sarah With Love – Sarah Connor

Ihre Gedanken kreisten um die Veranstaltung am kommenden Wochenende, der sie gemeinsam mit ihrem Mann Roùl beiwohnen würde. Sie hasste öffentliche Auftritte. Vor allem hasste sie den Stress, den diese in ihr auslösten.

Auf ihrer Playlist lief ›Sportfreunde Stiller - Ein Kompliment‹.

Es war ihr gemeinsamer Song. Es war das

Lied, bei dem sie stets an ihn denken musste.

> Ich wollte dir nur mal eben sagen
> Dass du das Größte für mich bist
> Und sichergehen, ob du denn dasselbe für mich fühlst
> Für mich fühlst

Bei jedem *Refrain* kam sein Gesicht mit einer Klarheit aus ihrer Erinnerung hervor, die sie mit Wärme und Freude in sich aufsog. Wäre die Playlist eine Kassette, hätte das Band sicherlich schon aufgrund von zu häufigem Hin- und Herspulen versagt und wäre gerissen. Sie brauchte diesen Song einfach mehrmals im Monat, um die Tristesse in ihrem Leben für die Dauer von 3:38 Minuten auszublenden und in eine bessere Zeit, ihre Jugend, einzutauchen. *Sie hat dieses Leuchten um ihre Augen. Ein glitzernder Stern umkreist ihre Sinne.*

Für diese kurze Zeit war Anna Odenthal wieder Anna Schmidt.

Anna war früh schwanger geworden und verbrachte mittlerweile den längsten Teil ihres Lebens am gleichen Ort: in der Familienvilla ihres Mannes in Ambach am Starnberger See. Obwohl sie Ambach und besonders München mit den vielen Reichen in ihrer Nachbarschaft verabscheute, ertrug sie die Situation, aus der sie früher sicher nach einigen Jahren ausgebrochen wäre. Sie blieb bei Roùl wegen ihres gemeinsamen Sohnes Jesse, der in knapp vier Wochen seinen fünfzehnten Geburtstag feiern würde.

Jesse war ihr Ein und Alles. Ihm wollte sie ersparen, was ihre Kindheit geprägt hatte: Umzüge, Geldnot und das fehlende Gefühl von Heimat. Keinen Ort der Welt konnte Anna ihr Zuhause nennen. Sie hatte keinen festen Bezug zu etwas, was andere ›Elternhaus‹ oder ›Heimatort‹ nannten.

Das war für Jesse sicher ihre Villa, ihr großzügiges Anwesen am Starnberger See. Er hatte früh schwimmen gelernt und war früh von ihr über die Gefahren des Sees aufgeklärt worden. Das Gewässer lag direkt angrenzend an ihren Garten. Es war über einen Steg, der neben dem Bootshaus entlanglief, erreichbar. Trotz der guten Schwimmkenntnisse ihres Sohnes, ließ sie ihn nie aus den Augen. Sie war ständig von der Angst über seinen Verlust geprägt. Diese verfolgte sie und ließ ihr keine ruhige Minute, wenn er allein zu Hause war.

Mit seinen fast fünfzehn Jahren durfte am Samstag sein Freund Niklas bei ihm übernachten, während sie mit Roùl auf der Feierlichkeit in München anwesend war. Im Mittelpunkt stand die Vernissage eines bedeutenden Künstlers, die anlässlich des sechzigsten Geburtstages von Roùls Familienunternehmen ein werbewirksames Event darstellen sollte.

Nicht einmal den Namen des Künstlers konnte sie sich merken, so unbedeutend war das Event für sie. Anna war nur ein Beiwerk ihres Mannes, der die Gemälde für seine Hotels in Auftrag gegeben hatte. Vielmehr beschäftigte sie der Umstand, was alles passieren konnte, wenn Jesse und Niklas vier Stunden unbeobachtet allein waren.

Die Erfahrungen ihrer Vergangenheit trugen mit Sicherheit zu ihrer Sorge bei. Sie war früher schließlich ein ›durchtriebenes Luder, das nur Mist im Kopf hatte‹ gewesen, was ihr Stiefvater ihr mehrfach vorgeworfen hatte. Wenn sie ehrlich zu sich war, kam Jesse eher nach ihr als nach Roùl. Er war ebenso experimentierfreudig wie angstfrei, was sie einerseits bewunderte und stolz machte, auf der anderen Seite aber auf ihre Sorgen wie ein Brandbeschleuniger wirkte.

Roùl war so gut wie nie zu Hause. Sie verwaltete das Anwesen, während er in Los Angeles oder Zürich in den Zweigstellen seiner Hotels nach dem Rechten sah. Der stärkste Draht ihrer Beziehung war die Kreditkarte zu ihrem gemeinsamen Konto, über das sie uneingeschränkt verfügen konnte. Am Anfang war die Beziehung ein Abenteuer gewesen. Er, der reiche Erbe eines Hotelimperiums. Jetset-Leben. Partys in den angesagtesten Clubs der Stadt. Und sie, mittellos aber mit dem gewissen Etwas. Eine Lovestory, zumindest aus der Sicht von Roùl.

Als sie mit Jesse schwanger wurde, änderte sich die Beziehung der beiden. Keine Partys mehr. Er übernahm die Geschäftsleitung des Hotelimperiums, sie die Obhut und Erziehung ihres Sohnes. Anna genoss weder das Vertrauen seines schwerkranken Vaters noch das der erweiterten Familie, die zwar keinen geschäftlichen Einfluss hatte, ihr wohl aber auf jeder familiären Veranstaltung zu verstehen gab, dass sie hier nicht hingehörte.

Das alles störte Roùl nie. Er stand zu ihr. Am Anfang wie auch jetzt, wo ihre Beziehung aus Wochenenden und kurzen Skype-Telefonaten bestand.

Sie war die Liebe seines Lebens. Und das war in seiner Erziehung schon immer mit Geld zum Ausdruck gebracht worden.

Ihre große Liebe kam aus Eichwald. In dem kleinen Ort an der Saar, in dem sie immerhin sechs Jahre ihrer Jugend verbracht hatte. Es war die schönste Zeit ihres Lebens gewesen, das stand für sie fest. Intensiv, aufregend und frei. Das Gegenteil ihres jetzigen Lebens, aber anpassen konnte sie sich schon immer schnell. Anpassen musste sie sich seit ihrer Kindheit.

Die sechs Jahre endeten abrupt 2003, als sie ohne große Vorankündigung zum ersten Mal in ihrem Leben aus eigenem Willen und eigener Kraft weggezogen war und in München als Kellnerin gejobbt hatte. Die ersten Monate hatte sie bei einer Freundin gewohnt und war dann schnell, nachdem sie mit Roùl zusammengekommen war, zu ihm gezogen.

Und da lag sie nun und lebte den Traum vieler junger Mädchen, der nur im Traum ohne Kummer und Sorgen war.

Sie trank den Rest ihrer ›Coke Zero‹ aus der Flasche, und verzog ihr Gesicht: ›Coke Zero‹, die warm wurde, schmeckte widerlich. Aber wegschütten kam für sie nicht infrage. Sie hatte gerade wegen der monetären Möglichkeiten immer Wert daraufgelegt, dass ihr Sohn Demut vor der Knappheit von Ressourcen und Lebensmitteln hatte. Das lebte sie ihm stets vor. Sie war andere Verhältnisse gewohnt als ihr Mann, der oft seine Stirn runzelte, wenn sie Jesse erklärte, was Verschwendung bedeutete. Roùl hatte eine andere Definition.

Nachdem sie sich eine kalte Flasche Sprudel aus der Kühltheke genommen hatte, öffnete sie Instagram auf ihrem iPhone.

Wie immer begab sie sich direkt als Erstes auf das Profil von ›tomgehtaufreisen‹. Immer noch kein neuer Beitrag und keine neue Story. Seit mehr als vier Wochen war dort kein Lebenszeichen ihrer großen Jugendliebe Tom zu erkennen, den sie schon seit fast zwanzig Jahren nicht mehr real getroffen hatte.

Sie liebte die Landschaftsaufnahmen von ihrem einst selbstverständlichen Begleiter, der seine Reisen und Wanderungen stets mit seinen aktuell 4302 Followern teilte. Er war zwar auf keinem Bild selbst zu sehen, obwohl er sicher immer noch sehr fotogen war. Anna fühlte sich trotz der langen Zeit ihrer Jugendliebe verbunden und freute sich über jedes Zeichen von ihm aus der digitalen Welt.

Wie wichtig Tom für sie war, bemerkte sie erst, als sie Hals über Kopf Eichwald verließ. Sie waren nie ein Paar gewesen. Und trotzdem gab es niemanden in ihrem Leben, dem sie mehr vertraut hatte.

Warum der einst umtriebige Abenteurer seit Längerem seinen Account nicht mehr pflegte, konnte sie sich nicht erklären. Hatte er bereits eine Familie? War für ihn einfach die Zeit gekommen, seinen Instagram-Account ruhen zu lassen? Oder war er in einer ernsthaften Krise?

Sie überlegte, wie schon so oft zuvor, ob sie Tom eine Nachricht schreiben sollte. Anna ging davon aus, dass er nicht wusste, wer ›sunny250485‹ war, schließlich postete sie keine Beiträge oder kommentierte andere. Sie war nur angemeldet, um sich die Zeit zu vertreiben. Um zu ›konsumieren‹, wie ihr Mann einmal festgestellt hatte. Ihm war aufgefallen, dass Anna viel Zeit an ihrem Smartphone verbrachte. Sie war bei vielen sozialen Medien angemeldet, hatte aber weder ein Profilbild von sich eingestellt noch eigene Beiträge verfasst.

Sie legte ihr Smartphone zur Seite und griff zu dem Tabak, der auf dem Beistelltisch neben ihrer Liege lag. »Kannst du dir nicht einfach Zigaretten kaufen, das ist doch praktischer …«, würde Roùl jetzt wieder sagen, der nicht nachvollziehen konnte, warum Anna sich ihre Zigaretten selbst drehte. Sie liebte aber deren ›Zubereitung‹. Ein dünner Filter, ein Blättchen. Etwas weichen Tabak. Es war eine Gewohnheit aus ihrer Jugend, die sie sich gerne bewahrte, obwohl sie damals aus finanziellen Gründen die günstigere Variante gewählt hatte.

Heute war es reine Gewohnheit. Oder Nostalgie.

Die Anspannung war ihr buchstäblich ins Gesicht geschrieben, was nicht nur Roùl bemerkte.

»Hallo Anna, Liebes. Wie geht es dir? Lass dich mal umarmen«, wurde sie am Eingang der Veranstaltung überschwänglich von Silvia begrüßt. »Du siehst ein wenig blass aus, geht's dir gut, Liebes?«, fügte sie etwas dezenter, aber immer noch hörbar für die umstehenden Gäste hinzu.

Silvia, die Frau des Geschäftsführers von Roùls Hotel in München, war das Klischee einer reichen Geschäftsmann-Gattin. Mit ihren knapp dreißig Jahren war sie halb so alt wie ihr Mann. Ihrer repräsentativen Funktion kam sie, trotz ihrer Drogensucht und zahlreichen Abstürzen, in der Öffentlichkeit stets nach. Anna konnte nichts mit ihr anfangen. Weder intellektuell noch zwischenmenschlich. Der Kontakt auf solchen Veranstaltungen war für sie Grund genug, sich aus dem geschäftlichen Leben ihres Mannes größtenteils herauszuhalten. Und doch kam sie nicht immer drumherum.

»Silvia, schön dich zu sehen. Ja, alles gut. Ich glaube, ich brauche erst mal ein Gläschen Sekt für den Kreislauf.« Anna konnte sich schnell auf Situationen wie diese einstellen und ›mitspielen‹, wenn oberflächlicher Smalltalk gefragt war.

Roùl zwinkerte ihr zu. Er hatte selbstverständlich bemerkt, dass sie sich dem Niveau von Silvia angepasst hatte und dies nicht ihrem normalen

Sprachgebrauch entsprach. Er kannte seine Frau schließlich schon lange, und wusste genau, was sie von den Leuten hier und Silvia im Speziellen hielt.

Die prunkvoll gestaltete Eingangshalle des Hotels füllte sich in den nächsten dreißig Minuten rasant. Viele wichtige Personen aus der Theaterbranche und der Politik waren geladen.

Nach den Lockdowns der Corona-Pandemie hatten sich die Zahlen zügig wieder erholt und die Münchener High Society lechzte nach Veranstaltungen wie dieser.

Offiziell wurde der sechzigste Jahrestag der Eröffnung des Hotels gefeiert, welches Roùls Vater damals als Erstes seiner zahlreich folgenden Standorte eröffnet hatte.

Viel wichtiger war aber, wieder einmal öffentlichkeitswirksam darzustellen, wer die Nummer Eins im Bereich Luxus in München war. Tradition und Zukunft sollten eindrucksvoll unter Beweis gestellt werden.

Höhepunkt der Schauveranstaltung war das Enthüllen der vierundzwanzig Gemälde von einem der angesagtesten zeitgenössischen Künstler Deutschlands.

Vierundzwanzig Auftragsarbeiten, die mit einem geschätzten Wert von jeweils zehntausend Euro die Eingangshallen der Hotels gehobener Klasse zieren sollten.

Noch waren sie mit samtroten Tüchern eingehüllt auf Staffeleien aufgestellt, was die Spannung des Abends heben sollte.

Während der Rede von Roùl zog sich Anna in das angrenzende Foyer des Hotels zurück. Durch die hohen Glastüren bekam sie genug von dem Geschehen in der Eingangshalle mit. Sie verfolgte das rege Treiben aus dem Hintergrund, war aber in Gedanken bei Jesse. Ging es ihm gut? Kam er allein klar zu Hause?

Sie blickte ununterbrochen auf ihr Smartphone und wartete auf Meldung von ihrem Sohn. Sie hatten vereinbart, dass er sich einmal die Stunde bei ihr rühren sollte. Schließlich besaß er schon seit zwei Jahren ein eigenes Smartphone. Jetzt hielt sie es nicht mehr aus und schrieb ihm eine Nachricht:

> Hallo Jesse, alles ok bei euch? Küsschen, Mama

Umgehend bekam sie eine Antwort.

> Ja Mama, wenn du schreibst, geht YouTube weg. Bitte ohne Küsschen. Jesse

Jetzt schämte sie sich, ihrem Sohn diese Peinlichkeit vor seinem Freund zugemutet zu haben. Sie lächelte und dachte an ihren Spatz. Der kleine Jesse. Jetzt war er schon so groß, dass man ihn mit einem Freund allein Zuhause lassen konnte. Ihr kam es vor, als ob die Geburt ihres Sonnenscheins erst wenige Jahre her gewesen war. Der schönste Moment in ihrem Leben. Der Moment voller Glück und Zufriedenheit, der alles bisher Dagewesene in den

Schatten stellte und der ihr Leben komplett verändert hatte.

Sie hatte mit der Geburt den Sinn in ihrem Leben erstmals entdeckt und empfand eine Liebe, die sie zuvor noch nie gespürt hatte. Weder von ihren Eltern noch von ihren Pflegeeltern noch von sonst jemandem.

Ihre Erinnerungen voller Glück und Zufriedenheit endeten abrupt durch einen Blick auf die Treppe in der Eingangshalle. Neben ihrem Mann stand plötzlich eine hagere Person, die sie umgehend zwanzig Jahre zurück in ihre Vergangenheit katapultierte.

»… Ich denke, ich brauche *ihn* den wenigsten hier vorzustellen. Als Künstler ist er gefragt wie kein Zweiter. Seine Werke erzielen Unsummen bei den bekannten Auktionshäusern weltweit. Uns hat er einen großzügigen Rabatt eingeräumt«, stellte Roùl den Mann zu seiner Rechten dem Publikum vor.

Die Leute lachten lautstark und applaudierten.

»Heute wollen wir gemeinsam diese vierundzwanzig einzigartigen Kunstwerke enthüllen, die nur heute an ein und demselben Ort zu sehen sein werden. Dem Ort, an dem die großartige Geschichte vor mehr als sechzig Jahren mit einem Traum begann. Einem Traum, der viele Krisen überlebt hat und der heute die wohl beste Kulisse für seine

Werke bilden wird.«

In ihr rasten die Gedanken. Wieder war es so weit. Ein einziger Mensch, eine einzige Situation war imstande, sie völlig aus der Bahn zu werfen. Es traf sie ohne Vorwarnung, ohne ihre wie eine Impfdosis wirkende Playlist an Musik, durch die sie sich kontrolliert mit ihrer Vergangenheit konfrontierte.

Hier und jetzt, wo sie nicht damit rechnete, stand plötzlich jemand vor ihr, den sie umgehend erkannte, auch wenn er durch einen Künstlernamen anders vorgestellt wurde. Es war ihr unmissverständlich klar, dass der Maler kein Unbekannter für sie war. Sie kannte ihn nicht nur sehr gut. Sie wurde erneut mit einem Ruck in die Vergangenheit katapultiert. An den Ort, der 2003 ihr Leben verändert hatte.

Jetzt musste sie schnell reagieren. Sie hatte sich immer davor gedrückt, sich mit der Situation zu konfrontieren, irgendwann einmal auf jemanden aus ihrer Vergangenheit zu treffen. Dieses Szenario war schlicht nicht vorgesehen in ihrer Wirklichkeit.

Ein Kellner in der vorgeschriebenen einheitlichen Uniform des Hotels kam auf sie zu und fragte: »Kann ich Ihnen etwas zu trinken bringen, Frau Odenthal?«

Sie verneinte und wies ihn gedankenversunken mit einer Geste ab, um ihn dann aber doch um den Gefallen zu bitten, ihr ein Taxi zu bestellen.

Schnell zog sie ihr Smartphone aus der Handtasche und tippte Roùl eine WhatsApp.

Jesse meldet sich nicht. Ich fahre schnell nach ihm sehen. Bis später. Kuss. A

Sie verließ die Veranstaltung hastig und beruhigte sich durch die Sicherheit, dass der Künstler sie nicht gesehen haben konnte. Schnell drehte sie sich eine Zigarette und rauchte diese in Rekordgeschwindigkeit. Eine zweite konnte sie im Anschluss ruhiger genießen, bis das Taxi endlich nach zehn Minuten vorfuhr.

Ralf

Freitag, 4. August 2023, 10:30 Uhr

Entspannt wartete er vor der beruhigend durchlaufenden Kaffeemaschine und genoss die Ruhe. Der Duft des frisch gebrühten Heißgetränks und die grellen Strahlen der Morgensonne erfüllten ihn mit Zufriedenheit. Die letzte Zwölfstundenschicht auf der Rettungswache vor seinem viertägigen Urlaub bei seinem Sohn in München.

Auf der Wache waren zwei Krankenwagen, ein Rettungswagen und ein Notarzteinsatzfahrzeug, das sogenannte ›NEF‹ stationiert. Alle seine Kollegen waren im Einsatz. Ralf war als Dienstältester und Wachleiter das Privileg zuteil, den Großteil seiner Dienste auf dem ›NEF‹ zu verbringen. Das bedeutete nicht nur, dass er als Fahrer für den Notarzt den Großteil seiner Dienste allein auf der Wache verbrachte – er musste nur bei schweren Notfällen den Notarzt aus dem benachbarten Krankenhaus abholen und zum Einsatzort fahren. Er war dadurch mit weniger Arbeit und vor allem weniger körperlichen Tätigkeiten konfrontiert.

Mit seinen sechsundfünfzig Jahren hatte er schließlich all die Jahre genug Dienst am Patienten leisten müssen. Unzählige Personen hatte er geborgen, mit der Trage enge Treppenhäuser runtergeschleppt oder in Krankenhausbetten umgelagert. Er war körperlich nicht mehr in der Lage, ohne Schmerzen eine Zwölfstundenschicht im Krankenwagen zu leisten.

Sein Notarztwagen hatte alle Geräte wie EKG, Defibrillator und Absaugpumpen an Bord. Selten musste er aber mehr als sein Klemmbrett mit dem Einsatzprotokoll am Einsatzort mit sich tragen. Die körperliche Arbeit wurde von den Kollegen im Rettungswagen übernommen, die in neunzig Prozent aller Einsätze vor ihm am Einsatzort waren.

So genoss er die Ruhe auf der Rettungswache, wenn seine Kollegen im Einsatz waren.

Er beobachtete die letzten Tropfen, die aus dem Kaffeefilter in die darunter platzierte Kanne tropften und goss sich parallel schon einmal einen ordentlichen Schluck Milch in seine Tasse. Er hatte seine Lieblingstasse von einem Zivildienstleistenden vor zwanzig Jahren geschenkt bekommen. ›Keine Panik, Ralf ist ja jetzt da‹ stand auf dem Gefäß unter einem, von der Spülmaschine ausgebleichten, Cartoon eines Mannes in Rettungsdienstkleidung, bepackt mit Koffer, EKG und Stethoskop um den Hals.

Ralf freute sich immer noch jeden Morgen, seinen Kaffee daraus zu trinken und trauerte der Zeit der Zivildienstleistenden hinterher.

Der letzte ›Zivi‹ hatte 2010 seinen Dienst auf der Rettungswache beendet. Er bedauerte das sehr, brachten die jungen Schulabgänger doch immer frischen Wind in die festgefahrenen Strukturen einer Rettungswache. Viele der Zivis hatten anfänglich Misstrauen gehegt, bisweilen Angst vor Ralf und seiner oft mürrischen Art gehabt. Nach einiger Zeit, oft schon nach wenigen Wochen und nach den ersten gemeinsamen Einsätzen, hatten die jungen Männer den erfahrenen Rettungsassistenten kennen und schätzen gelernt. Kaum einer ging nach dem Zivildienst von der Wache, ohne eine Geschichte, die er mit ›Ralle‹ verband.

Ralf nahm seinen Funkmeldeempfänger aus der Ladestation und platzierte diesen in der kleinen Ledertasche an seinem Gürtel. Er goss den Kaffee in seine Tasse und trank einen kräftigen Schluck. Gerade wollte er nach unten zum Briefkasten gehen, um die lokale Tageszeitung nach oben zu holen, als er einen auf dem Hof ankommenden Fahrradfahrer bemerkte.

Er beugte sich bis zur Scheibe am Fenster vor, um herauszufinden, wer dort gleich an der Tür klingeln würde, aber er erkannte nur den Hinterreifen des Rads. Schnell stopfte er das Poloshirt in seine Hose, welches ihm viel zu oft über den Gürtel rutschte. Ralf wusste, dass er morgens oft verwahrlost aussah. Er hatte ein Talent dafür, mit dem Kragen schief, dem Hemd aus der Hose und dem Gürtel seltsam nach vorne hängend herumzulaufen, wenn er sich nicht ständig selbst daran erinnerte, sich vor dem Einsatz kurz nochmal herzurichten.

Es klingelte an der Tür, als er auf dem Weg über die Wendeltreppe nach unten ging.

Die Rettungswache bestand aus den Aufenthalts- und Schlafräumen in der ersten Etage und den Umkleiden, dem Lager und den Fahrzeughallen im Parterre. Ein schmaler Gang verband das Medikamentenlager und die Umkleiden mit den Fahrzeughallen, wo sich auch der offizielle Eingang der Rettungswache befand. Er erkannte den Besucher nicht direkt, als er auf die Eingangstür zuging. Als dieser jedoch seinen Helm abnahm und die Hand zum Gruße hob, konnte er erkennen, um wen es sich handelte.

»Emil Eichwald«, begrüßte Ralf den Besucher freudig. »Wie lange habe ich dich denn schon nicht mehr gesehen?«

»Hallo Ralf, du bist ja immer noch im Dienst«, scherzte Emil, der sich ebenfalls freute, seinen alten Fußballtrainer nach über fünfundzwanzig Jahren wiederzutreffen. »Dass du mich noch wiedererkennst, bei dem fehlenden Fußball-Talent.«

»Naja, du warst nicht der Zweikampfstärkste, aber einer der Schnellsten. Du hättest noch weiterspielen können, das weißt du ja!«, erinnerte sich Ralf, als wäre die Zeit seiner Trainertätigkeit im Jugendfußball erst gestern zu Ende gegangen.

Beide wussten, was der eigentliche Grund war, warum Ralf zeitgleich mit Emil mit dem Fußball aufgehört hatte: Der plötzliche Tod seiner Frau hatte ihn über ein Jahr aus der Bahn geworfen. Seine Hobbys und ehrenamtlichen Engagements hatte der sonst präsente und engagierte Rettungsassistent nach der Zeit der Depression nie wieder aufgenommen. Er musste sich schließlich um seine beiden Kinder kümmern, die zum Zeitpunkt des Todes seiner Frau gerade einmal fünf und sieben Jahre alt gewesen waren.

»Wie geht's dir?«, fragte Emil nach ein paar Sekunden der Stille. Beide waren gleichermaßen verhalten erfreut, sich nach so vielen Jahren wiederzusehen.

»Alles paletti. Die Kinder sind aus dem Haus. Ich habe noch drei oder vier Jahre bis zur Rente. Ab morgen bin ich ein paar Tage bei meinem Sohn in München. Ich kann nicht klagen«, gab er einen groben Einblick seiner Situation wieder. »Und bei dir? Wohnst du jetzt wieder hier? Komm rein, ich habe gerade einen Kaffee fertig. Solange es so ruhig ist und der Melder nicht geht …«, bat er ihm zu folgen und ging in Richtung Wendeltreppe.

Als sie oben ankamen und Ralf in der Küche eine zweite Tasse mit Kaffee füllte, hakte er erneut nach: »Was führt dich hierher? Du warst in Berlin, oder?«

»Ja, richtig! Ich wohne immer noch in Berlin, bin aber gerade auf Heimatbesuch.«

Er machte eine kurze Pause und überlegte, ob er direkt zur Sache kommen oder noch einmal auf die ›guten alten Zeiten‹ eingehen sollte, um einen Smalltalk über Fußball und die Neunziger zu führen. Ralf kam ihm zuvor.

»Du bist doch sicher nicht hier, um über meine Rente zu reden?«

»Dir kann man immer noch nichts vormachen …«, lachte Emil. »Ja, ich bin hier, weil ich ein paar Informationen über einen alten Einsatz benötige. Aus dem Jahr 2003, bei dem Jakob Wild im Dienst war. Vielleicht erinnerst du dich an ihn? Gibt es eventuell noch Protokolle aus dem Jahr?«, kam der junge Journalist ohne Umschweife zum Punkt.

»Jakob Wild. Ja, ich erinnere mich. Aber dafür brauche ich sein Einverständnis. Ich kann dir nicht die Einsatzprotokolle von Mitarbeitern ohne deren Einverständnis aushändigen. Das kostet mich den Job. Und ich weiß nicht, ob ich es erwähnt habe, aber: Ich stehe kurz vor der Rente …«

Emil musste schmunzeln, obwohl er den Hintergrund seiner Aussage sehr wohl vernommen hatte.

»Das Einverständnis wird er leider nicht mehr geben können. Er ist vorgestern gestorben. Ein Fahrradunfall.«

»Bitte was? Wann genau? Und wo?«, hakte Ralf nach. Ein beklemmendes Gefühl der Panik machte sich in dem gestanden Mann breit. Jakob war tot und sein Gegenüber fragte nach einem Einsatz im Jahr 2003. Er hatte eine leichte Ahnung, um welches prägende Ereignis es sich aus diesem Jahr handelte. Er trank einen Schluck von seinem Kaffee und bemerkte, dass Emil seine Tasse noch nicht angerührt hatte.

»Er ist auf der Downhillstrecke bei Eichwald gestürzt. Ich war zufällig kurz danach anwesend. Ich wollte mich mit ihm treffen«, log er, um einen näheren Kontakt zu Jakob vorzugeben, obwohl er nie wirklich etwas mit ihm zu tun gehabt hatte.

Emil erkannte die Angst in den Augen von Ralf.

»Um welchen Einsatz geht es im Jahr 2003?«, meldete sich dieser nach einigen Sekunden der Stille zurück.

»Um den Brand in der Hütte am See, die den von Saarsteins gehörte. Das war in der Nacht vom achten auf den neunten August 2003.«

»Das habe ich mir gedacht«, murmelte Ralf, ohne große Überraschung zu zeigen, vor sich hin. Er hatte schon nach dem Namen ›Jakob Wild‹ sofort an diesen Einsatz gedacht. Auch während der letzten zwanzig Jahre hatte er immer mal wieder an dieses Ereignis, die Entscheidungen und deren Folgen denken müssen.

»Was hat es damit auf sich? Was willst du wissen?«, erkundigte sich der erfahrene Retter, der immer noch geschockt über die Todesnachricht wirkte.

»Ich würde dich bitten, das vertraulich zu behandeln«, begann Emil den Versuch, seinem Trainer die wichtigste Information in seiner weiteren Recherche zu entlocken. In einem Seminar der Sozialpsychologie über die ›Reziprozität der Geschenke‹ hatte er eine für sich sehr wichtige Theorie erkannt, die ihm schon einige Male aufschlussreiche Informationen eingebracht hatte: Wenn er dem Gegenüber vermittelte, dass nicht er etwas gab, sondern vorweg der Informant etwas bekam – in diesem Falle das Vertrauen von Emil – dann war dieser eher bereit, eine Information mitzuteilen. In jedem Fall musste auch er als Journalist glaubwürdig vermitteln, dass die gegebene Information von ihm vertraulich behandelt werden würde. »Ich gehe nur einem Hinweis nach, nachdem der Tod von Jakob im Zusammenhang mit den Ereignissen im Sommer 2003 stehen könnte. Der Vorfall ist verjährt. Es geht sicher nicht um eine rechtliche Schuld, aber irgendeinen Zusammenhang könnte es geben.« Er machte eine kurze Pause, um Ralf die Informationen verarbeiten zu lassen. »Jakob hatte auf jeden Fall darüber gesprochen. Jetzt ist er tot und mein einziger Hinweis ist der Einsatz von damals. Werden die Einsätze nicht dokumentiert und es gibt Protokolle dazu?«

Anfang der 1990er-Jahre hatte Prof. Dr H.-N. Herden im Auftrag der Deutschen Inter-

disziplinären Vereinigung für Intensiv- und Notfallmedizin (DIVI) das deutschlandweit einheitliche Notfalleinsatzprotokoll vorgestellt, worauf 1994 das bundeseinheitliche Rettungsdienstprotokoll der DIVI folgte. Mit dem Mainz Emergency Evaluation Score (MEES) konnte der minimale Notarztdatensatz (MIND) standardisiert erhoben und dokumentiert werden.
– Handbuch der Notfallmedizin

»Ja, unten im Archiv werden alle DIVI-Protokolle gelagert. Aber nur fünf Jahre. Danach werden sie von einem Aktenvernichter geschreddert und entsorgt. Da fahre ich einmal im Jahr die alten Ordner hin. 2003 ist schon seit Jahren geschreddert …«, gab er ernüchternd, aber glaubwürdig als Antwort.

»Mist!«, erwiderte Emil enttäuscht. »Du weißt nicht zufällig, wer damals mit Jakob …«

Abrupt wurde das Gespräch von einer Tonfolge des Melders und eines zusätzlichen, sich einschaltenden Lautsprechers im Flur unterbrochen.

›Achtung Notfalleinsatz für das NEF 5. Notarzt Nachforderung vom RTW4 auf die B407 Richtung Teilbach. Verkehrsunfall Pkw‹

Beiden war umgehend klar, dass ihr Gespräch hier und jetzt zu Ende war.

Emil folgte dem Rettungsassistenten nach unten zum Ausgang. Während Ralf sich seine Sicherheitsstiefel anzog und die Jacke vom Haken nahm, verließ sein Gast das Gebäude. Das Rolltor öffnete sich neben Emil und Ralf fuhr mit dem NEF auf den Hof vor die Garage.

»Sorry, dass ich dir da nicht weiterhelfen konnte«, rief er dem Journalisten hinterher, und wartete mit eingeschaltetem Blaulicht darauf, dass das Rolltor hinter ihm wieder zuging, während er gleichzeitig die Einsatzdaten auf dem Display seines Navigationsgerätes überprüfte. »War trotzdem schön, dich mal wiederzusehen. Wenn mir noch was einfällt, melde ich mich …«

Er schaltete zusätzlich das Martinshorn an, um dem Verkehr an der Kreuzung sein Überqueren zu signalisieren.

Emil wollte noch mit einem ›Schönen Urlaub dann‹ antworten, was aber im ohrenbetäubenden Lärm des Signalhorns und der Hektik untergegangen wäre.

Er verließ die Wache mit der ernüchternden Erkenntnis, die genauen Details heute nicht bekommen zu haben. Er schwor sich aber, dranzubleiben. Das konnte er schließlich am besten.

Emil

Freitag, 4. August 2023, 21:10 Uhr

Emil saß in seinem alten Jugendzimmer am Schreibtisch, den er zum Übergang von der zehnten Klasse zur Oberstufe damals neu bekommen hatte. Der Ausflug zu IKEA in den Sommerferien wurde ihm beim Betreten seines Zimmers jedes Mal in Erinnerung gerufen. Der Raum war ein Mix aus neunziger Jahre massiven Kieferholzmöbeln und schwedischem IKEA-Style. Stehengeblieben in den Anfängen der Zweitausender.

Normalerweise nutzte er das Zimmer auch lediglich zum Übernachten, wenn er in der Heimat war. Jetzt benötigte er einen Moment der Ruhe, ohne Zwischenfragen seiner Mutter, um die letzten Tage einzuordnen und sein weiteres Vorgehen zu planen.

Er klappte seinen Laptop auf und schloss die Maus an. Ohne Maus konnte er unmöglich zügig arbeiten. Er hasste das integrierte Mauspad in seinem Lenovo ThinkPad. Auch der rote Knopf, mit dem man den Cursor bewegen konnte und der das Markenzeichen der ThinkPad-Laptopserie war, nervte ihn jedes Mal, wenn er seine Maus vergessen hatte.

Er musste dringend einige Dinge recherchieren, unter anderem, ob Einsatzprotokolle im Rettungsdienst wirklich nur fünf Jahre aufgehoben werden mussten. Das konnte er sich nicht vorstellen, obwohl er Ralf und seinen Aussagen eigentlich vertraute und diese als glaubhaft einstufte. Irgendetwas hatte ihn aber irritiert. Der Alarm schien keine Enttäuschung, sondern eine Art Erleichterung bei dem Wachleiter ausgelöst zu haben.

Emil öffnete Google in einem neuen Tab und tippte ein: ›DIVI Rettungsdienstprotokoll Dokumentation‹.

> www.rettinfo.de › rettinfo-dokuform › kombinierte-eins ...
> Kombinierte Einsatzprotokolle - RETTinfo DokuFORM – Georg ...
> Das kombinierte Notarzt- und Rettungsdienstprotokoll besteht aus einer Transportverordnung und 3 gefalzten DIN A 3 Seiten. Der Inhalt basiert auf dem DIVI ...

> www.rettungsdienstforum.info › forum › DIVI-Protokoll ...
> DIVI-Notarzteinsatzprotokoll: Wie lange aufheben?
> Wie lange werden DIVIs aufgehoben? Hebt ihr euren Durchschlag auf? ...
> von 'Mr.Zivi'·Antworten: 18 · Ähnliche Forenbeiträge

Er klickte auf den zweiten Beitrag. Ein Rettungsdienstforum, bei dem sich ein Zivildienstleistender über die Dokumentation informieren wollte.

Er wusste, dass die Aussagen in Foren mit Vorsicht zu genießen waren. Viele Menschen mit hohem Mitteilungsbedürfnis waren oft in solchen Communitys und Gruppen sozialer Netzwerke unterwegs. Aber zur Orientierung empfand er das in diesem Fall erst einmal als ausreichend, zumal er seine Quellen ja nicht wie bei einer Recherche eines Artikels dokumentieren und später als glaubhaft belegen musste.

Die erste Antwort von einem ›DocMedi‹, der mit über zweihundert Beiträgen zumindest aktiv wirkte, brachte ihn einen Schritt weiter:

> Im Rettungsdienstgesetz beschreibt §29 die Dokumentationspflicht: »Die in der Notfallrettung in der Leitstelle oder zur Versorgung und Betreuung von Notfallpatienten eingesetzten Personen sind verpflichtet, jeden Einsatz und die dabei getroffenen aufgabenbezogenen Feststellungen und Maßnahmen ausreichend zu dokumentieren. ...« Das DIVI-Protokoll ist dafür ja vorgesehen und hat zwei Durchschläge. Einen weißen und einen gelben. Grundsätzlich sind die beiden letzten zur Dokumentation für dich. Das Original bleibt ja beim Patienten. Also dieses wird bei der Übergabe im Schockraum oder der Ambulanz immer dem behandelnden Arzt übergeben. Der weiße Durchschlag sollte auf der Wache abgeheftet und mindestens 5 Jahre aufgehoben werden. Den gelben Zettel kannst du mit nach Hause nehmen oder für dich zur Dokumentation aufheben.

Dieser Beitrag bestätigte zumindest die Aussage, dass nach fünf Jahren die Protokolle auf der Wache vernichtet wurden. Die Aktenberge wären sonst enorm. Ernüchtert las er weitere Beiträge, die die Aussage von ›DocMedi‹ unterstützten und ihm glaubhaft erschienen. Jakob war als Zivildienstleistender der zweite Mann auf dem Rettungswagen gewesen. Für Emil deutete deshalb alles darauf hin, dass wenn der zweite Durchschlag überhaupt noch existieren sollte, diesen der Rettungsassistent besitzen konnte. Die Information, wer mit Jakob diesen Einsatz geführt hatte, würde er aber sicher nicht von Ralf erhalten. Er musste sich also damit zufriedengeben, dass Jakob 2003 zumindest involviert gewesen war.

Er beendete seine Recherche und öffnete seinen Twitter-Account. Schließlich musste er auch auf dem Laufenden bleiben, was in Berlin und der Weltgeschichte gerade vor sich ging. Wenn soziale Medien wie Instagram oder Facebook nur schon 2003 so präsent gewesen wären wie heute.

Die Uhr auf seinem Bildschirmrand zeigte 22:49 Uhr. Die Sonne war bereits untergegangen und in der Dämmerung gingen die Straßenlaternen an. Er sah den beleuchteten Kirchturm am anderen Ende des Dorfes. Emil konnte sich nicht erinnern, wann er zuletzt in der Kirche gewesen war, die in seiner Kindheit mindestens einmal die Woche, am Sonntag, für eine Stunde quälende Langeweile bedeutet hatte.

Er dachte an die vielen Weihnachten, zu deren Vorabendmesse er seiner Mutter zuliebe auch in seiner Jugend immer mit zur Kirche gegangen war.

Man musste früh dran sein, um noch einen Platz zu ergattern. In einer dieser besagten Messen hatte der Pastor seine Predigt dem schwindenden Besuch des Gottesdienstes gewidmet. Der Satz »Heute ist das Gotteshaus brechend gefüllt, aber ab nächster Woche sehe ich wieder mehr leere Bänke als volle!« war vielen der Dorfgemeinde bitter in Erinnerung. Viele Beschwerden gingen beim zuständigen Bischof ein. Es war Gesprächsthema zwischen den Jahren. Aber Emil war noch nie so unterhalten worden wie in dieser Messe. Er überlegte, in welchem Jahr das gewesen sein mochte und fragte sich, wie viele Menschen heute noch in Eichwald regelmäßig sonntags zur Kirche gingen.

Seine Erinnerungen kehrten zu den aktuellen Ereignissen zurück. Er musste unbedingt mit Julian reden und ihm seine Erkenntnisse mitteilen.

Emils Mutter klopfte an seine Zimmertür. Er war kurz irritiert, war sie doch früher immer ohne zu klopfen und umgehend sprichwörtlich ›mit der Tür ins Haus gefallen‹ hereingekommen.

»Ja, bitte«, antwortete er belustigt.

»Hier wurde was für dich abgegeben«, hielt sie ihm ein Couvert entgegen. »Ich habe mitbekommen, wie der Umschlag eingeworfen wurde, aber als ich an der Tür war, ist der Postbote schon weggewesen.«

Emil nahm misstrauischen Blickes den Umschlag entgegen, auf dem mit blauem Kugelschreiber ›Für Emil‹ stand. Er war zugeklebt und ohne Briefmarke.

»Bist du am Arbeiten?«, fragte seine Mutter, die ein offenes Browserfenster sah und für die ›Twitter‹ ein Fremdwort war.

Emil hatte ihr vor drei Jahren ein iPad zu Weihnachten geschenkt und dort einen E-Mail-Account eingerichtet.

Er hatte ihr den ganzen Abend erklärt, was sie alles damit machen und wie sie in der ZDF-Mediathek einen ›Rosamunde Pilcher‹-Film auch nach der Ausstrahlung im Fernsehen ansehen konnte. Sie hatte damals interessiert den Erklärungsversuchen ihres Sohnes zugehört, sich jedoch nie wieder damit auseinandergesetzt. Bei fast jedem folgenden Besuch stellte Emil fest, dass der Akku leer war und sie sich nicht traute, ihm zu sagen, dass sie es nicht nutzte.

»Ja, ich bin noch am Recherchieren. Hast du gesehen, welches Auto das war?«, fragte Emil, der den Umschlag erst öffnen wollte, wenn seine Mutter das Zimmer wieder verlassen hatte.

»Nein, ich habe nur die Rücklichter gesehen. Der war innerhalb von fünf Sekunden weg. Komisch. Wer weiß denn, dass du hier bist? Ich habe unten Tee gekocht, soll ich dir eine Tasse bringen?

Den Wildfrüchtetee mit Honig von Onkel Karl. Den hast du früher immer geliebt.«

»Ich komme gleich runter.« Emil verstand den Hinweis seiner Mutter. Ihm fiel plötzlich auf, dass er sich außer am Begrüßungsessen noch nicht länger mit ihr unterhalten hatte. »Ich mache das hier noch kurz fertig, Mama.«

Sie verließ das Zimmer, ohne weiter auf den Umschlag einzugehen. Emil wusste, dass er sich auf eine Nachfrage später gefasst machen musste. Als sie auf der Holztreppe hörbar auf dem Weg nach unten war, öffnete Emil vorsichtig das Couvert. Er hatte schon nach der Anmerkung seiner Mutter eine Vermutung, von wem dieses kommen könnte.

»Wer weiß denn, dass du hier bist?«

Julian oder Lara würden wohl kaum so ein Geheimnis aus der Übergabe machen.

»Wenn mir noch was einfällt, melde ich mich …«

Er zog den rosafarbenen dünnen Durchschlag im DIN-A4-Format aus dem Umschlag, auf dem sich die Schrift des Originals über den Vordruck durchgeschlagen hatte. Es war das DIVI-Protokoll von Samstagnacht, 9. August 2003.

Emil hatte die Möglichkeit in Betracht gezogen, die direkte Konfrontation mit der Frage aber vermieden: War Ralf der Hauptamtliche bei dem Einsatz in dieser Nacht gewesen? Er konnte sich zumindest direkt daran erinnern. Wenn er tatsächlich der Verantwortliche gewesen war, dann war auch er in Gefahr. Er überlegte, ob er Lara über die neuen Erkenntnisse informieren sollte, entschied sich aber, damit erst einmal zu warten und seine Vermutungen mit Julian zu teilen. Doch zunächst las er sich das Protokoll durch.

Auf dem Durchschlag war das Feld mit den Patientendaten durch ein Netzmuster geschwärzt. Bei den Vitalfunktionen des Patienten war im unteren Feld nur das Kästchen ›Exitus‹ angekreuzt. Der interessante Part war die zeitliche Abfolge:

Alarm: 03:09 Uhr
Status 3: 03:10 Uhr
(Einsatz übernommen / Anfahrt zum Einsatzort)
Status 4: 03:33 Uhr
(Ankunft am Einsatzort)
Status 1: 04:56 Uhr
(Einsatzbereit über Funk)
Status 2: 05:06 Uhr
(Einsatzbereit auf der Wache)

Was Emil am meisten wunderte, war die lange Zeit, die die beiden benötigt hatten, bis sie an der Hütte angekommen waren.

Er öffnete Google Maps und gab als Startort die Adresse der Rettungswache ein.

Als Ziel markierte er den Weg unterhalb der Hütte. Die geschätzte Wegstrecke mit dem Pkw betrug, laut Google, neun Minuten. Mit Sondersignal waren dies bestimmt höchstens sieben. Die Rückfahrt hatte mit zehn Minuten die passende

Zeit.

Warum hat die Hinfahrt dreiundzwanzig Minuten gedauert?

Diese Frage musste er unbedingt mit Ralf klären. Er überlegte, wie er ihn erreichen konnte und öffnete Facebook in einem neuen Tab. Nach kurzer Recherche war ihm klar: Ralf hatte weder Facebook, noch war er über Google auffindbar. Das passte zu ihm. Sicherlich hatte der Griesgram, wenn überhaupt, ein Handy mit Tasten aus den frühen Zweitausendern. Er musste unbedingt herausfinden, wann Ralf seinen ersten Dienst nach dem Urlaub antreten würde. Emil machte sich eine Erinnerung in seinen Kalender, datiert auf eine Woche in der Zukunft, 09:00 Uhr: ›Ralf kontaktieren‹.

Ab morgen hatte Julian zwei Tage frei. Emil öffnete WhatsApp auf seinem Smartphone und tippe ihm eine Nachricht:

> Morgen früh Käffchen? Ich komme vorbei.
> So gg 10? Gruß, E

Er schob den Durchschlag des Protokolls zurück in den Umschlag und verschloss diesen. Was er jetzt dringend brauchte, war eine Tasse Wildfrüchtetee mit Honig von Onkel Karl.

Sophie

Freitag, 4. August 2023, 09:55 Uhr

Sie bemerkte es sofort und deutlicher als jemals zuvor: Ihr Mann Julian wurde seit einiger Zeit von einer inneren Unruhe getrieben. Er war nie der Typ gewesen, der seine Gefühle offen aussprach. Vielmehr machte er die Dinge, die ihn belasteten, mit sich selbst aus.

Den stationären Aufenthalt in der psychosomatischen Klinik im letzten Jahr – der dritte seit 2003 – hatte er seinem Umfeld – auch seinem Freund Emil – verheimlicht.

Sophie wusste von den Problemen seit Beginn ihrer Beziehung. Sie war schließlich 2017 in der Klinik als Assistenzärztin angestellt worden. Dass sie mit einem Patienten eine Affäre einging und dieses anfängliche Verhältnis auch dauerhaft halten sollte, wurde in ihrem Umfeld – vorsichtig ausgedrückt – eher kritisch wahrgenommen.

Das störte Sophie aber wenig. Sie stand zu ihrem Partner und auch zu den Schwierigkeiten, die mit Julians psychischen Belastungen einhergingen. Auch sie hatte ihre Lasten zu tragen und war mit ihrer Vergangenheit ihrem Partner gegenüber nicht offen umgegangen. Die gegenseitigen Geheimnisse gehörten unausgesprochen zu ihrer Beziehung.

Emil war trotz allem ein Anker in Julians Leben, das wusste sie. Umso mehr freute sie sich über den Heimatbesuch und die hoffentlich positiven Auswirkungen auf Julians innere Unruhe und Angstzustände.

Sophie war mit ihren 43 Jahren ein gutes Stück älter als ihr Mann. Den Altersunterschied sah man den beiden aber nicht an. Optisch gesehen schätzte jeder Sophie jünger als Julian ein. Das mochte auch an ihrer ungewöhnlichen Größe und ihrem hageren Körper liegen. Mit über 1,81 Meter war sie zwar deutlich größer als der Durchschnitt – gleichzeitig lag ihr Gewicht unter der Norm. Sie wirkte dadurch sportlich, aber nicht mager. Eine drahtige Läuferfigur, die nicht von ungefähr herrührte: Sophies tägliches Pensum an zurückgelegter Wegstrecke war beachtlich. Auch nahm sie regelmäßig an Marathonläufen in der Umgebung teil.

Immer mehr verabschiedete sie sich von ihrem Kinderwunsch und verdrängte die Hoffnung auf ein medizinisches Wunder. Sie war überzeugt davon, eine hervorragende Mutter zu sein und würde liebend gerne ihren Beruf und alle Freizeitaktivitäten hintenanstellen. Mit den Jahren entwickelte sie aber gute Strategien der Verdrängung und baute eine Fassade der starken, sportlichen Frau auf, die auch ohne Kinder ein erfülltes Leben hatte. Aber dem war nicht so und das würde auch nie so werden.

Sophie hatte alles für ein üppiges Frühstück im

Supermarkt eingekauft und vorbereitet. Sie hatte die Kaffeemaschine bereits befüllt und eingeschaltet, als es an der Tür klingelte. Aus der Küche hörte sie, wie ihr Mann seinen Freund begrüßte und hereinbat. Sophies Aufregung stieg. Sie wunderte sich darüber, warum sie dem ungezwungenen Treffen eine so hohe Bedeutung zumaß und warum sie solch eine Anspannung empfand. Für mehr als eine Begrüßung würde es nicht reichen, da sie zu ihrem Dienstbeginn um 11:30 Uhr pünktlich im Zentralkrankenhaus erscheinen musste.

»Hallo Sophie, wie geht's?«, begrüßte Emil sie in morgendlicher Frische.

»Guten Morgen. Alles super«, versuchte sie ebenso entspannt und locker zu wirken. »Und bei dir? Hast du ein paar Tage Urlaub?«

»Ja, die frische Landluft hier tut einfach gut. Berlin stinkt jeden Tag mehr.«

»Das war früher hier auch anders. Als der Bauer Meier noch aktiv war, hast du anders geredet …«, erwiderte Julian. Ein Insider, den Sophie nur ansatzweise verstehen konnte. Sie lachte dennoch über die schlagfertige Bemerkung ihres Mannes.

»Ich muss mich schon verabschieden«, erklärte sie. »Um halb zwölf beginnt mein Dienst und ich muss noch nach Luxemburg tanken fahren.«

Emil verabschiedete sich von Sophie mit dem Hinweis, dass er ja noch ein paar Tage im Lande sei.

Der Kaffeegeruch lag prägnant in der Luft. Emil freute sich auf ein Frühstück und einen erneuten Austausch an Informationen mit Julian. Sein Interesse war inzwischen geweckt, auch wenn er die Theorien mit den Verbindungen ins Jahr 2003 kritisch betrachtete. Er konnte sich nicht vorstellen, dass die Realität über die Zustände Eichwalds das Bild seiner unbeschwerten Jugend so überlagerte.

Sie setzten sich mit einem Kaffee. Mit dem mutmaßlichen Mord an Jakob Wild lag ein weiterer Hinweis auf einen Zusammenhang ins Jahr 2003 auf der Hand. Nicht nur Emil verschwieg seinem Schulfreund die Details seiner Recherche – er hatte das starke Gefühl, dass auch Julian ihm etwas verheimlichte …

Lara

Freitag, 4. August 2023, 19:00 Uhr

Die Kinder waren nach einem sehr aktiven Nachmittag im Wald und einem hervorragend zubereiteten Essen von Theo, ihrem Ehemann, reif für das Bett.

Ob Laras Mann von der früheren Beziehung der beiden wusste, konnte Emil nicht einschätzen. Jedenfalls gab es keinen Anlass für Theo, Emil und Lara nach dem Abendessen nicht allein zu lassen. Theo brachte die zunehmend quengelnden Kinder mit einer scheinbar vorher abgesprochenen Selbstverständlichkeit ins Bett, sodass die alten Schulfreunde ungestört miteinander reden konnten.

Beide hatten sich während des Essens mit Gesprächen zu Laras aktuellem Fall und den neuen Erkenntnissen zurückgehalten.

Emils Laufbahn als Journalist, das Leben in Berlin und die Unterschiede einer pulsierenden Großstadt wie Berlin zur Provinzmetropole Trier wurden scherzhaft thematisiert. Emil bewunderte die Erzählungen über Theos Arbeit bei der Schutzpolizei und die Bedeutungslosigkeit des Dienstgradunterschiedes zu seiner Frau.

Seiner Mutter wären sicher als Erstes die Unterschiede der Rollenverteilung aufgefallen. »Der kann als Mann aber großartig kochen. Und wie der mit den Kindern umgeht ... Wie oft dein Vater früher deine Windeln gewechselt hatte, kann ich an einer Hand abzählen ...«

Die junge Familie schien ihm geradezu beispielhaft für ein gleichberechtigtes und aufgeklärtes Familienleben, das er sich so auch vorstellen konnte, selbst wenn er die Anstrengungen und Belastungen zweier schichtarbeitender junger Eltern nicht beneidete. »Ohne Großeltern würde das so nicht funktionieren!«, war die einfache Erklärung von Lara, die das Thema damit abschloss.

Hauptpunkt an diesem Abend waren die Lebenswege beider nach dem Wegzug aus Eichwald. Was ihnen aber deutlich wurde: Sie hatten trotz der vielen Jahre der getrennten Wege immer noch einen Bezug zueinander und waren schnell wieder auf einer Ebene.

Lara lachte viel und Emil vergaß kurze Zeit, dass er unbedingt Erkenntnisse über den Ermittlungsstand seiner Schulfreundin in Erfahrung bringen wollte. Irgendwann versuchte er einfach nebenbei, ohne Anstrengung, das Thema anzusprechen und erkundigte sich nach dem Vorfall, bei dem sich beide vor zwei Tagen getroffen hatten.

»Das war keine besonders geschickte Überleitung, Herr Eichwald«, scherzte sie und kommentierte weiter ganz offen: »Ich wusste, dass dich das Thema als Journalist nicht loslassen wird und dazu

Fragen kommen werden.«

»Ertappt«, versuchte Emil trocken zu kontern. »Ich habe ein natürliches Interesse an Informationen, aber ich bin kein Lokalreporter der direkt mit Information zur SMZ rennt. Du weißt, dass der Quellenschutz eines der höchsten Güter für mich als Journalist darstellt. Man muss sogar feststellen, dass du mit niemandem so sicher über den Fall reden könntest, wie mit mir.«

Beide grinsten und schwiegen einige Sekunden, bevor Lara scheinbar innerlich abgewogen hatte, ob sie gegenüber Emil überhaupt etwas äußern sollte. Da sie so viele Zweifel und wenig Ansatzpunkte für Ermittlungen hatte, sah sie ein Gespräch mit einem unbefangenen Außenstehenden als konstruktiv an.

»Nach der Auswertung aller Spuren kann man wohl von einem Gewaltdelikt ausgehen. Das ist aber jetzt wirklich unter uns gesagt. Es wird dazu bestimmt bald eine Pressekonferenz geben, da wir auf Hinweise aus der Bevölkerung angewiesen sind. So wie es aussieht, wurde der Sturz herbeigeführt. Wir gehen noch nicht von einem gezielten Anschlag aus – dafür gibt es keine Anhaltspunkte – aber zumindest ganz sicher von Fremdverschulden.«

Diese Informationen waren sowieso für die Presse in den kommenden Tagen vorgesehen und schienen Lara als vertretbar zu kommunizieren – jedenfalls einem Vertrauten wie Emil gegenüber.

»Das ist heftig. Gibt es irgendwelche Hinweise auf einen Zusammenhang zu anderen ›Unfällen‹ aus der jüngeren Vergangenheit?«, fragte Emil gezielt nach den Hintergründen, die zu seinen Informationen passen könnten.

Ihr entging nicht die Betonung des Wortes ›Unfällen‹, was sie kritisch nachfragen ließ: »Welche Unfälle meinst du?«

»Na ja, erst kürzlich ist Tom spurlos verschwunden und Niels bei einem Autounfall gestorben. Alle im selben Alter, alle aus demselben Ort und früher sehr gut befreundet«, brachte er seine Erkenntnisse auf den Punkt. Als er diese so aussprach, klangen sie für ihn selbst wie eine Verschwörungstheorie, aber alle Hintergründe wollte er nicht direkt offenlegen. Er musste einige Informationen noch für einen möglichen Handel zurückhalten. Das hatte er sich über die Jahre angeeignet, obwohl er in dieser Art und Weise normalerweise nicht bei Bekannten vorging. Ein Anflug von schlechtem Gewissen stieg in ihm auf.

»Ich hatte schon in den letzten Tagen Gelegenheit, mit meinem Onkel und verschiedenen Leuten aus Eichwald zu reden. Alle sind der Meinung, dass ein paar seltsame Dinge vor sich gehen, die in einem Zusammenhang stehen könnten. Und dieser ›Unfall‹ hat sich ja auch erst im Nachhinein als Gewaltverbrechen oder sogar …« Er zögerte einen Augenblick. »Mord herausgestellt.«

»Also, soweit würde ich nicht gehen. Bei einem

Mord fehlt mir der Ansatz oder nur der Funke eines Hinweises zu einem Mordmotiv.«

> (2) Mörder ist, wer aus Mordlust, zur Befriedigung des Geschlechtstriebs, aus Habgier oder sonst aus niedrigen Beweggründen, heimtückisch oder grausam oder mit gemeingefährlichen Mitteln oder um eine andere Straftat zu ermöglichen oder zu verdecken, einen Menschen tötet.
> Strafgesetzbuch (StGB) § 211

Lara wurde plötzlich deutlich ernster, was Emil nicht entgangen war. »Oder hast du etwa irgendwelche Hinweise, warum jemand diesen Unfall heimtückisch oder aus irgendwelchen anderen Gründen gezielt auf das Opfer begangen haben sollte?«

»Nein, natürlich nicht. Die Stimmung in Eichwald ist nur sehr seltsam. Ich habe das Gefühl, ich erkenne den Ort nicht wieder. Und dann diese komischen Dinge. Sowas passiert in Berlin vielleicht jede Woche, aber nicht in Eichwald …«

»Die Stimmung in dem Ort ist doch schon seit Jahren schlecht. Seit dem Brand 2003 drehen da alle am Rad. Ich war froh, als ich da weggezogen bin«, antwortete sie zum völligen Erstaunen von Emil.

»Denkst du, da gibt es einen Zusammenhang zum Brand von 2003?«, fragte er direkt und offen nach.

»Nein, wieso sollte es? Ich habe nur gesagt, dass die Stimmung da im Ort seitdem eine andere ist.

Keiner vertraut mehr irgendwem. Es gibt auch keine Feste mehr. Da fällt mir ein, das letzte Mal, dass wir uns getroffen haben, war am Weinfest in *diesem* Jahr. War das nicht an dem Abend, als die Hütte abgebrannt ist?«

Emil war wie vor eine Wand gestoßen. Dass dieses Thema von ihr so angesprochen wurde, verwirrte ihn kolossal. Aber er verstand, dass ihr die Zusammenhänge fehlten, die eine Verbindung der Unfälle und des Verschwindens mit der Nacht im Sommer 2003 ergaben.

Er entschied sich, nicht weiter darauf einzugehen. Plötzlich wurde ihm aber klar, dass in dieser Nacht irgendetwas passiert sein musste, was nun von Relevanz war. Vielleicht war das Motiv Rache. Nur wer war der Rächende. Und warum jetzt?

Der Abend zu dritt endete abrupt um 21:05 Uhr, als Lara zu einem Einsatz musste.

Theo und Emil beschlossen, die halbvolle Flasche Spätburgunder, die während des Essens geöffnet worden war, noch gemeinsam zu leeren. Auch wenn sich beide an diesem Abend erst kennengelernt hatten, verstanden sie sich auf Anhieb blendend. Sie waren sich ungewöhnlich ähnlich und auch in ihren politischen Ansichten auf einer Wellenlänge.

Theo goss seinem neuen Bekannten und sich den Rest der Rotweinflasche zu gleichen Teilen ein und wechselte abrupt das Thema.

»Welchen Zusammenhang vermutest du denn zu dem Brand vor zwanzig Jahren?«

Die Frage überrumpelte Emil, der der Meinung war, dass Theo während des Gespräches über den aktuellen Fall und die möglichen Zusammenhänge zu dem Brand die Kinder ins Bett gebracht hatte.

Theo, der Emils Verwunderung bemerkte, hob entschuldigend die Hände: »Die Wände sind sehr dünn.«

Emil nickte zustimmend.

»Ich weiß nicht, ob es da irgendwelche Zusammenhänge gibt. Aber die aktuellen Ereignisse sind für mich wirklich seltsam. So viele ›Unfälle‹ und das Verschwinden von Tom. Ich erkenne meinen Heimatort fast nicht wieder. Ich habe das Gefühl, zwanzig Jahre lang ein falsches Bild von Eichwald gehabt zu haben. Ein Bild, das aus einem unbeschwerten Ort meiner Jugend herrührt. Ich war nie ein Protagonist in dem Ort, aber Eichwald war früher schon Anlaufpunkt bei Festen, Veranstaltungen, den Vereinen. Das Bild, das sich jetzt über die letzten zwanzig Jahre abzeichnet, wirkt auf mich, als hätte nicht Corona 2020 alles lahmgelegt, sondern 2003 der Brand. Dieser war wie ein Virus. Und dann kam der Lockdown«, philosophierte Emil und merkte, dass sein Gegenüber interessiert bis amüsiert auf seine Ausführungen reagierte. »Sorry, die typischen Entzugserscheinungen im

Urlaub ... Ich rede in Reportagen-Bildern.«

Theo lachte. Er schien die Unterhaltung mit seinem neuen Bekannten sichtlich zu genießen, obwohl die Anspannung der Kinderbetreuung spürbar war. Vor zehn Jahren wären beide sicher noch in eine der nahegelegenen Kneipen auf einen Absacker weitergezogen. Jetzt war beiden klar, dass nach dem Leeren der letzten Rotweinreste der Abend langsam zu Ende gehen würde.

»Ich muss mir mal was von dir durchlesen«, antwortete Theo gelassen. »Lara hat zwar schon mal beiläufig erwähnt, dass du ein bekannter Journalist bist, aber ich muss gestehen, noch keinen Text von dir gelesen zu haben. Das Bild mit dem Virus und dem Lockdown ist auf jeden Fall witzig. Vielleicht schreibst du ja was darüber, die Geschichte könnte jedenfalls interessant werden.«

»Und wie habt ihr euch eigentlich kennengelernt? Bei einem gemeinsamen Einsatz?«, versuchte Emil, etwas persönlicher zu werden. Für den Journalisten war die Frage eher eine rhetorische. Er ging fest davon aus, dass die beiden sich durch ihren gemeinsamen Beruf kannten.

»Nein. Jeder denkt natürlich, dass wir uns bei der Polizei kennengelernt haben. Der Verdacht liegt ja auch nahe. Aber wir haben uns tatsächlich 2003 im Ausland kennengelernt. Wir waren beide in Australien. Und wir waren die Deutschen auf einer Avocado-Farm von einem work-and-travel-Programm. Zwei Wochen Feldarbeit, da kommt man sich schnell näher …«

Emil war erstaunt. Der Abend hielt einige Überraschungen bereit.

Beinahe zeitgleich mit dem Leeren der Rotweingläser – auch im Trinkfluss waren sich die Herren sehr ähnlich – fing das Babyphon an zu rauschen. Einer der beiden Jungs schien nach einem bösen Traum aufgewacht zu sein und weinte.

Theo ging mit einem Schulterzucken umgehend in Richtung Kinderzimmer.

Im Vorbeigehen drückte er auf einen Knopf am Babyphon. Das Weinen verstummte.

Emil fing an, die beiden Weingläser und die leere Flasche Rotwein in die Küche zu bringen. Nachdem Theo wieder aus dem Kinderzimmer zurückkommen würde, wollte sich Emil verabschieden.

Er bewunderte das Gerät und hatte einen Gedanken, den er für sich klären wollte. Er war bisher noch nie mit einem Babyphon in Verbindung gekommen, stellte aber mit Erstaunen fest, dass diese Geräte nicht nur hochmodern, sondern auch teuer aussahen.

Als er wieder am Tisch saß, nahm er sein Smartphone aus der Tasche und öffnete die Amazon-App.

Er tippte in die Suchleiste ›Avent Babyphon‹ ein und erkannte umgehend das Modell seiner

Gastgeber.

136,90€. Den Preis hatte er völlig unterschätzt. Ein teurer Spaß mit vielen Extras: Eine sichere und private Verbindung dank DECT-Technologie, energiesparende Verbindung mit dem Eco-Mode, Nachtlicht, Geräuschpegel- und Verbindungsanzeige.

Er verdrängte den Gedanken, Theo könnte durch das Babyphon das Gespräch belauscht haben und schämte sich ein wenig.

Die Ereignisse der letzten Tage waren in einer ungewohnt hohen Taktung abgelaufen, die er aus Eichwald nicht gewohnt war. Er stellte fest, in einer seltsamen Spirale aus Ereignissen und Gedanken zu stecken, die ihn nicht zu einem Übermaß an Misstrauen oder gar Verschwörungstheorien leiten durften. Er musste nüchtern die Fakten betrachten und analysieren. Das war schließlich seine Stärke.

Was ist damals in der Nacht im Jahr 2003 geschehen? Wer war alles an dem Weinfest anwesend? Und wo sind die Zusammenhänge? Viele der offenen Fragen lagen in der Vergangenheit. Da war sich Emil sicher.

Als Theo zurückkam, verabschiedete er sich und machte sich auf den Weg nach Hause, um sich in seinem alten Kinderzimmer zu sortieren.

ZWEITER TEIL: DIE RÜCKSCHAU

8. & 9. August 2003

Emil

Freitag, 8. August 2003, 16:00 Uhr

»Berlin/Deutschland: Kanzleramt und Verteidigungsministerium einigen sich auf die Ausweitung des Afghanistan-Einsatzes. Die Bundeswehr soll für die Wiederaufbauarbeiten in die Stadt Kundus entsandt werden.
Obrigheim/Deutschland: Das am Vortag wegen der Hitzewelle abgeschaltete Kernkraftwerk Obrigheim in Baden-Württemberg bleibt bis auf Weiteres aus Sicherheitsgründen komplett abgeschaltet, wie ein Sprecher des Innenministeriums dem SWR mitteilte. Die Stromversorgung in der Bundesrepublik sei aber nach wie vor gesichert.
Perl/Deutschland: Im Ortsteil Nennig der Gemeinde Perl im Saarland misst der Wetterdienst Meteomedia mit 40,3 °C die bis dato höchste Temperatur in Deutschland, eine Anerkennung durch den Deutschen Wetterdienst steht noch aus. In Andalusien werden 49 °C gemessen. Auf Mallorca führt die Hitzewelle zu schweren Waldbränden.
Das sind ja supergeile Aussichten für das Wochenende. Was macht ihr bei dieser Bullenhitze? Freibad, Baggersee? Erzählt es mir

unter der Null Achthundert, dreimal die Acht, dreimal die Neun und ... «

Emil schaltete das Radio an seiner Stereoanlage auf seinem Nachttisch durch eine beschwerliche Armbewegung aus. Er lag nur mit Boxershorts bekleidet auf dem Bett in seinem Zimmer direkt unter dem Dachboden. Er sah auf sein Handy. 16:02 Uhr. Der Schweiß lief ihm über die Stirn. Er schätzte die Temperatur in seinem Zimmer auf 45 Grad Celsius, obwohl beide Fenster sperrangelweit offenstanden und der Ventilator einen leichten Durchzug erzeugte.

›Biep Biep.‹ Sein Handy vibrierte. Er öffnete die SMS von Julian auf seinem NOKIA 6210.

Was geht? Heute Weinfest. Treffen uns um 7 o ist das zu früh? J

Sieben Uhr? Normalerweise war schon ab zwei Uhr mittags einiges los zwischen den Weinständen, Würstchenbuden und Autoscooter, aber zum jetzigen Zeitpunkt dachte Emil nur an die Hitze und wie viel Grad es wohl um sieben Uhr sein würden. Seine Gedanken kreisten um den kleinen Pool, der sich bei Julian im Garten befand. Er tippte in sein Handy:

Alter, um 7 sind es noch über 30 Grad. Ich komm noch rüber, wir gehen später. E

Er wartete und überlegte, wann er sich fertigmachen musste, wenn der Plan um Sieben starten sollte.

> Ok, komm rüber, wir hauen uns noch in den Pool. J

Emil grinste in sich hinein. DAS war ein Plan nach seiner Vorstellung.

Er legte sein Mobiltelefon neben sich und überlegte, ob er in seiner näheren Umgebung noch eine Sprudelflasche stehen hatte. Sein Mund wurde zunehmend trocken und er spürte, wie sein Körper dehydrierte.

Beim Aufstehen aus seinem Bett merkte er, wie schlapp und müde er eigentlich war. Hoffentlich hatte seine Mutter noch Kaffee in der Thermoskanne.

Er zog sich seine kurze Hose und ein weißes T-Shirt mit einem Adidas-Zeichen auf der Brust an und ging nach unten.

In der Küche roch es nach frisch gekochtem Kaffee. *Gott sei Dank,* dachte er. Emil schenkte sich eine Tasse ein, nahm die Milchflasche in der Kühlschrankinnentür und kippte einen Schluck dazu.

Bei heißem Wetter sollten warme Getränke besser als kalte sein, hatte er mal irgendwo gelesen. Ob das auch für Kaffee galt? Ehrlich gesagt war ihm das egal. Das Heißgetränk zeigte schnell seine Wirkung: Langsam, aber sicher fühlte er sich fit für den Abend und bereit, loszuziehen.

Als er aufbrechen wollte, kam seine Mutter aus

dem Keller nach oben. In beiden Händen hielt sie jeweils eine Glasflasche Sprudel. Sie sah ihn fragend an.

»Willst du schon los? Du weißt schon, dass du Gudrun versprochen hast, heute auf Marie auf dem Weinfest aufzupassen?«

Marie war seine kleine Cousine. Er mochte das aufgeweckte Mädchen, aber ständig auf sie aufpassen zu müssen, ging ihm tierisch auf die Nerven. Es war immer das gleiche Spiel: Die Verantwortung, auf sie aufzupassen, wurde ihm übertragen und er war genervt davon, dass Marie ab dem dritten Schluck eines alkoholischen Getränkes nicht mehr bereit war, sich an die Abmachung zu halten …

»Ach fuck. Ja, stimmt. Hab ich vergessen. Aufpassen heißt aber nicht, ihr die ganze Zeit hinterherzulaufen. Ich gucke ab und zu, was los ist und um zwölf schicke ich sie heim … Okay?«

»Nein, du schickst sie nicht heim! Du bringst sie nach Hause. Das war so abgemacht. Bitte, Emil.«

»Jaja, ich guck nach ihr und bring sie heim«, würgte er das Gespräch mit seiner Mutter kurzerhand ab und verließ das Haus durch den Keller. Emil genoss den kurzen Moment der Kühle, den der Keller des Hauses bot. Er zog sein Fahrrad aus dem kleinen Kellerraum, der als Abstellraum für sämtliche Gefährte sowie für seit Jahren ungenutzte Gartengeräte und für das Werkzeug verwendet wurde.

Julians Haus lag am anderen Ende von Eichwald. Mit dem Fahrrad waren es knapp fünf Minuten, die Emil bei über vierzig Grad im Schatten wie ein Besuch in der Sauna vorkamen. Er drosselte sein anfänglich hohes Tempo direkt herunter, als er merkte, dass die stechende Sonne und das Treten der Pedale ihm den Schweiß auf die Stirn trieben.

Er bog von der Hauptstraße ab, in Richtung Brunnenweg. Das Dorf schien wie leergefegt. Er sah kaum eine Person auf der Straße, niemand saß auf einer der zahlreichen Bänke, die im überalternden Ort zum Ausruhen aufgestellt worden waren.

Fast übersah er den schwarzen Porsche Cayenne, der etwas zu stark die Kurve nahm, die er wiederum etwas weit nach innen ausfuhr. Er lenkte gegen und konzentrierte sich auf seine Spur. Das war knapp. Jetzt ließ er rollen, schließlich war das Stück bis zur Dorfmitte das einzige mit leichtem Gefälle.

Edeltrud

Freitag, 8. August 2003, 17:01 Uhr

Edeltrud von Saarstein öffnete das Fenster auf der Rückbank ihres Porsche Cayenne Turbo, der mit seinen 450 PS und knapp unter hunderttausend Euro Kaufpreis das ausdrückte, was Edeltruds Familiengeschichte ausmachte: Reichtum und Besitz.

Dabei waren ihr diese materiellen Dinge schon längst nicht mehr wichtig. Vor allem, da der Reichtum ihrer Familie durch die Jahre des Krieges einen bitteren Beigeschmack bekommen hatten.

Ihr Schwiegervater, der bis zu seinem Tod 1949 die Geschicke des Unternehmens gelenkt hatte, war sich nicht zu schade gewesen, für die Nazis zu produzieren. Er hatte die Ideologien Hitlers abgelehnt, die Strukturen der NSDAP verabscheut. Das hatte er innerhalb der Familie oft genug zum Ausdruck gebracht. Für eine Produktion dieser Größenordnung hatte er dann doch seine politischen Ansichten über Bord geworfen. Mit dem Ergebnis, dass die Firma nach dem Krieg und nach dem Tod des Schwiegervaters mit dem dunklen Erbe als Hitlers Glasproduzent zu kämpfen gehabt hatte, bis sie dann schließlich in den 60er-Jahren das Unternehmen komplett verkaufen mussten.

Jeder im Ort wusste davon. Jeder Mitarbeiter hatte mitbekommen, dass die Anfertigungen, die zuvor die Namen vieler großer Firmen getragen hatten, in den Jahren nach Hitlers Machtergreifung immer mehr – und am Ende des Krieges ausschließlich – das Symbol des dunkelsten Kapitels der deutschen Geschichte getragen hatten.

Heute lebte Edeltrud als eine der letzten der von Saarsteins auf dem Familiensitz in Eichwald – einem dreigeschossigen Herrenhaus im Stil des 19. Jahrhunderts, welches die Familie samt Weinbergen in den 1880er-Jahren erworben und bis zum Verkauf der ›Eichwalder Glashütte‹ als Firmensitz genutzt hatte.

Das Haus war eingefasst in einem etwa zweimeterfünfzig hohen Sandsteinsockel, der das Anwesen wie eine Festung wirken ließ. Zentral lag der Eingang, der durch eine beidseitig ebenfalls in Sandstein eingefasste Treppe zu erreichen war. Im ersten und zweiten Stock waren die Wohnräume und Büros der Firma.

Im zweiten Untergeschoss, also unterirdisch, befand sich der Weinkeller. Dieser war aus dem Schiefersteinberg gehauen worden und hatte ein aufwendiges Kreuzgratgewölbe.

Ebenfalls an den Keller im zweiten Stock Untertage angeschlossen, gab es einen Zugang zur Bunkeranlage. Diese befand sich hinter dem Gebäude und ragte einen Kilometer tief in den Felsen aus blauem Devonschiefer. Der Bunker war dort aufwendig durch Sprengungen angelegt worden. Heute würde man das einen ›Panic Room‹ nennen. Zu Beginn des 19. Jahrhunderts war dies wohl aus einem Sicherheitsbedürfnis eines reichen Adels heraus zu begründen.

Aber tatsächlich bot der Bunker nicht nur psychologisch der Familie Schutz und Sicherheit. Als in den späten Monaten des Jahres 1944 alliierte Bomber ihre Luftangriffe auch in der Region um Eichwald flogen, hatten das Gut sowie Eichwald die erbitterten Kämpfe und Angriffe in der Nähe des Westwalls zum Glück überwiegend schadenfrei überstanden.

Nach dem Aufstieg zu einem der bedeutendsten Glasproduzenten Europas in den 1890er-Jahren, und dem Verkauf nach dem Krieg, blieb der Familie nur das Anwesen und die Weinberge, die bis dato als Nebenerwerb nur einen Bruchteil des Einkommens ausmachten. Das meiste Geld kam heute aus Lizenzrechten und Patenten der Glasproduktion, die den einstigen Reichtum der Familie aufbauten.

Edeltruds Mann, Urbanus der IV. von Saarstein, musste die Firma auf Druck der Banken und der schlechten Zahlen verkaufen. Das hatte er nie verkraftet. Er hatte das Erbe seiner Vorfahren gegen die Wand gefahren, so das nüchterne Selbstbild seiner Arbeit. Dabei war die ›Eichwalder Glashütte‹ nicht mehr zu retten gewesen. Es war ein aussterbendes Handwerk, welches immer mehr an Bedeutung verlor und letztlich der Globalisierung zum Opfer fiel. Glas wurde heute in Osteuropa und China produziert. Der Standort Eichwald war längst dem Ende geweiht.

Edeltrud hatte mit diesem Teil ihrer Vergangenheit abgeschlossen. Sie war nie in der Welt des Adels so zu Hause gewesen, wie ihr Mann Urbanus es gewesen war.

Im Radio lief ›Ich liebe das Leben‹ von Vicky Leandros. Ein Lied, das sie an so viele Phasen in ihrem Leben erinnerte. Es war wie ein Leitmotiv ihrer Person. Es war ein Lied voller Freude und Melancholie. Eine musikalische Ambivalenz, wie ihr Leben selber.

Oft fühlte sich Edeltrud einsam. Innerlich leer und ohne Perspektive. Ihr einziger Sohn Felix war seit seinem 15. Lebensjahr im Internat. Eine der renommiertesten Einrichtungen dieser Art. Eines, nach dessen Abschluss einem die Türen in die Chefetagen der hiesigen nationalen und internationalen Aktienunternehmen offenstanden.

Sie und ihr Mann wollten stets das Beste für ihren Sohn. Aber was war das Beste? Das fragte sie sich immer wieder, und der Gedanke, den sie früher schnell beiseitegeschoben hatte, breitete sich mittlerweile aus wie Hochwasser, das über die Ufer trat: Sie konnte es nicht mehr verdrängen, sie fragte sich, ob sie sich und ihrem Umfeld ein Leben lang etwas vorgemacht hatte. Sicherlich: Sie hatte es so vorgelebt bekommen. Glück war in ihrer Kindheit keine Währung, war keine Größe von Bedeutung gewesen. Glück war eine Begleiterscheinung, die an Geld, Reichtum, Macht und Besitz gekoppelt war. Immerhin kam auch sie aus gutem Hause.

Immer häufiger hinterfragte sie ihre oberflächlichen Beziehungen. Ihr Habitus hatte stets einen bitteren Beigeschmack, doch den schmeckte sie erst jetzt so richtig, als sie merkte, dass ihr Ende nahte.

Sie dachte fast täglich an ihren Sohn, und was sie in ihrem Leben verpasst hatte: Liebe, Zuneigung und Zeit. Sie wünschte sich Zeit. Zeit mit Felix. Zeit zum Zuhören.

Ihr stockte der Atem, wenn sie daran dachte, dass sie nichts über ihren Sohn wusste. Mit wem verbrachte er sein Leben? Wen liebte er? Liebte er überhaupt?

Liebe war etwas, was Edeltrud in ihrem Leben nie in vollem Umfang empfunden hatte. Zuneigung, Wohlempfinden – sicherlich. Aber Liebe?

Edeltrud genoss den Fahrtwind auf der Rückbank am offenen Fenster. Sie hasste diese neuartige Klimaluft des Porsches, welche ihre Augen austrocknete. Sie malte sich wie so oft aus, dass ihr Sohn unangekündigt und unverhofft vor ihrer Tür stand, sie in den Arm nahm und ihr mitteilte, er würde sie vermissen und wieder in Eichwald wohnen wollen.

Doch sie wusste, dass dies niemals passieren würde. Dafür war seine Erziehung zu karriereorientiert angelegt. Ihre Beziehung zu distanziert. Seine Abnabelung von zu Hause zu früh. Man sagte in Eichwald: »Egal wohin du ziehst, wo du zu Hause bist. In Eichwald bist du daheim!«

Das traf mit Sicherheit nicht auf Felix zu. Doch malte sie sich immer häufiger Situationen aus, die wie in den schnulzigsten Schmonzetten einer schlechten Daily Soap eine unerwartete Wendung zeigte: *Der verlorene Sohn kommt zurück. Mutter und Sohn verzeihen einander die Jahre der Kälte und Einsamkeit und die Vereinigung führt zu einem dramatischen Höhepunkt einer Kitsch-überladenen Szene der Kategorie ›Ende gut, alles gut‹.*

Edeltrud verwarf die Gedanken an Felix. So schön ihre Vorstellung auch war, so sehr schmerzte sie der Verlauf ihres Lebens und die Beziehung zu ihrem Sohn.

Sie wunderte sich über die leeren Straßen von Eichwald. Bei der Hitze war das eigentlich kein Wunder, doch heute begann das Weinfest, worauf sie seit Wochen von den Plakaten am Straßenrand aufmerksam gemacht wurde.

Sie wunderte sie sich dennoch, zumal das Treiben üblicherweise früher am Tag seinen Lauf nahm.

Edeltrud konnte ihre Gedanken bei der Hitze nur schwer ordnen. Zu viele Baustellen in ihrem Leben belasteten sie. Melancholisch betrachtete sie die Häuserfassaden am Straßenrand, die sie seit der

Heirat als junge Frau kannte und die sich seit ihrer Kindheit kaum verändert hatten, als sie plötzlich zurückzuckte. Fast wäre ein Fahrradfahrer ihr ins Auto gefahren.

»Oliver, können Sie bitte aufpassen«, fuhr sie ihren Angestellten erschrocken an.

Oliver, seit fünf Jahren als Hausmeister, Gärtner, Bote, Haushälter – kurzum Mädchen für alles – eingestellt, fuhr Edeltrud heute zum Arzt, wie er es so oft machte, seit sie sich nicht mehr zutraute, selbst hinterm Steuer zu sitzen. Er war von ihrem Mann seinerzeit eingestellt worden, um sich um die vielen kleinen Baustellen rund um das Gut zu kümmern. Mittlerweile hatten sich Olivers Aufgaben immer weiter auf diverse Bereiche des Privatlebens ausgeweitet. Nun war er eben auch der Fahrer bei allen anstehenden Ausflügen und Terminen.

»Entschuldigung, Frau von Saarstein, ich war kurz in Gedanken«, erwiderte er, selbst erschrocken von der Situation.

Dass er Edeltrud nach all den Jahren immer noch siezte, war beiden nur Recht. Eine gewisse Distanz ließ wenig Spielraum für Interpretation einer freundschaftlichen oder familiären Basis, welche nur zu Missverständnissen geführt hätten. Da war Edeltrud sich sicher. Und auch er war froh, dass von ihm keine Freundschaftsdienste oder Überstunden verlangt wurden. Er machte seinen Job, und sie war zufrieden. Komisch war nur, dass

Edeltrud ihn trotz des ›Sie‹ beim Vornamen nannte. Doch darüber hatte keiner der beiden bisher groß nachgedacht. So war es immer schon gewesen. Die Ansprache war klar und verlässlich.

Die Gedanken beider Autoinsassen wurden durch den Standard-Klingelton eines Motorola-Klapphandys unterbrochen.

›Anruf Büro‹, blinkte auf dem Display.

Sie klappte das Handy auf und meldete sich.

»Was gibt es, Gertrud?«

»Haben wir noch genug Gas im Gästehaus? Ich wollte Oliver fragen, aber er geht nicht an sein Telefon. Heute reist doch ein neuer Gast an, der für das Wochenende die Hütte gemietet …«

»Jaja, ich weiß«, unterbrach Edeltrud ihre Sekretärin Gertrud, die zweimal die Woche im Büro die Verwaltung und Buchhaltung übernahm. So auch an diesem Tag.

Die gesprächige Dame erfüllte das, was man von einer Buchhalterin erwartete: Sie arbeitete strukturiert, präzise und sorgfältig. Leider neigte sie dazu, Informationen, die mit einer knappen Frage einzuholen gewesen wären, durch einen Monolog an Erklärungen im Anschluss so auszudehnen, dass zwar keine Informationen mehr folgten, der Gesprächspartner aber nicht zu Wort kam. Das unterbrach Edeltrud regelmäßig, was nach außen etwas forsch erschien, beide aber im Laufe der vielen gemeinsamen Jahre der Zusammenarbeit so hinnahmen.

Sie nahm ihr Handy vom Ohr und beugte sich in Richtung Fahrersitz.

»Oliver, haben Sie die Gasflasche im alten Jagdhaus am See ausgetauscht?«, fragte sie ihren Fahrer, der umgehend im Bilde war, worauf sie abzielte.

»Es sollte noch eine Gasflasche angeschlossen und eine zweite auf Ersatz dort sein. Ich kann aber gleich noch einmal dort vorbeifahren, und die Flaschen kontrollieren …«, antwortete er knapp. Edeltrud konnte sich stets auf die Aussagen von Oliver verlassen, weshalb sie nicht weiter nachfragte.

»Sollte reichen. Wann reist der Gast an?«, fragte sie wieder in ihr Handy.

»Heute im Laufe des Tages, eventuell ist er schon da«, beantwortete Gertrud die Frage dieses Mal knapp und präzise.

Edeltrud klappte das Handy zu.

Ihre Gedanken waren zurzeit sowieso nicht beim Vermieten der Waldhütte, danach stand ihr nicht der Kopf. Für heute war eine weitere Untersuchung bei Doktor Hees geplant. Sie verdrängte den Gedanken über eine Diagnose, die ihr bevorstand, und von der Angst, die sie davor hatte.

Als Oliver im Wagen auf Edeltrud wartete,

wanderten seine Gedanken noch einmal zum Gästehaus und seiner Aufgabe, dort das Gas nachzufüllen. Er hatte das Wochenende vorher erst beide Flaschen ausgetauscht. Die letzten Gäste waren aber schon nach einer Nacht wieder abgereist und hatten nach eigenen Angaben im Ort gegessen, und somit den gasbetriebenen Herd nicht genutzt.

Ob bei dieser Hitze die Heizung eingeschaltet worden war, hatte er zwar nicht überprüfend nachgefragt, schien ihm aber als äußerst unrealistisch angesichts der Hitze, die seit Wochen herrschte.

Er verwarf den Gedanken und ging im Kopf seine Pläne für den Abend durch. Als Bassposaunist spielte er die dritte Posaune im Eichwalder Musikverein. Heute stand für ihn der wichtigste Auftritt des Jahres an: Das Konzert auf dem Weinfest im großen Zelt im Heimatort. Darauf freute er sich schon seit Wochen. Erfahrungsgemäß wurde das ein feuchtfröhlicher Abend mit ungewissem Ausgang …

Jürgen

Freitag, 8. August 2003, 17:26 Uhr

Er sah das Auto von Edeltrud von Saarstein von der Hauptstraße in Richtung Gutshof der von Saarsteins abbiegen. Das Bild seiner unverwechselbaren Emotion, seiner tiefsten Empfindung und seines größten Geheimnisses schoss ihm ins Gedächtnis: Seine Affäre mit Edeltrud, als er vor Jahren aus seiner Heimatstadt Saarbrücken nach Eichwald gezogen war.

Er hatte in dem Anwesen der von Saarsteins einige Restaurationen am Gebälk des alten Dachstuhls vorgenommen. Als Spezialist für Sanierungen und Instandsetzung von Altbauten, hatte er nach vielen Monaten der Suche zufällig von einem Verwandten mitbekommen, dass in einem Ort namens Eichwald eine Schreinerei zum Verkauf stand, die einen Nachfolger suchte. Er hatte schnell überblickt, dass das Platzangebot, die Maschinen und die Lage perfekt für ihn waren. Er übernahm das Gebäude samt Einrichtung und Maschinen zu einem fairen Preis und startete im selben Ort mit dem ersten Auftrag, da hatte er noch nicht alle Winkel der Schreinerei gesehen.

Und genauso schnell hatte die Affäre mit Edeltrud begonnen. Als der Auftrag im Gut geendet hatte und bevor ihr Mann Verdacht geschöpft hätte, hatten sie sich noch einige Male in der imposanten Jagdhütte am See getroffen, die zu dieser Zeit bereits als Unterkunft an Touristen und Wanderer vermietet wurde. Es war der perfekte Ort, malerisch und abgeschieden, geradezu filmreif.

Und er hatte sich wie niemals zuvor gefühlt und auch nicht bis zum heutigen Tage jemals danach. Hemmungslos und frei. Obwohl Edeltrud einige Jahre älter gewesen war – sie hätte seine Mutter sein können – hatte er sie als höchst anziehend und erotisch empfunden.

Heute war die Affäre nur seine schönste Erinnerung und zugleich sein größtes Geheimnis, das er bisher niemandem anvertraut hatte. Er wusste, was das für ihn bedeuten würde. Damals, als er neu mit der Firma gestartet hatte. Heute, da er Bürgermeister von Eichwald und verheiratet war.

Er war auf dem Weg zum Weinfest, welches er an diesem Abend eröffnen würde, wie dies Zeit seines Amtes und auch schon bei seinen Vorgängern so üblich gewesen war. Dabei trank Jürgen keinen Wein, er konsumierte überhaupt keinen Alkohol. Aber das versuchte er in Eichwald stets zu verschweigen, beziehungsweise gekonnt zu überspielen. Natürlich hatte er auf jedem Fest ein Bier, ein Glas Wein oder auch schon mal ein Schnapsglas vor sich stehen oder in der Hand. Selten nahm er einen Schluck davon. Niemals leerte er es. Der Kontrollverlust bei zu viel Alkohol wäre ihm peinlich und den Gedanken an die unkontrollierbare Situation wollte er unbedingt vermeiden.

Ihm war sehr wohl bewusst, dass jemand, der keinen Alkohol trank bei vielen Menschen im dörflichen Umfeld als nicht angepasst oder seltsam abgestempelt wurde. Und als Bürgermeister schämte er sich sogar dafür, was er selbst als verrückt empfand.

Das Programm hatte er gestern auf der Gemeinderatssitzung kurzfristig um zwei Stunden verschoben. Der Sommer und die unerträgliche Hitze hatten mittlerweile ein Ausmaß erreicht, bei dem er sich auch um die Gesundheit seiner Leute Sorgen machen musste. Schließlich konnte man am Alkoholkonsum nichts drehen, wohl aber an der Zeit, die mit einem Temperaturrückgang einherging. Sein Vorschlag und die damit verbundenen Argumente stießen auf breite Zustimmung, also befand er sich auch erst jetzt, kurz vor halb sechs, auf dem Weg zum Fest. So hatte er genug Zeit, von Stand zu Stand zu gehen und den ehrenamtlichen Helfern die Hände zu schütteln, sich überall einmal blicken zu lassen, sich das ein oder andere Glas Wein einschenken zu lassen und mit diesem oder jenem auf das Gelingen des Weinfestes anzustoßen, um dann um sieben das Spektakel offiziell zu eröffnen.

Er wollte das Weinfest 21:43 Uhr unbemerkt verlassen und tat so, als wolle er schnell zum Toilettenhäuschen der angrenzenden Sportanlage.

»Wollen Sie etwa schon nach Hause gehen?«, fragte eine Stimme hinter ihm.

Jürgen lachte verlegen.

»Nein, ich brauche nur eine kurze Verschnaufpause. Und muss noch ein wichtiges Telefonat führen«, erklärte er sich unbeholfen, um dann in der Dunkelheit zu verschwinden. Er wunderte sich über seine Lüge, die er im Nachhinein noch dazu selbst als sehr unglaubwürdig empfand und nahm sich fest vor, in Zukunft ehrlicher mit sich selbst und den Menschen in seiner Umgebung zu sein. Schließlich hatte er keinen Grund, die Wahrheit zu verschweigen.

Julian

Freitag, 8. August 2003, 20:37Uhr

Der Festplatz verschwand langsam im Schatten der umliegenden Berge von Eichwald.

Er verließ das vom Tag völlig überhitzte und nach warmem, frisch gemähtem Gras riechende Festzelt. Der Bürgermeister hatte gerade seine Eröffnungsrede beendet. Das alljährliche Besäufnis konnte beginnen.

Er ging mit zwei Schwenkbraten vom Grill in Richtung Brücke am Dorfbach, der hinter dem Festgelände lag, und an dessen flachem Ufer sich vorwiegend Jugendliche versammelten, die abseits des dichten Saufgelages des Weinfestes abhingen. Emil wartete schon mit zwei Mixery auf ihn.

Emil und Julian waren nicht besonders in der Dorfgemeinde integriert, zumal sie weder in der ersten Mannschaft des Fußballvereins noch in der Feuerwehr, oder dem Musikverein aktiv waren. Die beiden waren die einzigen Jungs ihrer Klasse, die nach der Grundschule in Eichwald die Empfehlung für das Gymnasium erhalten hatten und waren somit auch in der Altersklasse eher abgeschottet. Die übrigen Jungs ihres Alters gingen solide und traditionell auf die Realschule.

Emil hatte zwar bis zur B-Jugend im SV Eintracht Eichwald Fußball gespielt, seine Karriere aber aus Frust an der brutaler werdenden Spielweise in der vorpubertären Altersklasse der Dorf-Fußballmannschaften beendet.

Julian hatte auf mittlerem Niveau noch ein Jahr weitergespielt, bis er mangels Interesse dem aktiven Spielbetrieb den Rücken gekehrt hatte.

Beide verurteilten nicht im Geringsten den klassischen Eichwalder-Jugendlichen, sie verstanden sich mit den meisten – man konnte fast sagen mit allen – sehr gut. Niemand fühlte sich erhaben oder als etwas Besseres. Aber sie bekamen doch des Öfteren ein Label aufgedrückt.

»Na, Julian, wie is et auf der höheren Schule?«, hatte sein Onkel ihn nach den Sommerferien in der fünften Klasse gefragt. »Hast du da och schon neu' Freunde gefunden?«

Er erinnerte sich heute noch gut an die Formulierung und deren Intention: *Du gehörst jetzt nicht mehr zum Rest!*

Doch Julian ließ sich nicht beirren und traf sich auch weiterhin mit Markus, einem seiner guten Freunde aus der Grundschule, der auf die Realschule gewechselt und dort nach der Mittleren Reife mit einer Lehre zum Verwaltungsfachangestellten begonnen hatte, um in die Fußstapfen seines Vaters zu treten: Sachbearbeiter auf der Verbandsgemeindeverwaltung.

»E'n soliden Beamtenjob!«, hatte Julians Oma mehrfach betont. So waren sie in Eichwald: bodenständig und konform.

Doch jetzt, da er seine schulische Laufbahn mit der Hochschulreife, dem so lange ersehnten Abitur, beendet hatte, stand er seinem Heimatdorf irgendwie gelöster und freier gegenüber. Er musste nicht mehr beweisen, dass es doch kein Fehler war, keine abgehobene, unbegründet überhöhte Laufbahn einzuschlagen, die nicht zu ihm passte. Er hatte es geschafft und freute sich auf die Zeit danach.

Was Emil im Gegensatz zu Julian vermisste, war seine Tätigkeit als Chefredakteur der Schülerzeitung. In der Mittelstufe hatte er sich dem nicht mehr wirklich existenten Gebilde zusammengetackerter Blätter gewidmet und diesem zu einem themenbasierten Heft mit Inhalt verholfen.

Emils größter Erfolg bestand zweifelsohne in dem Titel ›Beste Schülerzeitung Deutschlands‹. Er hatte sich mit seiner letzten Ausgabe bei einem Bundesentscheid beworben und dadurch viele neue Kontakte in seine zukünftige Berufswelt bekommen.

Als Julian den letzten Schluck seines Biermischgetränkes aus seiner Flasche trank, sah er im Augenwinkel Lara und Lena auf sie zukommen.

Die beiden Mädels aus seiner Nachbarschaft kannte er schon seit seiner frühen Kindheit. Mit Lara hatte sein bester Freund Emil die ersten sexuellen Erfahrungen gemacht. Damals, in der Sommerfreizeit der katholischen Jugend. Auch wenn aus dem Sommernachtstraum nichts Ernsthaftes wurde, verstanden sie sich nach etwas Abstand sehr gut und es gab keinerlei Barrieren zwischen ihnen. Kurz nach der Freizeit Anfang der Sommerferien 1999 herrschte zwar Funkstille, aber nach den Ferien in der Schule hatten sich beide zusammengerafft und waren wieder, wie zuvor, normale Freunde.

Julian und Emil hatten die beiden Mädchen die letzten Wochen über, seit dem Abitur, nicht mehr gesehen. Beide hatten eine Rucksacktour gemacht, wie man das so als junge Frau ohne Wehr- oder Zivildienst tat.

»Und, wie waren die letzten Wochen bei euch?«, fragte Lara, sichtlich erfreut, die beiden zu treffen.

»Entspannt«, antwortete Emil kurz.

»Heiß«, legte Julian nach, was er auf die anhaltende Hitze in Deutschland bezog. »Und bei euch? Seit wann seid ihr zurück?«, erkundigte er sich interessiert und ließ eine genaue Ortsangabe bleiben, da er sich nicht sicher war, wo und wie lange die beiden genau unterwegs gewesen waren.

»Wir waren fast zwei Monate in Australien. Echt eine Hammertour und supernette Leute. Kann ich nur empfehlen«, antwortete sie.

Lena, die schon immer sehr introvertiert und

wortkarg aufgetreten war, nickte zustimmend. Julian konnte sich nicht vorstellen, dass seine schüchterne Klassenkameradin allein in Australien eine Rundreise angetreten, geschweige denn Kontakt zu Einheimischen aufgenommen hätte. Sie war ausgesprochen nett und hübsch, aber es sollte Lehrer gegeben haben, die nach drei Jahren Oberstufe ihre Stimme nicht gekannt hatten.

»Super Sache, hört sich cool an. Und jetzt? Wie ist euer Plan?«, hakte Julian interessiert nach.

»Heute Abend? Oder generell?«, konterte Lara scherzhaft. Ohne eine Antwort abzuwarten, fuhr sie umgehend fort, das Interesse Emils an ihrem Werdegang zu beantworten: »Ich fange nächste Woche bei der Polizei an. Also Ausbildung zur Polizeikommissarin.«

»Krasse Sache«, erwiderte Julian positiv erstaunt. »Das passt voll zu dir!«

Während Lara sämtliche Dienstgrad- und Laufbahneigenschaften des gehobenen Dienstes bei der Polizei erklärte, entdeckte Emil seine Cousine Marie, die mit einer Freundin angeheitert aus dem Zelt in Richtung Toilettengebäude ging. Als der Blick des Mädchens auf ihn fiel versuchte es, sich konzentriert und weniger ausgelassen zu verhalten.

Erst im letzten Moment fielen Emil die Bierflaschen auf, die die beiden mit sich trugen.

»Und was wollt ihr studieren? Oder Ausbildung?«, unterbrach Lara ihren Schulfreund bei den innerlichen Abwägungen, ob er Marie ermahnen sollte oder ob er die Situation etwas zu ernst nahm.

»Nach dem Zivi will ich Medizin studieren, wenn der NC reicht ...«, antwortete Julian als Erster.

»Ich habe mich auf der Journalistenschule in Berlin beworben. Ich will auf jeden Fall erst mal weg. Übermorgen fahre ich mit dem Zug nach Berlin und gucke mir die FH da an ...«

»Meine Schwester war auch in Berlin. Jetzt ist sie schwanger und zieht mit ihrem Freund wieder zurück nach Eichwald. ›Irgendwann kommen alle wieder zurück‹, war der Spruch von meiner Mutter. Mal sehen, wie lange du bleibst«, scherzte Lara.

»Ja, mal sehen. Aber erst mal raus. Zum großen Weinfest werde ich natürlich jedes Jahr zurückkommen«, versuchte er, die ernsten Gespräche wieder auf ein normales Niveau herunterzuholen. Alle vier lachten bei dem Anblick des relativ leeren Geländes, was angesichts der Hitze kaum ein Wunder war.

Emil spürte einen Anflug von schlechtem Gewissen, als er nach seiner Cousine suchend über den Festplatz schlich. Endlich erspähte er sie, erkannte schon von weitem, in welchem Zustand Marie war und dass es an ihm lag, dem bunten Treiben jetzt ein Ende zu setzen. Er ging zu dem angetrunkenen Mädchen, das sich an der Auflagefläche der Schießbude festhielt, und zog es am linken Arm zur Seite.

»Was soll das, Emil? Lass mich in Ruhe«, entgegnete Marie schroff und sichtlich erstaunt.

»Wenn du nicht sofort aufhörst zu trinken, bringe ich dich nach Hause! Dein Vater schiebt den dicksten Stress, wenn ich dich so betrunken heimbringe.«

»Emil …« Sie grinste ihn an und merkte, dass es ihr schwerfiel, das Gleichgewicht zu halten.

»Was hast du alles getrunken, Marie? Wir hatten eine Vereinbarung. Hör jetzt sofort auf damit!«

Doch er erkannte, dass ein einfaches Gespräch nicht mehr möglich war. Bevor er die Kontrolle über die Situation verlieren würde, musste er das Mädchen nach Hause bringen. Wenn das ohne Hilfe jetzt noch möglich war. Er sah sich um. Wo war Julian nur, wenn man ihn brauchte? Seine Blicke schweiften vom Essensstand über das Festzelt zu dem Kinderkarussell. Weit und breit kein Julian in Sicht.

»Was hast du bitte in der letzten Stunde alles getrunken?«, fuhr er sie erneut an.

Marie grinste ihn verwirrt an, so als ob diese Frage wirklich unpassend gewesen wäre.

»Jonas hat Klopfer dabei, so eine ganze Packung, die sind echt sooo lecker«, versuchte sie, nüchtern wirkend zu erklären.

»Alter. Wer bitte ist Jonas?«, wunderte sich Emil, der den Namen zum ersten Mal im Zusammenhang mit seiner Cousine hörte.

»Keiiine Ahnung. Der ist 16 oder 17 und sieht saugut aus …«, grinste sie ihm entgegen.

»Wenn ich den kleinen Assi treffe …«, murmelte Emil vor sich hin.

»Bitte Emil, lass den. Der ist wirklich sausüß. Ich will noch nicht heim. Kannst du mir noch ein Bier besorgen?«

Emil kam sich vor wie in einem Alptraum. Er war verantwortlich und die Situation schien außer Kontrolle zu geraten.

»Du kommst jetzt mit, ich bring dich nach Hause!« Er zerrte sie am Arm hinter der Schießbude vorbei und war fest entschlossen, Marie in die Obhut ihrer Eltern zurückzuführen. Egal wie, egal mit wem. Hauptsache, er entkam seiner Verantwortung.

Anna

Freitag, 8. August 2003, 21:49 Uhr

Sie saß mit Tom auf der Anhöhe zum angrenzenden Sportplatz auf einer der Bänke, die der Kulturverein aus den Einnahmen des Kuchenverkaufs der Eichwalder Grundschule an verschiedenen unergründlichen Standorten im Ort aufgestellt hatte.

Beide waren in einem Zwischentief, gezeichnet von der Hitze und dem Alkohol, was für die meisten an diesem Abend eine verhängnisvolle Kombination darstellte.

Anna nahm ihren Tabak aus der Hosentasche und drehte sich eine Kippe. Sie rauchte nicht viel, aber wenn, dann ihren ›Javanse Jongens Orange‹, ein Tabak, den viele Kiffer als Grundlage für einen Joint nutzten. Nicht jedoch die selbstbewusste Anna. Sie hatte wohl schon ein paar Mal mitgekifft, konnte aber getrost darauf verzichten.

Anna beobachtete Emil, der neben der Schießbude mit seiner Cousine Marie am Diskutieren war. Es ging um den Konsum von Alkohol und sicher musste er auf sie aufpassen. Sie versuchte, die Diskussion zu verstehen, aber die beiden waren einfach zu weit weg und die Musik des Musikvereins überschallte jedes Wort …

»Wie alt ist die denn?«, fragte Anna.

»Kein Plan, Sunny«, antwortete Tom, ohne dass einer der beiden die Beobachtung der sich abspielenden Szene unterbrach. »Vielleicht 13 oder 14?«

Anna gab sich einen Ruck und versuchte, das Zwischentief zu überwinden und sich und ihren Freund zu motivieren: »Komm Tom, lass uns noch was starten. Das Fest hier ist sowas von durch. Ich hab keinen Bock mehr«, sagte sie zu ihm und lehnte sich mit ihrem Ellenbogen auf seine Schulter. Die beiden verband eine geschwisterliche Zuneigung; bis dato gab es keine sexuellen Absichten. Obwohl Anna mit ihren braunen Locken, dem dunklen Teint und den großen Rehaugen zweifelsohne eines der schönsten Mädchen im Dorf war, blieb sie für Tom ein Kumpel.

Als junger Teenager hatte sie vor ein paar Jahren ein Gespräch seiner Eltern auf einem Grillfest in ihrem Garten mit den Nachbarn belauscht. Der Nachbarin war aufgefallen, dass er sich fast ausschließlich mit Anna traf. Seine Mutter stellte aber klar, dass dort ihrer Einschätzung nach nichts lief. Und seinem Vater kam dann natürlich umgehend der Gedanke, Tom könnte schwul sein und deshalb an seiner hübschen Dauerbegleitung kein Interesse zeigen. Doch dem war nicht so.

Tom war als einer der wenigen pickellos durch seine Pubertät gekommen. Er war extrem sportlich und hatte das, was man eine natürliche Coolness nannte: Er scherte sich nicht um die Meinung anderer. Erst recht nicht um Äußerlichkeiten, und das, obwohl er überdurchschnittlich hübsch, begabt und talentiert war. Er hatte etwas Besonderes. Wie Anna. Würden beide sich optisch nicht so voneinander unterscheiden, hätte man sie für Geschwister halten können.

Sie selbst hingegen spielte lediglich die Rolle der unbeschwerten Coolness. Ihre Jugend war eine heimatlose Reise gewesen. Sie lebte jetzt schon seit einigen Jahren in Eichwald bei ihrer Pflegefamilie, nachdem sie ihre Kindheit unter der Obhut des Jugendamtes im Kinderheim der Landeshauptstadt Mainz verbracht hatte. Mitleid war ihr zuwider.

Zwischen dem Moment der schweren Träge der Abendhitze und der sich entfremdenden Szenerie des Weinfestes packte auch Tom das Gefühl, etwas mit Anna starten zu müssen, um aus diesem trostlosen, heißen Wochenende noch eine Erinnerung zu generieren.

»Ich bin nass geschwitzt und wir waren schon lange nicht mehr im See«, sagte er aufgesetzt nüchtern. Anna war sofort Feuer und Flamme. Ihr breites Grinsen verriet ihm, dass auch sie einer Abkühlung alles andere als abgeneigt war.

»Wie kommen wir jetzt an den See? Ich habe mein Fahrrad zu Hause. Zu Fuß dauert es mindestens eine Stunde!«

»Ich hab mein Fahrrad an den Toiletten hinten

stehen, du kannst auf den Gepäckträger. Dann wären wir in zwanzig Minuten da. Komm wir fragen noch Niels, der kommt auf jeden Fall mit!«

»Ja, geil. Ich bin dabei! Wann ist Niels fertig? Die spielen ja jetzt schon gefühlte fünf Stunden ...«, meinte sie, vom Alkohol und der Vorfreude euphorisiert.

»Ich schreib ihm eine SMS!«

Er wandte sich seinem Handy zu und tippte:

> Ey Alter, wir gehen schwimmen. Kommst du mit?

Natürlich wussten Tom und Anna, dass Niels sich mitten im Konzert des Eichwalder Musikvereins befand und sie warten mussten, bis der Auftritt vorüber war. Er spielte Trompete, wie schon sein Vater und Großvater. Und sicher auch schon dessen Vater ... »Wir sind eine Blechbläserfamilie in der 7. Generation«, scherzte Niels selber oft über seine Mitgliedschaft im Eichwalder Musikverein. Er wusste selbst nicht genau, was ihn dort hielt, aber aufhören wollte er ebenfalls nicht. Die Termine wurden weniger und sein Engagement hielt sich von je her in Grenzen.

Seine Mutter hätte ihm mit zwölf Jahren niemals erlaubt, auf das große Weinfest in der Stadt zu gehen. Als Mitglied des Musikvereins mit einem Auftritt und anschließendem Besäufnis war das seine Eintrittskarte zu den Veranstaltungen der Region.

Niels schaute vor dem letzten Lied auf sein Handy.

NACHRICHT TOM
Ey Alter, wir gehen schwimmen. Kommst du mit?

Schnell antwortete er, nachdem er die Seite in seinem Notenheft umgeschlagen hatte.

Bin am Start. Letztes Lied

Der Dirigent erhob seinen Stab und startete das letzte Stück der Kapelle. »Etwas Poppiges zum Abschluss«, hatte er bei der letzten Probe den für seine Verhältnisse sehr gewagten modernen Schluss betitelt. Niels fand es eher peinlich: die deutsche Blechblas-Instrumental-Version von Shakiras ›Whenever, Wherever‹,

Tom brach in lautes Gelächter aus.

»Was ist das denn bitte für eine Version? Shakira würde sich im Grab umdrehen, wenn sie das hören würde.«

»Shakira lebt noch, der Spruch macht nur Sinn, wenn der Künstler gestorben ist«, erwiderte Anna altklug und schaute ihn mit ernster Miene an.

Er setzte an, ihr ein ›Halt die Klappe‹ zu entgegnen, verkniff sich dann aber jeglichen Kommentar und lauschte den Klängen des Musikvereins, während er an die sich im Schlamm zwischen Pferden räkelnde Shakira aus dem Originalvideo dachte.

Als die letzten Töne mit dem tosenden Beifall der alkoholisierten Menge beendet wurden, schnaufte Anna unüberhörbar und stieß Tom dabei ein »Endlich!« entgegen.

Der verfasste eine weitere SMS an Niels:

> Wir warten auf der letzten Bank am Sportplatz oben. T

»Alter, ich geh auf keinen Fall zu Fuß bis zum See, das sind noch mindestens drei Kilometer«, sagte Niels zu seinen Freunden, die immer noch voller Tatendrang auf dem Weg zum Weiher in Ockhofen waren, um dort eine Abkühlung von der nächtlichen Hitze zu nehmen.

»Keine Panik, ich organisiere uns schon eine Mitfahrgelegenheit. Hier parken noch 1000 Autos, von denen die Hälfte demnächst den Promilleweg nimmt. Da wird wohl einer noch drei Plätze freihaben …«, versuchte Anna, Niels bei Laune zu halten. Sie packte eine Spriteflasche aus ihrem Rucksack aus, die sie zu gut zwei Drittel mit Martini aufgefüllt hatte, und bot ihm diese unaufgefordert an.

Der nahm einen kräftigen Schluck, schließlich war er weit hinter dem Pensum seiner Freunde, was den Alkoholkonsum betraf.

»Wie viel Sprite ist denn da noch drin?«, wandte er sich nach dem ersten Schluck fragend an seine Begleiterin.

»Ich wollte nur eine Flasche mitnehmen. Halb halb«, versuchte sie ihm weiszumachen.

»Was geht, Leute?«, hörten sie eine penetrante Stimme von hinten. »Geht ihr schon heim? Oder starten wir noch was?«, fragte sie die drei. Jonas Hausen war ein gutaussehender Elftklässler, also etwas jünger als die drei. Er war zu allen sehr freundlich und durchaus beliebt, machte jedoch auf die meisten Mitmenschen einen etwas dümmlichen Eindruck. Er fuhr seit einigen Jahren Motorcross und war bei jüngeren Mädchen sehr begehrt. Bei älteren führten seine äußeren Vorzüge jedoch nicht zu viel Beachtung.

»Nee, wir sind durch mit dem Weinfest ...«, log Tom ihn an. »Was geht bei dir?«

»Abwarten. Am Weinfest geht immer was ...«, versuchte Jonas, Eindruck zu schinden. Die Wege trennten sich ohne weiteren Kommentar. Alle waren sich einig, dass der nervige Schönling den Abend sicher nicht bereichern würde ...

Reihum tranken die drei die vorgefertigte Mischung, bis die Flasche leer war und erreichten langsam, dafür aber immer mehr in Partystimmung, die Ortsgrenze von Eichwald. Obwohl das Weinfest zumindest aus dem Dorf doch den Großteil der Leute anzog und es für die ältere Generation mit dem Ende des Musikvereins und dem Beginn der Musik aus der Konserve zu Ende ging, trafen sie kaum Leute. Der Ort schien wie ausgestorben, wie an einem normalen Samstag, was niemanden der drei auffiel oder gar wunderte. Ihr Ziel war festgesteckt und der Weg noch offen.

In der Ferne war die Musik des Weinfestes noch zu hören. ›Whenever, wherever‹ von Shakira. Dieses Mal in der originalen Single-Version. Scheinbar wollte der DJ an dem Abend nicht stehen lassen, dass die Akustikversion des Musikvereins etwas befremdlich wirkte.

Die parkenden Autos am Straßenrand wurden weniger, die Chance, eine Mitfahrgelegenheit zu bekommen sank von Meter zu Meter. Auf der anderen Straßenseite zwischen zwei Laternen fiel Tom eine Gestalt auf, die an ihrem Handy eine Nachricht tippte. Ihr Gesicht wurde schwach vom Display beleuchtet, er konnte aber nicht genau erkennen, wer es war.

»Pass mal auf, der ist unser Fahrer heute«, sagte Anna betont leise und in der Absicht, den Unbekannten anzusprechen, der in der eintretenden Dunkelheit zumindest älter als sie selbst erschien.

Als sie die Straßenseite wechselte, und die Person Anna bemerkte und aufblickte, erkannte sie Julian. Sie wusste genau, dass er einen Führerschein besaß und über das Auto seiner Mutter verfügte. Nun war sie sich sicher, dass ihr Plan aufgehen würde.

Tom

Samstag, 9. August 2003, 01:51 Uhr

Er genoss den Moment der völligen Stille. Beruhigt vom kühlen Nass schwebte Tom regungslos an der Wasseroberfläche. Nach dem Tag in dieser irren Hitze entspannte er und ließ sich einige Sekunden treiben. Mit einer Rolle unter Wasser kam er neben dem Holzsteg an die Oberfläche, während Anna schon auf den warmen Bohlen zum Trocknen lag. Niels nutze die ganze Breite des Sees, und schwamm eine Runde. Julian lehnte mit seinen Armen auf den Planken und ließ seinen Körper im kühlen Nass treiben. Für ihn ein Abend mit einer überraschenden Wendung, nachdem sein Freund Emil so früh das Fest hatte verlassen müssen.

Bei der Hitze war solch eine Abkühlung genau das, wonach Tom der Kopf stand. Er zog sich an der Umrandung des Holzsteges hoch und legte sich neben Anna, die gedankenversunken in den Himmel starrte. Tom hatte keine Scham, sich vor Anna nackt zu zeigen. Auch sie fühlte sich als Frau nicht unwohl in der Gegenwart von drei Männern. Sie hatten in diesem heißen Sommer schon einige nächtliche Badesessions hinter sich und waren den Anblick des anderen gewöhnt. Julian hatte da offensichtlich eine größere Scham und versuchte zu vermeiden, sich komplett nackt vor Anna zu zeigen. Er schien anfänglich verwundert über die Freizügigkeit der Clique, wollte aber nicht als prüde abgestempelt werden und sprang nach dem Ablegen seiner Unterhose umgehend mit einem Kopfsprung ins Wasser.

Der See lag malerisch im Tal zwischen zwei Bergen. Auf der einen Seite der düstere Wald, der in einem steilen Anstieg wie eine dunkle Wand wirkte. Auf der anderen Seite die alte Weinbergslage, die teilweise wie ein Urwald vor sich hinvegetierte und durch das Mondlicht gespenstische Schatten warf. Unabgesprochen herrschte für einige Minuten absolute Stille. Nur das Rauschen des Baches war zu hören, der um den See herumlief und sich am oberen Ende teilte: Der eine Teil versorgte den See mit Frischwasser, der andere verlief um ihn herum. Über diesen führte eine Brücke, die für die vielen Wanderer der Region vor wenigen Jahren modernisiert worden war und auch mit Fahrrädern ein schnelles Überqueren möglich machte.

Die vier genossen die Ruhe nach dem turbulenten Fest. Ihre Körper waren nach der anhaltenden Hitze auf eine angenehme Temperatur heruntergekühlt, und doch war niemandem nur annähernd kalt. Die dicken Eichenbohlen des Stegs strahlten noch die über den Tag gespeicherte Wärme ab.

»Krass, wie viele Sterne man heute sieht«, fiel Anna auf, die seit geraumer Zeit in den Himmel starrte. »Immer, wenn ich mir den Sternenhimmel ansehe, denke ich, dass irgendwo auf der Welt jemand im selben Augenblick denselben Stern beobachtet. Was für eine irre Verbindung das ist, oder?«

Julian blickte verwirrt zur Seite, wo sich Niels neben ihm am Steg eingereiht hatte.

»Noch immer betrunken«, gab er schulterzuckend als Antwort auf seinen fragenden Gesichtsausdruck. Beide lachten leise vor sich hin.

Tom ging ernsthafter auf die philosophischen Gedanken von Anna ein. Das Gespräch führte über die Bedeutung von Sternbildern in der Antike über Urvölker und deren mythische Rituale zu einer Pfeifsprache namens *El Silbo,* die schon von den Ureinwohnern La Gomeras zur Verständigung genutzt worden war. Während Julian und Niels sich über die verrückte Unterhaltung der beiden amüsierten, unterhielten sich diese wie zwei unbeobachtete Verliebte, die sich gerade kennengelernt hatten.

»Woher weißt du, wie die Pfeifsprache der Ureinwohner La Gomeras heißt? Das ist die verdammte Eine-Million-Euro-Frage bei ›Wer wird Millionär‹, die nur ein Freak beantworten kann«, fragte sie Tom voller Entsetzen.

»Ich hab mich eben mit der Geschichte der Insel auseinandergesetzt. Irgendwann wandere ich nach La Gomera aus.«

»Na dann weiß ich ja, wo ich dich suchen muss«, erwiderte sie mit einem Augenzwinkern.

Niels und Julian führten irgendwann ihr eigenes Gespräch. Unphilosophischer ging es bei den beiden um die Lokalprominenz und deren Abgründe. Die Stimmung war ausgelassen, aber entspannt. Alle vier genossen den Kontrast zum abendlichen Trubel auf dem Weinfest, welches zu diesem Zeitpunkt von überwiegend volltrunkenen, verschwitzten Menschen jenseits der vierzig besucht wurde, die wie immer kein Ende fanden.

Julian fielen beim Blick durch das Tal die alten Strommasten auf der verwilderten Seite des Berges auf, die im Abstand von etwa fünfzig Metern wie verloren in der Landschaft standen.

»Wo führen diese Strommasten denn hin? Da oben ist doch nichts.«

»Die Hütte von den Saarsteins ist doch da oben, oder?«, gab Niels eher unsicher fragend als Antwort.

»Die ist viel weiter unten«, ergänzte Anna selbstsicher. Sie wusste genau, wo die Hütte lag. Sie war schließlich erst kürzlich mit Felix, dem Sohn der Familie, dort gewesen. »Außerdem hat die keinen Strom. Die Masten sind sicher Telefonmasten, die heute nicht mehr genutzt werden.«

»Nee, heute setzten die Ureinwohner hier auf eine Pfeifsprache …«, äffte Niels seinen Freund Tom nach, der den Witz auf seine Kosten mit einem freundschaftlichen Schlag auf dessen Kopf beendete.

Anna setzte sich auf und scannte gezielt den Berg etwas oberhalb der Masten ab.

»Da!«, zeigte sie über die Krone einer jungen Birke am Bachrand. »Da ist die Waldhütte. Und wisst ihr, was das Beste ist? Die hat ein Lager mit Unmengen an Alkohol. Und ich weiß, wo der Schlüssel liegt …«

Dem Rest war unausgesprochen klar, dass der Alkoholvorrat in der Hütte das nächste nächtliche Ziel sein sollte.

»Wie kommen wir denn da mit dem Auto hin?«, fragte Julian, während er sich am Rand des Sees anzog.

»Von unserem Parkplatz aus gar nicht«, erklärte Anna. »Wir sind zu Fuß in fünfzehn Minuten da. Mit dem Auto außen rum würden wir mindestens dreimal so lange brauchen!«

Jakob

Samstag, 9. August 2003, 03:00 Uhr

Müde und gezeichnet von der Nacht, ging Jakob von den Fahrzeughallen der Rettungswache zu den Umkleiden der Männer. Zum dritten Mal für diese zweite Nachtschicht in Folge war er auf dem Weg, sich umzuziehen. Und das nicht wegen der hohen Temperaturen im Rekordsommer, sondern weil die Einsätze sich heute auf Personen beschränkten, die man im Rettungsdienst lapidar ›Alkoholleichen‹ nannte.

Das Weinfest in Eichwald war jedes Jahr ein Garant einer einsatzreichen Schicht für den Rettungsdienst der örtlichen Wache.

Muss man sich mit sechzehn Jahren so zurichten?, fragte sich Jakob, als er auf dem Weg zu den Duschen müde sein Poloshirt über den Kopf zog. Alles klebte an seinem Körper. Seine Hose war von innen schweißgetränkt und von außen am rechten Bein mit Erbrochenem bedeckt. Er zog sie vorsichtig aus, entfernte den Gürtel und schmiss alles in die entsprechenden Kisten, die vor den Duschen vom Krankenhauszivi ordnungsgemäß aufgestellt worden waren. Das Krankenhaus hinter der Rettungswache übernahm die desinfizierende Wäsche für das Personal der Wache. Jakob nahm sich ein neues

Shirt mit der Aufschrift ›RETTUNGSDIENST‹ und eine neue Hose mit Gürtel. Seine Taschenlampe, Stethoskop und Messer hatte er schon im Auto abgelegt, wohlwissend, dass hier ein kompletter Monturwechsel nötig wäre. Er zog seine Boxershorts aus und warf sie in Richtung seines Rucksacks.

> Verordnung über die Dienstkleidung von Zivildienstleistenden
> Soweit es die Art der Dienstleistung oder des Einsatzes erfordert, erhält der Zivildienstleistende von der Einrichtung unentgeltlich die erforderliche Bekleidung (Uniform, Bekleidung nach besonderen Kleidervorschriften) und deren Reinigung. Für die Reinigung und Abnutzung von Unterwäsche erhält der Zivildienstleistende neben der Grundvergütung von 321,30 Euro pro Monat eine Aufwandsentschädigung von 0,26 Euro pro Arbeitstag.

Nachdem er ausgiebig geduscht hatte, genoss er den leichten Luftzug, den das Fenster im hinteren Bereich der Umkleide und die offenstehende Tür zur Fahrzeughalle verursachte. Er trocknete sich die Haare mit dem vom Desinfektionswaschmittel spröden und kratzig gewordenen Handtuch, als er seinen Kollegen Ralf, den alle Ralle nannten, rufen hörte: »Soll ich vorbeikommen und einen Aufguss machen, oder ist dein Wellnessprogramm jetzt beendet?«

»Halt die Klappe. Hast du alles aufgefüllt?«, erwiderte Jakob mit einem breiten Grinsen.

Ralle drehte sich auf dem Absatz mit hochgezogenen Augenbrauen um, und ging in Richtung Lager, nicht ohne ein »Scheiß Zivi« für Jakob deutlich hörbar im Raum stehenzulassen. Beide grinsten und waren sich ihrer Situation bewusst:

Erstens: Ralf, sechsunddreißig Jahre, Rettungsassistent. Erster Mann auf dem Rettungswagen, Einsatzleiter. Voraussichtlich bis zur Rente im Rettungsdienst tätig.

Zweitens: Jakob Wild, zweiundzwanzig Jahre, Rettungssanitäter als Zivildienstleistender zwischen Abitur und Studium. Arsch vom Dienst. Voraussichtlich neun Monate im Rettungsdienst tätig.

Trotzdem mochten sie sich auf eine freundschaftliche Art, und das, obwohl Ralle Zivis grundsätzlich zunächst misstrauisch gegenüberstand. Doch Jakob war ihm von Anfang an sympathisch gewesen. Der Ton zwischen den beiden war rau bis vulgär, im Einsatz aber professionell und kollegial.

Jakob war keiner der Abiturabgänger, der jedem hauptamtlichen Rettungsassistenten subtil zu verstehen gab, dass dies nur eine kleine Etappe auf dem Weg zum Oberarzt der Anästhesie war. Er hatte sich den Job aus Interesse ausgesucht und mit Leidenschaft ausgefüllt, obwohl auch er genau wusste, dass er nicht bis an das Ende seines Arbeitslebens im Rettungsdienst-Rhythmus ›Zwei Tage, zwei Nächte, zwei frei‹ seine Zukunft sah.

Er beeilte sich nun mit dem Anziehen der frischen Uniform, stieg wieder in seine Sicherheitsstiefel der Marke HAIX und ging schnellen Fußes zum 5-83-1, dem ersten Rettungswagen der Rettungswache.

Ralle war damit beschäftigt, den Koffer mit dem verbrauchten Material aufzufüllen: Ringerlösung, Kanüle der Größe 4, Infusionsbesteck, Pflaster, Tupfer. Der Rest kam aus dem Notarztwagen.

Jakob desinfizierte und bezog die Trage neu, als die Funkmeldeempfänger an den Gürteln anfingen, zu vibrieren. Kurz darauf begann die Tonsignalfolge. Während beide ihre Arbeit beendeten, Jakob die Trage in den Wagen schob, arretierte und die Türen schloss, Ralle den Koffer und das EKG in die Seitentür räumte, hörte die Alarmierung nicht auf.

> Hierzu muss kurz erläutert werden, dass die Funkmeldeempfänger mit einer kurzen zweisekündigen Tonfolge auslöst werden und im Anschluss eine kurze Meldung der Leitstelle den Einsatz erklärt. Ist die Tonfolge also etwas länger, wurde zum Beispiel der Notarztwagen mit alarmiert, oder die Feuerwehr. Kurzum: Je länger die Tonfolge, desto größer der Einsatz.
> Rettungsdienstforum

Bei dieser Meldung schien das Gepiepe gar nicht mehr zu stoppen. Die beiden stiegen gleichzeitig in den Wagen, Jakob auf den Fahrer-, Ralle auf den Beifahrersitz. Sie sahen sich an, während das Funkgerät in immer schrilleren Tönen die Tonfolgen abspielte. Jakob drückte den Toröffner. Eine surreale Situation: Das analoge Funksystem spielte seine Routine ab, das Tor öffnete sich langsam. Die Ruhe vor dem Sturm. Der junge Zivi dachte an die Anfangsszene aus ›Spiel mir das Lied vom Tod‹. Ralle nahm das Klemmbrett, auf dem sie die Einsätze notierten, und wartete.

Erst kürzlich hatte die Ministerpräsidentenkonferenz beschlossen, die Voraussetzungen für die schrittweise Einführung des Digitalfunks BOS zu schaffen und damit den Analogfunk sukzessive abzulösen. Doch bisher war das noch nicht umgesetzt worden.

Jakob startete den Motor, schaltete das Blaulicht ein und rollte langsam aus der Garage.

Endlich waren alle Melder ausgelöst und die Leitstelle meldete sich zu Wort:

> Leitstelle Trier. Achtung Alarmeinsatz für den 5/83/1, 5/82/1, Rufbereitschaft, Löschzug Mitte, Feuerwehr Eichwald, Feuerwehr Ockhofen und Einsatzleitung. Brand mit Explosion am Weiher in Eichwald. Unklare Lage. Mindestens eine verletzte Person

Jakob fuhr vom Hof, drückte den *Status 3* ›Einsatz übernommen/Anfahrt zum Einsatzort‹ und schaltete zusätzlich das Martinshorn ein.

Wo um alles in der Welt sollte es dort brennen?

Warum gab es keine weiteren Informationen?

Ralle griff zum Hörer des eingebauten Funkgeräteş.

»Trier 5/83/1 für Leitstelle. Kommen.«
»Leitstelle«
»Wo genau ist der Brand? Sollen wir über Ockhofen oder Eichwald anfahren?«

Keine Reaktion. Sekundenlange Pause, die Jakob und Ralle im Rettungswagen wie Minuten vorkamen. Sie hatten beide schon einiges an Notfällen kennengelernt, von einer Amputation am Unfallort, einer Notgeburt auf der Schultoilette über eine Reanimation auf einem Friedhof. Für den Einsatz extremer Notfälle wurde man schließlich auf allen Ebenen vorbereitet. Der Weg zum Einsatzort war eben die wichtigste Zeit, um Medikamenteneinsatz, Vorgaben und Geräte noch einmal gedanklich durchzugehen. Doch jetzt war nicht mal die Anfahrt klar und in wenigen Sekunden musste sich Jakob entscheiden:

Sollte er über die Landstraße Richtung Ockhofen, um über den Wirtschaftsweg auf die östliche Seite des Sees zu gelangen, oder er über die Umgehung Richtung Eichwald fahren, um am westlichen Teil zu parken. Natürlich konnten sie sich alles an Geräten umschnallen und einmal um den See laufen, aber für den Transport wäre ein naher Parkplatz von Vorteil.

Anhand der fehlenden Statusmeldungen und der Quittierung des Einsatzes merkten beide, dass sie wohl die ersten am Einsatzort sein würden. Der Notarzt musste schließlich erst am Krankenhaus abgeholt werden, die Freiwillige Feuerwehr und die Rufbereitschaften waren sicher größtenteils vom Weinstand des Weinfestes auf dem Weg zu ihren Autos.

»Trier 5/83/1 für Leitstelle. Kommen.«
»Leitstelle Trier. Unklare Lage. Warten Sie.«

»Ich würde sagen, wir fahren den offiziellen Weg über Eichwald. Da geht der Jakobsweg vorbei, da hab ich dieses Jahr zwei Einsätze gehabt. Auf der anderen Seite ist ja nur diese Holzhütte der alten von Saarsteins. Wer soll die am Weinfestwochenende gemietet haben?«, schlug Ralle vor.

Jakob bog auf die Schnellstraße Richtung Eichwald ab. Er schaltete in den fünften Gang und stellte von Stadt- auf Landhorn um.

Jakob hoffte inständig, dass diese Entscheidung die richtige war.

DRITTER TEIL: DIE RECHERCHE

August 2023

Emil

Sonntag, 6. August 2023, 10:30 Uhr

Der zwanzigste Jahrestag des Weinfestes, in dessen Folge der Brand in Eichwald alles verändert hatte, stand kurz bevor.

Emil musste zugeben, seinen Heimatort nach den letzten Tagen nicht mehr wiederzuerkennen. Alles schien ihm fremd, wie an einem völlig anderen Ort. Das war nicht das Dorf, in dem er seine Kindheit und Jugend unbeschwert und sorglos verbracht hatte. Es war ein Ort, der seit zwei Jahrzehnten in Angst und Schuld lebte. Er konnte den Verdacht, dass es sich hier um die Rache einer Person handelte, nicht von sich weisen. Diese These aber gesichert einzustufen und damit offen Lara gegenüberzutreten, war ihm noch zu vage. Er entschied sich, am heutigen Abend erneut seinen Freund Julian zu besuchen. Emil war sich sicher, nicht die ganze Wahrheit von ihm gehört zu haben. Sein Freund schien ungewöhnlich beunruhigt und innerlich angespannt. Emil wollte den Druck erhöhen und war sich sicher, so noch einige Informationen einholen zu können.

Er war mit dem Fahrrad auf dem Weg zu der Stelle, an der die alte Jagdhütte der von Saarsteins gestanden hatte. Er erinnerte sich noch dunkel an dieses sehr aufwendig gebaute Chalet, das früher einmal als Unterkunft für Jäger errichtet worden war, und viele Jahre, bis zum Brand, als Ferienhaus für Touristen gedient hatte. Als Kinder waren sie oft dort in der Gegend unterwegs gewesen. Er glaubte, sich daran zu erinnern, dass er selbst einmal in der Hütte drinnen gewesen sein musste.

In seiner Grundschulzeit war er mit Felix von Saarstein in einer Klasse gewesen. Die beiden hatten sich in diesen Jahren blendend verstanden. Privat hatte die Mutter von Felix aber jeden Kontakt zu anderen Kindern verhindert. Felix war zu keinem Kindergeburtstag gekommen, auf den er eingeladen wurde. Er selbst hatte auch nie einen Geburtstag gefeiert. Jedenfalls keinen auf dem Anwesen der von Saarsteins.

Felix war mit fünfzehn Jahren auf ein Internat gewechselt und wurde seither nur noch selten in Eichwald gesichtet. Emil schätzte, seinen alten Schulfreund mindestens dreißig Jahre nicht gesehen zu haben. Damals hatten die beiden Jungs sich ab und an heimlich in der Schule verabredet, um am Nachmittag mit den Rädern durch den Wald zu touren. Das musste in der dritten oder vierten Klasse gewesen sein.

Emil fragte sich, was aus Felix geworden war. Sicher hatte er einen hochkarätigen Job in einem Weltkonzern. Seine Laufbahn war schließlich genau darauf ausgelegt worden.

Als er in das Seitental einbog, fuhr er durch ein

kleines Waldstück, von dem aus man zu den alten Bunkeranlagen kam. Hier war er früher öfter auf Abenteuerreise unterwegs gewesen. Er erinnerte sich an die Geocaching-Zeit. Einen ganzen Sommer lang hatten er und Julian eine Tour nach der anderen gemacht, um die versteckten ›Schätze‹ in der Umgebung zu finden. Es gab in der Region auffallend viele Geocaches, was sicher an dem hohen touristischen Aufkommen lag.

Ihn beschäftigte der Gedanke, ob einige dieser Orte noch existierten und ob man solche Touren als Jugendlicher noch unternahm. Das Konzept schien ihm nicht mehr zeitgemäß, ein Trend, der sich sicher mittlerweile zu komplett virtuellen Angeboten gewandelt hatte. Er nahm sich vor, später danach zu googeln.

Als er am See vorbeifuhr, wunderte er sich, wie zugewachsen und verwildert dieser war. Der Steg, über den sie früher immer gelaufen und ins kühle Nass gesprungen waren, existierte nicht mehr. Die Ufer waren kaum noch zugänglich.

Emil erinnerte sich, dass man früher von allen Seiten her das Gewässer hatte betreten können. Auch die großzügig angelegte Wiese auf der Vorderseite, die einst so einladend gewirkt hatte, war hüfthoch mit Brennnesseln und Gras bewachsen. *Wer damals wohl so viel Zeit investiert hat, den See derart sauber und ordentlich zu halten?*

Er fuhr über die kleine Fahrradbrücke um den See herum, um auf der anderen Seite den schmalen

Wirtschaftsweg zu erreichen. Mit dem Fahrrad war man immer noch schneller dort als mit dem Auto. Um zu dem hinteren Teil des Sees zu gelangen, an dessen Hang das alte Chalet stand, musste man um Ockhofen herumfahren und dort durch das Neubaugebiet. Es sei denn, man war zu Fuß oder mit dem Rad unterwegs. Die alte Brücke erlaubte immerhin noch ein sicheres Überqueren des Bachlaufes. Zwischen zwei Weiden, auf denen früher Kühe gegrast hatten, führte ein Zuweg mit leichtem Anstieg zum hinteren Seitental.

Emil wunderte sich, dass ihm die Gegend so fremd vorkam. Die Natur holte sich zurück, was ihr gehörte. Wäre der Wandertourismus nicht immer noch auf einem passablen Niveau gewesen, wäre das Tal sicher schon komplett menschenleere Wildnis gewesen.

Die Steigung hatte Emil ebenfalls moderater im Gedächtnis. Oder war seine Kondition etwa das Problem? Er erinnerte sich, dass sie zu Schulzeiten in den großen Ferien teilweise mehrmals am Tag zum Bau eines Baumhauses hier entlanggeradelt waren.

Morgens hin. Mittags zum Essen nach Hause. Nachmittags wieder hin und abends um sechs, ›wenn die Glocken läuten‹, wieder zurück.

Er wischte sich über seine Stirn, um zu fühlen, ob er tatsächlich am Schwitzen war. Die Anstrengung war nicht zu leugnen, aber mit dem Näherrücken des Ziels wuchs seine Freude über die Erinnerung einer unbeschwerten Jugend. Ab der Mitte des Anstiegs ging die geteerte Straße in einen Waldweg über. Vereinzelt war ein altes Kopfsteinpflaster im Boden erkennbar. Vor der Wirtschaftskrise der 1930er-Jahre waren an den Südhängen Weinberge mit großen Erträgen angebaut worden. Nun erinnerten nur noch vereinzelte Weinbergpfähle und wild wachsende Rieslingreben an die wirtschaftliche Nutzung. Die Natur war nach den vielen Jahren der klare Sieger.

Erleichterung machte sich in ihm breit, als er die ansteigende Schiefersteinmauer sah, die nach einer scharfen Kurve in wenigen Hundert Metern zur Hütte führte. Oder vielmehr der Ort, an dem das Gebäude bis vor zwanzig Jahren gestanden hatte.

Als er um die Ecke bog, traute er seinen Augen kaum. Jemand musste die gleiche Idee gehabt haben wie er. Das Auto, das er dort stehen sah, kam ihm irgendwie bekannt vor. Doch er brauchte einige Sekunden, bis er realisierte, wen er dort gleich antreffen würde.

Als er an dem Wagen vorbeifuhr, sah er Julian auf der Steinmauer sitzen. Seine Augen waren gerötet. Er musste kurz zuvor geweint haben. Der freudige Gesichtsausdruck konnte aus der Nähe nicht darüber hinwegtäuschen, in welcher Stimmung sein Freund gerade noch gewesen sein musste. Emil spürte die Erleichterung seines Freundes, dass er der Radfahrer war und niemand anderes. Es war an der Zeit, ein klärendes Gespräch zu führen.

Er setzte sich ohne eine Begrüßungsfloskel neben seinem Freund auf die Mauer.

Die mit Moos und wildem Wein bewachsene Bodenplatte der einstigen Waldhütte lag vor ihnen und wurde im grellen Gelb der Morgensonne erleuchtet. Beide schwiegen einige Minuten und Emil nahm zur Kenntnis, dass Julian stark mit seinen Emotionen zu kämpfen hatte. Er wollte ihn in dieser Situation nicht unter Druck setzen und war sich sicher, an diesem Morgen ohne Eigeninitiative Antworten auf seine Fragen zu bekommen. Nach einem tiefen Seufzer brach Julian sein Schweigen.

»Ich war damals dabei«, sagte er in klaren Worten. »Als das Holzhaus abbrannte.«

Schweigen. Emil spürte, dass sein Freund bereit war, ihm sein Geheimnis anzuvertrauen, welches er zwanzig Jahre lang mit sich herumgetragen hatte.

»Nachdem du Marie nach Hause gebracht hattest, habe ich mich irgendwann auf den Heimweg gemacht«, fuhr er kurz darauf fort. »Den Musikverein hat ja kein Mensch ausgehalten …«, versuchte er scherzhaft, seine Ausführungen aufzulockern. »Auf dem Heimweg habe ich Tom, Niels und Anna getroffen, die noch was starten wollten.«

»Welche Anna?«, unterbrach ihn Emil, der bis dahin seinen Ausführungen folgen konnte.

»Anna, die Freundin von Tom. Die hatte damals bei den Müllers gewohnt. Das Pflegekind der Müllers. Dunkle Locken, relativ hübsch …«, erklärte

Julian, der die markante junge Frau noch genau vor Augen hatte. Emil nickte zustimmend. Die wenigen Informationen hatten ihm ins Gedächtnis gerufen, um welche Anna es sich handelte.

Julian erzählte weiter: »Ich war eigentlich auch noch in Stimmung, obwohl ich so gut wie nichts getrunken hatte. Aber irgendwie war keiner mehr da. Die drei kamen und haben mich überredet, mit ihnen zum See zu fahren. Es waren ja noch fast dreißig Grad um die Uhrzeit, alle waren nass geschwitzt. Also war ich mit dabei. Das Weinfest hatte ab dem Zeitpunkt eh nichts mehr zu bieten gehabt. Ich war schnell heim, das Auto von meiner Mutter abholen, und dann sind wir zum See. Damals war der Steg noch da. Alle haben sich ausgezogen und wir sind über den Steg ins Wasser gesprungen. Ich hatte mit Anna und Tom ja nie viel zu tun. Niels ist mein Kleincousin. Aber außer an den runden Geburtstagen meiner Oma oder zwei, drei Hochzeiten, hatte ich auch keinen wirklichen Kontakt zu ihm. Die Situation hat aber gepasst, alles war super. Eine mega Erfrischung! Nach einer halben Stunde, denke ich, lagen wir alle nackt auf dem Steg, um uns zu trocknen. Keiner hatte an ein Handtuch gedacht, was aber auch nicht nötig war. Anna fragte irgendwann, ob wir schon mal in der Hütte hier oben gewesen waren. Als alle verneinten, hat sie uns erzählt, dass sie weiß, wo der Ersatzschlüssel liegt. Sie war mal mit Felix hier gewesen. Der Sohn von der alten Saarstein.«

Emil nickte zustimmend.

»Jedenfalls zogen wir uns an und gingen los. Unser Auto parkte auf der falschen Seite des Sees. Doch dann nochmal zurück nach Eichwald und hinten über Ockhofen hier hochzufahren, hätte ja ewig gedauert. Also sind wir losmarschiert. Durch die Abkühlung waren auch alle wieder relativ nüchtern. Und Anna erzählte am laufenden Band, was für eine krasse Hütte das hier ist und dass es dort einen Versorgungsraum mit Unmengen an Bier und Wodka gibt. Alle waren heiß darauf und hofften, dass hier niemand gerade gastierte oder die Saarsteins selbst dort waren, um vor dem Trubel des Weinfestes zu fliehen. Wir kamen dann nach fünfzehn oder zwanzig Minuten hier oben an. Von dort vorne war schon zu erkennen, dass jemand in dem Haus war. Die Holzfensterläden waren zugeklappt, aber man sah dahinter Licht brennen. Ich kann mich noch genau an die Situation erinnern …« Julian musste eine Pause machen.

Seine Aufregung stieg mit dem Fortgang der Erzählung. Die Erinnerungen kamen zurück und es war Emil ja bekannt, dass diese Geschichte nicht gut ausgehen sollte. Er gab seinem emotional aufgeladenen Freund die Zeit, die er benötigte, und schwieg weiterhin.

Er dachte darüber nach, warum Julian die letzten zwanzig Jahre nie auch nur ein Wort erwähnt hatte. Warum hatte er sich ihm nicht anvertraut? Warum wusste er als sein bester Freund nichts von seinem größten Geheimnis?

Als ob er Emils Gedanken lesen könne, fuhr dieser fort: »Ich hätte es dir schon viel früher erzählen sollen. Mein Leben hat sich komplett verändert seit dem Tag. Ich habe bisher noch mit niemandem darüber gesprochen. Auch nicht mit Sophie.«

Emil stieß seinen Freund behutsam mit der Faust gegen die Schulter. »Heute ist damit Schluss! Ich bin froh, dass du jetzt darüber redest. Was habt ihr dann gemacht, habt ihr den Brand mitbekommen?«

»Wir sind auf der anderen Seite an der Mauer entlang Richtung Haus. Von da konnte man uns nicht von den Fenstern aus sehen. Tom und Niels haben sich reingesteigert, was in der Hütte wohl abgeht. Eine Sexorgie oder ein Treffen des Ku-Klux-Klans. Auf jeden Fall hofften die beiden, entweder was zu trinken abzubekommen oder einen Riesenskandal zu sehen. Den haben wir ja dann auch bekommen … Wir waren etwa da vorne auf der Höhe von der dicken Eiche.« Er zeigte auf einen sehr breit gewachsenen Baum, dessen Stamm durch Unmengen an Efeu bedeckt war. Die Eiche hatte sich etwas schräger entwickelt, so als ob sie einem vormals dahinterstehenden Baum hatte weichen müssen.

»Plötzlich ging die Tür auf und eine Person ging über den Weg zu genau hier, der Stelle, wo wir sitzen. Ich konnte nicht erkennen, ob es ein Mann oder eine Frau war. Vom Gang her würde ich schätzen, eine Frau. Ich habe oft darüber nachgedacht, warum die Frau da herausgegangen ist und sich so weit vom Haus entfernt hat. Vielleicht wollte sie telefonieren und in der Hütte war nicht genug Empfang.«

Emil sah auf sein Smartphone. Vier von fünf Balken. 5G. Er wunderte sich über das gute Ergebnis. Aber immerhin waren zwanzig Jahre vergangen. Zwanzig Jahre Netzausbau und Weiterentwicklung der Mobilfunktechnik. Das musste damals 2G gewesen sein. Auf jeden Fall noch kein UMTS oder LTE. Für eine SMS sollte es aber gereicht haben, wenn überhaupt Empfang dagewesen war. Auch der Ausbau von Sendemasten war 2003 eher ein Flickenteppich gewesen. Er schob die Gedanken über die technischen Details beiseite. Die Person konnte auch nur Fotos oder sonstige Daten angesehen haben.

»Jedenfalls kippte die Stimmung bei uns sehr schnell. Wir blieben dort am Baum wie angewurzelt stehen. Keiner hat sich getraut, wegzulaufen oder zu mucksen. Man konnte für einige Sekunden die Schritte der Unbekannten auf dem steinigen Feldweg hören, so still war es. Und plötzlich, in dem Moment, in dem sich die Person zu uns umdrehte und uns offensichtlich bemerkte, gab es diesen Knall. Die Glasscheiben der Fenster zersprangen. Und was macht die? Die läuft einfach auf das Haus zu! Tom hat so irre laut ›Stopp‹ geschrien. Aber es war zu spät. Eine Stichflamme kam ihr zu dem Fenster neben der Tür in einer Dimension entgegen, die ich noch nie gesehen habe. Sie schrie und fiel zu Boden. Innerhalb weniger Minuten stand die Hütte in Flammen. Wir standen da, wie angewurzelt. Doch plötzlich stand die Person auf und sah zu uns rüber. Ich war wie versteinert. Ich habe gedacht, die wäre tot. In dem Moment kam noch eine Flamme aus dem vorderen Fenster. Sie entschied sich, sich nach oben weg in Sicherheit zu bringen. Irgendwann – ich habe keine Ahnung, wie viele Sekunden oder Minuten vergangen waren – hat mich Anna am Arm gepackt und nach unten gezogen. Wir sind gerannt wie die Irren. Einfach weg. Den Weg entlang, nach unten zum See. Einfach nur gelaufen.«

Julian benötigte eine kurze Pause. Er war nassgeschwitzt und sah müde aus. Emil war sich aber sicher, dass er auch ein gutes Stück weit erleichtert war. Endlich hatte er das Geschehene in Worte gefasst und sich von der Seele geredet. Er atmete tief durch.

Emil klopfte ihm auf die Schulter. »Das war nicht eure Schuld!«, versuchte er ihm Mut zuzureden. »Aber warum seid ihr nicht zur Polizei danach? War keiner von euch verletzt?«

»Nein, wir waren ja weit genug entfernt von der Explosion und dem Feuer. Als wir unten ankamen, waren wir alle völlig außer Atem. Anna ist komplett ausgetickt. Die hat im Auto geweint und geschrien. Tom hat sie versucht zu beruhigen: ›Beruhig dich, Sunny! Komm runter, Sunny!‹ Und wir haben ihr versprochen, keinem davon zu erzählen. Aber am nächsten Tag wurde mir klar, was wir da getan haben. Wir hätten helfen können. Wir hätten helfen *müssen*. Es hat sicher einige Minuten gedauert, bis die Hütte in Flammen stand. Wir hätten direkt reingehen müssen und versuchen, den Mann zu retten. Und wir hätten einen Notruf absetzen müssen. Das werde ich mir nie verzeihen …«

Emil nickte verständnisvoll, obwohl er den Schritt nicht nachvollziehen konnte. Das Leben der Vier wäre mit Sicherheit entspannter verlaufen, hätten sie damit nicht die Schuld auf sich geladen, sondern durch ihre Informationen zur Aufklärung beigetragen.

»Was macht Anna eigentlich heute? Hast du noch Kontakt zu ihr?«, wollte Emil wissen.

»Keine Ahnung. Ich habe sie seit diesem Abend nicht wiedergesehen. Ich weiß, dass sie ziemlich bald danach weggezogen ist. Aber wo sie heute lebt, weiß ich nicht. Ich habe schon oft auf Facebook und Google nach ihr gesucht, aber keine Spur. Jedenfalls nicht unter ihrem Namen …«, erklärte er und fügte nach ein paar Sekunden hinzu: »Ich hoffe, sie lebt noch.«

»Was meinst du damit? Wieso sollte sie nicht mehr leben?«

»Es ist doch offensichtlich, was hier passiert. Jemand will sich dafür rächen, was damals passiert ist.«

Der Satz traf Emil mit voller Wucht wie eine Todesnachricht. Julians Angst beruhte auf der Annahme, selbst Opfer eines Rachefeldzuges zu werden. Wenn das stimmte, war er in ernsthafter Gefahr und Anna, sollte sie noch leben, ebenfalls. Der Gedanke daran traf ihn eiskalt. Er hatte schon über diese Möglichkeit nachgedacht, konnte aber nicht ernsthaft daran glauben. Eine Mordserie hier in Eichwald. Das war unfassbar. Er versuchte zu ordnen, was dafür und was dagegen sprach und konnte dennoch den Gedanken, den Julian äußerte, nicht gänzlich von der Hand weisen. Zumal ihm dieser selbst schon zuvorgekommen war. Es musste einen Zusammenhang geben, die Ereignisse waren zu sehr miteinander verbunden.

»Was meinst du, wer dafür infrage kommt? Die Person, die sich aus dem Haus retten konnte? Gab es irgendeinen Hinweis, was mit ihr passiert ist?«

»Ich habe mir so viele Jahre darüber Gedanken gemacht und ich habe keine Antwort gefunden. Aber zuerst die alte Saarstein, dann Niels, Tom und jetzt Jakob. Alle hatten direkt mit dem Ereignis zu tun.«

»Wieso Jakob?«, fragte Emil verwundert. Er wollte jetzt genau wissen, was sein Schulfreund über die den Zusammenhang wusste. Hatte er mit Jakob Wild gesprochen?

»Er war damals der Fahrer des Rettungswagens. Der kam uns am See entgegen, als wir zurück nach Eichwald gefahren sind. Ich habe Jakob direkt gerkannt. Und er mich. Wir haben nie darüber geredet, aber ich weiß ganz genau, dass er der Erste an der Hütte gewesen wäre, wenn sie nicht falsch angefahren wären. Der Rettungswagen musste dann nochmal den Weg komplett außen rum über die Umgehungsstraße nehmen. Und jetzt ist er auch tot. Ich habe Angst, verstehst du? Jeder kann der Nächste sein …«

Die Verzweiflung war ihm anzusehen. Emil wusste nicht so recht, wie er ihn beruhigen sollte.

»Ich verstehe deine Sorge«, fing er behutsam an, ihm zu antworten. »Aber wer sollte die Person sein, die Rache nimmt? Und woher hatte sie all die Informationen? Hat sie euch erkannt vor der Hütte? Ich meine, du kannst ja noch nicht mal einhundertprozentig sicher sagen, ob es ein Mann oder eine Frau war … Wie soll sie euch auf die Entfernung mit noch weniger Licht identifiziert haben?«

Da sie annähernd an derselben Stelle wie damals saßen, versuchte Julian, die These seines Freundes für sich noch einmal durchzugehen. Er wusste nicht so recht, wie er das einschätzen sollte.

»Und außerdem«, fuhr Emil fort, »auf dem Rettungswagen sind immer zwei. Der Kollege von Jakob lebt ja auch noch.«

Julian starrte ihn entsetzt an. Emil begriff, dass er noch nicht über seine Nachforschungen berichtet hatte und auch nicht über das Protokoll, das er sehr wahrscheinlich von Ralf erhalten hatte. Es war an der Zeit, seine Recherchen preiszugeben. Auch auf die Gefahr hin, dass Julian dadurch noch panischer wurde.

»Woher weißt du, wer der zweite Mann auf dem Rettungswagen war?«

»Ich habe selbst ein wenig recherchiert und bin auf der Rettungswache gewesen. Ich habe das Protokoll von dem Unfall. Der Mann in dem Holzhaus war komplett verbrannt. Da war keine Überlebenschance. Ihr hättet nichts tun können. Auch nicht wenn der Rettungswagen fünfzehn Minuten früher da gewesen wäre. Da war schon alles zu spät.«

In Julian stieg ein Funke der Hoffnung auf. Sein Freund schien ihm zu glauben und der Sache nachzugehen. Das erleichterte ihn ungemein. Er hielt Emil sowieso für fähiger als die Polizei. Diese hatte damals keine Nachforschungen angestellt. Die Identität des Toten wurde nie geklärt, die zweite Person nie gefunden.

Eine Frage blieb für Emil dennoch unbeantwortet: »Und von euch hat niemand den Notruf gewählt?«

»Nein«, antwortete Julian in sich gekehrt. »Es muss die zweite Person gewesen sein. Sonst kommt niemand in Frage.«

Emil versuchte, die emotional aufgeladene Situation nüchtern und sachlich zu analysieren und seinem Freund somit etwas Angst zu nehmen: »Wir machen jetzt Folgendes. Ich werde in Erfahrung bringen, wie der Stand der Recherchen bei der Polizei ist. Soweit ich weiß, ist der Tod von Jakob eindeutig durch Fremdverschulden entstanden, und Lara leitet die Ermittlungen.«

»Lara? Woher ...« Julians Erstaunen war groß.

»Ja, ich weiß. Ich hätte dir das erzählen sollen, aber wir kommen nur weiter, wenn wir die Geschehnisse nüchtern analysieren. Lara ist mittlerweile beim LKA und hat den Fall übernommen. Ich muss ihr irgendwie nahelegen, dass sie den Fall mit dem Brand von 2003 in Verbindung bringen soll.«

Er machte eine Pause, um abzuwarten, ob Julian von sich aus auf die Idee kam, worauf er hinauswollte. Sein Freund musste sich Lara anvertrauen und seine Sicht der Dinge schildern. Er war nicht schuld am Tod des Mannes und auch nicht an dem Feuer. Der Tatbestand der unterlassenen Hilfeleistung war ebenfalls unbegründet, da die Eigengefahr nachweislich sehr hoch gewesen wäre. Außerdem dürfte das Ereignis schon verjährt sein.

(1) Die Verjährung schließt die Ahndung der Tat und die Anordnung von Maßnahmen (§ 11 Abs. 1 Nr. 8) aus. § 76a Absatz 2 bleibt unberührt.
(2) Verbrechen nach § 211 (Mord) verjähren nicht.
(3) Soweit die Verfolgung verjährt, beträgt die Verjährungsfrist
1. dreißig Jahre bei Taten, die mit lebenslanger Freiheitsstrafe bedroht sind,

2. zwanzig Jahre bei Taten, die im Höchstmaß mit Freiheitsstrafen von mehr als zehn Jahren bedroht sind.
- Strafgesetzbuch (StGB) § 78 Verjährungsfrist

»Ich werde morgen zu Lara gehen!«, verkündete Julian seinen gefassten Entschluss. Emil war wie erlöst. Das würde die Sache um einiges beschleunigen und Licht ins Dunkel dieser Geschichte bringen.

Es tat seinem Freund sichtlich gut, mit jemandem geredet zu haben. Außerdem hatte er den Entschluss gefasst, sein Schweigen offiziell zu beenden und reinen Tisch zu machen.

Zwei der vier Teilnehmer der nächtlichen Gruppe würde es sicher nicht mehr helfen. Aber ihm ganz sicher. Und dann war da noch Anna.

Lara hatte ganz andere Möglichkeiten, die heute Mitte Dreißigjährige ausfindig zu machen und sie notfalls zu befragen. Emil war erleichtert, endlich die vielen Anspielungen und Ungereimtheiten einordnen zu können. Er musste unbedingt nochmals Oliver kontaktieren. War sein Unfall vielleicht ebenfalls beabsichtigt gewesen? Zählte auch er zu den ausfindig gemachten Schuldigen vom Brand?

Julian

Montag, 7. August 2023, 09:30 Uhr

Pünktlich um halb zehn am Morgen betraten Julian und Emil das Polizeipräsidium und wurden von Lara freudig empfangen.

»Hallöchen! Wie lange ist das denn bitte her, dass wir drei uns gemeinsam gesehen haben?«, begrüßte sie ihre alten Bekannten. Sie ahnte noch nicht, dass die Antwort beiden auf den Tag genau bekannt war und eine entscheidende Rolle für ihr Treffen spielen sollte.

Lara führte Emil und Julian in den verglasten Besprechungsraum neben ihrem Büro. Es roch nach neuen Möbeln und Renovierung. Die bodentiefen Glaswände suggerierten eine ungewohnte Offenheit für eine Polizeidienststelle. Das Bild, das Julian aus Kriminalfilmen hatte, stand in einem krassen Gegensatz zu dem, was er hier vorfand. Die Ruhe und Abwesenheit von hektischen Polizeibeamten, die aufmüpfige Straftäter durch die Gänge führten, beruhigte ihn ein wenig. Trotzdem war seine Anspannung spürbar.

»Emil hatte angekündigt, dass du eine Aussage machen möchtest«, begann sie professionell das Gespräch.

»Ja«, antwortete Julian leise und suchte nach einem Einstieg. »Ich weiß nicht, ob es dir weiterhilft. Ich denke, es gibt einen Zusammenhang zwischen dem Tod von Jakob und einem Ereignis, das zwanzig Jahre zurückliegt und an dem ich beteiligt war.«

Emil war erstaunt über die klare und nüchterne Formulierung. Die Aussprache gestern hatte seinem Freund gutgetan. Lara ließ ihm die Zeit, um fortzufahren.

»Am 8. August 2003 ist in der Nacht zum Samstag die Hütte am See abgebrannt. Das war der Abend, an dem wir uns auf dem Weinfest getroffen hatten.«

Lara erinnerte sich direkt und nickte mit einem Lächeln zustimmend. Sie schien sich an den Abend zu erinnern und gleichzeitig überrascht zu sein, dass ein Zusammenhang zu einem Ereignis bestehen sollte, das so lange zurücklag.

Julian berichtete ausführlich und wesentlich gefasster als gestern über den Verlauf des Tages und wie es zu dem Treffen der Jugendlichen in der Nacht kam. »Wir konnten nichts tun, um den Brand zu löschen. Wir hatten alle solche Angst und sind abgehauen. In der Zeitung habe ich dann gelesen, dass ein Mann in der Hütte gewesen war und starb.«

Er machte eine Pause und wartete auf eine Reaktion.

»Verstehe«, antwortete Lara zustimmend. »Aber Jakob Wild war da nicht dabei?«

»Nein, aber er hat den Rettungswagen gefahren, der als Erstes am Unfallort eintraf. Wir sind uns auf dem Weg begegnet. Er hat den falschen Anfahrtsweg gewählt und musste dann am See nochmal umdrehen.«

Der kritische Blick von Lara war kaum zu übersehen. Sie konnte dem Argument nicht zur Gänze folgen. Als Emil das erkannte, nahm er den Durchschlag des DIVI-Protokolls aus seinem Rucksack und schob ihn ihr über den Tisch zu. Er ergänzte erklärend: »Das Protokoll vom Einsatz in der Nacht liegt mir vor und zeigt, dass die Anfahrt viel zu lange gedauert hat. Wenn der genaue Unfallort bekannt gewesen wäre, hätte Jakob sicher den Weg über die Straße nach Ockhofen genommen. Nach über zwanzig Minuten war jede Hilfe zu spät. Die Frage ist, ob mit einem früheren Eintreffen eine Rettung möglich gewesen wäre …«

Lara nahm das Protokoll und überflog die Daten. Die Ausführungen von Emil waren anhand der Statuszeiten über Alarm, Einsatzbereitschaft und Ankunft am Unfallort einleuchtend und schlüssig. Trotzdem verriet ihr kritischer Blick eine Skepsis.

»Ich frage jetzt nicht, woher du dieses Protokoll hast … Ich verstehe auch deine Ausführungen. Aber was hat das alles mit dem aktuellen Fall zu tun?«

Julian wurde unruhig. Er wollte am liebsten alle Informationen auf einmal loswerden. Seinem Gefühl nach hatte Lara den Ernst der Lage und die Zusammenhänge nicht erkannt. Er musste die weiteren Details zur Sprache bringen, um sie von seinen Überlegungen zu überzeugen.

»Jakob trug, genau wie Niels und Tom, eine Mitschuld an den Ereignissen in der Nacht nach dem Weinfest. Wir hätten helfen oder zumindest einen Notruf absetzen müssen! Die alte von Saarstein ist ebenfalls tot und Anna ist seit zwanzig Jahren verschollen. Ich habe einige Male versucht, sie ausfindig zu machen. Ohne Erfolg. Für mich sieht es danach aus, als ob sich jemand an den Schuldigen rächen will.«

Es folgten einige Sekunden der Stille. Lara überlegte. Sie war mit dem Verschwinden von Tom oder dem Unfall von Niels nicht im Detail vertraut. Die Zusammenhänge waren ihr, ohne die Kenntnis der anderen Fälle, nicht belegbar genug. Sie erkannte aber sehr wohl die Ernsthaftigkeit und Angst von Julian, den es einige Überwindung gekostet haben musste, mit den Informationen zu ihr zu kommen.

»Ich schlage Folgendes vor: Über das Melderegister versuche ich, Anna ausfindig zu machen. Ebenso werde ich mir die Akten zum Vermisstenfall Tom und dem Unfall von Niels anfordern und ansehen. Und du ...« Sie richtete ihren Blick direkt auf Julian. »Du tust mir den Gefallen und gibst im

Anschluss an unser Gespräch bei meinem Kollegen eine detaillierte Aussage zu den Ereignissen aus der Nacht von 2003 zu Protokoll. Juristisch gesehen hast du damals wie heute keine Schuld, wenn ich das richtig überblicke. Selbst eine mögliche unterlassene Hilfeleistung wäre eindeutig verjährt. Aber selbst die hätte jeder mittelklassige Anwalt schon damals im ersten Anlauf abgewehrt. Und von dir«, jetzt sprach sie Emil gezielt an, »möchte ich keine zurückgehaltenen Informationen mehr! Wenn ich der Sache nachgehen soll, muss ich schon alle Details kennen. Die Polizei hat schließlich gesetzlich konforme Methoden, an Informationen zu gelangen.«

Emil nickte und kam sich wie ein kleiner Junge vor , der in der Schule vom Direktor getadelt wurde. Er überlegte, ob er von seinem Kontakt zu Oliver berichten sollte, entschied sich aber zunächst dagegen. Die wesentlichen Informationen lagen auf dem Tisch und er war sich sicher, dass Lara der Sache gründlich und ernsthaft nachgehen würde. Außerdem würde sie neue Ansätze zu den Ermittlungen im Todesfall Jakob Wild verfolgen können. Das Motiv der Rache war mit Sicherheit bisher nicht in ihre Ermittlungen einbezogen worden.

»Gibt es noch irgendein wichtiges Detail, was ich wissen sollte?«, fragte sie erneut in die Runde.

Julian blickte zu Emil und dann zu Lara. Man konnte spüren, wie er sich erneut aufraffte und sich überwinden musste.

»Vor der Explosion, und bevor es brannte, kam eine Person aus dem Haus. Ich konnte nicht erkennen, ob es ein Mann oder eine Frau war. Auf jeden Fall wurde die Person von der Wucht der Explosion zu Boden gerissen und ist dann den Weg von der Hütte Richtung Wald, also von uns weg, geflohen. Ich weiß nicht, ob sie uns gesehen hat, oder ob sie ernsthaft verletzt gewesen ist. Aber es war eine zweite Person in der Hütte.«

»Und die anderen haben diese Person auch gesehen oder möglicherweise sogar erkannt?«, fragte Lara nach.

»Ja, auf jeden Fall gesehen! Erkannt hat sie niemand. Die einzige Person, die dazu aber was sagen könnte, ist Anna. Und Anna habe ich seit dem Ereignis nicht wiedergesehen.«

»Wir sprechen von Anna Schmidt? Die war damals aber auch zugezogen, oder?«, wollte Lara wissen, die sich auf der Innenseite einer Akte einige Notizen machte.

»Ja. Anna Schmidt. Sie war als Pflegekind bei den Beckers, soweit ich mich erinnere. Ich hatte nicht wirklich was mit ihr zu tun. Bis auf diese eine Nacht.«

Lara brachte Julian in das Büro ihres jungen Kollegen Jens, der die Aussage zu der Nacht im Jahr 2003 aufnehmen sollte. Das Zimmer schien ebenfalls frisch renoviert und bezogen. An den

Wänden hingen weder Bilder, noch waren irgendwelche Gebrauchsspuren an dem Mobiliar zu erkennen.

Als Emil zum Eingang ging, wo er auf Julian warten wollte, hielt die junge Kommissarin ihn zurück.

»Kann ich dich noch kurz unter vier Augen sprechen?«, bat sie ihren Schulfreund, ihr zu folgen. Sie ging in den hinteren Teil der Etage, an dessen Ende eine kleine Teeküche eingerichtet war. Der Raum war das Gegenteil von den neu verglasten Büroräumen der Abteilung. Er wirkte eher wie eine Besenkammer, in die provisorisch eine IKEA-Küche gezimmert worden war. Sie schloss die Tür hinter sich.

»Willst du noch einen Kaffee?«, fragte sie zunächst versöhnlich, wurde aber nach seiner Einwilligung direkt ernster. »Jetzt aber bitte die ganze Wahrheit, Emil. Du hast sicher noch Informationen, die du eben nicht preisgegeben hast.«

Der Kaffeevollautomat fing an, die Bohnen in einem ohrenbetäubenden Lärm zu mahlen. Das verschaffte Emil einige Sekunden Zeit, sich zu ordnen. Was sollte er ihr noch erzählen? Alle weiteren Erkenntnisse waren reine Spekulation oder allerhöchstens sehr vage Hinweise.

Er versuchte, den Spieß umzudrehen und den Stand der Ermittlungen im Fall Jakob Wild zu erfragen. »Wir haben alles Relevante mitgeteilt. Wie weit bist du denn mit deinen Ermittlungen? Deutet irgendetwas auf eine Tat aus Rache hin? Gibt es schon Hinweise auf einen möglichen Täter?«

»Wir haben eine Spur, aber bisher keine Verdächtigen. Es gab einen Beobachter, der Jakob mehrfach aufgefallen war. Dieser könnte Hinweise zur Tat haben, oder in direktem Zusammenhang damit stehen. Die KTU ist dabei, die Spuren auszuwerten. Was ich sagen kann, ist, dass es auf jeden Fall Fremdverschulden war und der oder die Täter den Tatort auch im Nachhinein manipuliert haben. Das behältst du aber bitte für dich. So, und jetzt weiter im Text. Was hast du noch?«

Sie ließ nicht locker. Emil war verwundert über ihre direkte Art und ihr stures Nachfragen. Das passte gar nicht zu der alten Lara, die er kannte. Aber er entschied sich, die Informationen zu Oliver preiszugeben, auch wenn diese keine harten Fakten waren, sondern allerhöchstens Mutmaßungen, die seine These unterstützten, dass es eine Kausalität der Ereignisse gab.

»Als Julian mit der Vermutung ankam, dass diese ›Unfälle‹ miteinander in Verbindung stehen, habe ich einige Recherchen betrieben. Unter anderem habe ich dem ehemaligen Verwalter des Holzhauses, Oliver heißt er, eine Nachricht geschickt. Ich habe ihn zu den Besuchern damals befragt und was er dazu sagen kann. Da kam nichts heraus, was zu der Zeit nicht auch in der Zeitung stand. Aber das Interessante war, dass er zurzeit im Krankenhaus liegt. Und zwar nach einem Unfall im Wald, den er im Gegensatz zu Jakob überlebt hat, aber immerhin könnte da eine Verbindung sein. Das sind für mich auf jeden Fall ein paar Zufälle zu viel.«

Er bemerkte ihren misstrauischen Blick.

»Hör mal, Lara, ich weiß, dass das hier alles komisch klingt. Ich war ja auch am Anfang skeptisch. Aber irgendwas ist damals so schiefgelaufen, dass es bis heute Einfluss auf die Leute im Dorf hat. Ich will ja nur, dass du den Hinweisen nachgehst. Wenn wir das alles entkräften können, ist Julian auch geholfen. Und wenn doch was dran ist, dann ist nicht nur er in Gefahr!«

Sie nickte zustimmend. »Ich werde dem nachgehen, versprochen. So lange müsst ihr aber den Ball flach halten. Wir können nicht alle verrückt machen. Wenn neben der Polizei jetzt auch noch ein Journalist nach Informationen gräbt, drehen bald alle in Eichwald durch.«

Emil stimmte ihr zu. Sie waren sich im Grunde genommen einig und ihrer gemeinsamen Einschätzung der Lage bewusst. Beide versicherten sich gegenseitig, zukünftig Informationen miteinander zu teilen und verabschiedeten sich bis auf Weiteres.

Felix

Montag, 7. August 2023, 16:00 Uhr

Zufrieden beendete er seine heutige Arbeit. Ein Auftrag über seine Berliner Agentur, die er nach nicht einmal vier Stunden fertiggestellt hatte. Er verabscheute Auftragsarbeiten, die sich reiche Menschen als Trophäen in ihre Vorstadtvillen hängten, um mit seinem Namen vor Besuchern ihren Wohlstand zur Schau zu stellen.

Seine Werke waren gefragt. Die Fachpresse lobte seinen modernen Stil der abstrakten Ölgemälde. Expressiv. Psychodelisch.

> Seine Gemälde polarisieren, irritieren und begeistern weltweit. Sein Stil ist farbgewaltig, seine Kunst elektrisierend. Eine ausdrucksstarke Wucht klassischer Großformate mischt sich mit cooler Lässigkeit.
> - Sebastien LaGarde, Kunstkritiker der FAZ

Felix von Saarstein war als Künstler ein gefragter Gast in der Szene. Anfragen aus der ganzen Welt machten ihn zum Superstar der zeitgenössischen Kunst.

Und doch fühlte er sich am wohlsten, wenn er zu Hause in seinem Atelier Bilder, ohne Druck und Abgabetermin, für sich selbst fertigen konnte. Dieses Werk heute hatte er, seinen eigenen Stil imitierend, als Nachtrag einer Serie für einen reichen Hotelkettenbesitzer gemalt. Es war das letzte von insgesamt fünfundzwanzig Gemälden für den gleichen Auftraggeber und sollte als Geschenk für dessen Frau dienen. Endlich war er damit fertig. Endlich wieder frei.

Felix nutzte seit Beginn seiner Tätigkeit ein Pseudonym. Er wollte sich als Künstler von seiner Geschichte und seiner Person distanzieren. Schon immer stand er im inneren Konflikt mit seiner Familie und seiner Rolle als Sohn aus reichem Hause. Er war nicht der, für den ihn alle gehalten hatten. Er war anders und doch gefangen in einer Position, in die er hineingeboren wurde.

Schon früh hatte er auf ein Internat gewechselt. Der Bezug und die Liebe zu seinen Eltern waren quasi nie existent für ihn gewesen. Nun lebte Felix seit dem Freitod seiner Mutter allein auf dem alten Familienanwesen. Er war der Letzte der von Saarsteins. Und sein neues Leben hatte nur durch den Ort seiner Kindheit eine Verbindung zu seiner Familiengeschichte.

Dank der Einnahmen aus Lizenzrechten der früher florierenden Firma seiner Vorfahren konnte er sich ohne Geldsorgen seiner Kunst widmen. Heute hätte er auch autark von dieser allein sehr gut leben können. Ein Leben, welches er einsam, aber zufrieden führte. In Eichwald bekam man von Felix wenig mit. Er ließ sich außerhalb des Anwesens öffentlich nie blicken. Er hatte zu niemandem aus der Umgebung oder zu seinen alten Freunden Kontakt.

Und doch fühlte sich der Ort wie Heimat für ihn an. Eine Heimat, die er früher nie so empfunden hatte. Wären seine Mutter und sein Vater noch am Leben, hätte er nicht sein Studium der Betriebswirtschaftslehre abgebrochen und wäre mit Sicherheit nicht noch einmal nach Eichwald zurückgezogen.

Das Schicksal hatte es gut mit ihm gemeint. Er war zufrieden mit allen Entwicklungen, auch wenn das alles nur durch den Freitod seiner Mutter so gekommen war. Er musste oft an sie denken und war sich sicher, dass ihre Kälte und ihre Distanz nur Schutzfunktionen ihrer eigenen psychischen Orientierungslosigkeit gewesen waren. Er hatte keine Wut auf sie. Niemals. Er hatte sich schon als Kind eingeredet, dass alles so sein sollte.

Felix betrachtete sein Bild mit Abstand und sah ihm beim Trocknen zu. *Es ist das beste der Serie!*, dachte er. Alle anderen Werke waren lieblos produziert. Dieses Gemälde wurde mit jeder Sekunde interessanter, mit der es aus dem feuchten Glanz in eine matte, trockene Einheit überging.

Die Anstrengungen der Wochen, die durch die Vernissage am vergangenen Wochenende und dem daraus resultierenden Zeitdruck entstanden waren, fielen langsam von ihm ab. Er würde gleich noch ein paar Übungen mit seiner Fitness-App machen, einen täglichen Ausgleich, den er sich selber auferlegte. Eine entspannende Routine, die ihm stets Abstand zu seiner Arbeit verschaffte. Seine Gedanken wurden mit einem altmodisch dumpfen ›Ding Dong‹ durch die Türklingel unterbrochen.

Er sah durch das Fenster nach draußen und wunderte sich über den 5er-Golf mit offenstehender Fahrertür. Bei den Paketdienstleistern hatte Felix schon lange Garagenverträge abgeschlossen; einen Postboten hatte er seit Jahren nicht mehr persönlich gegrüßt. Auch sonst erwartete er keinen Besuch.

Er ging die Treppe nach unten und öffnete das schmale Fenster der alten Holztür.

»Lara Riedel, LKA Rheinland-Pfalz. Kann ich Sie kurz sprechen?«, wurde er parallel zum Vorhalten des Polizeiausweises von der Besucherin begrüßt.

Er öffnete die Tür.

»Klar, kommen Sie rein«, versuchte er, gastfreundlich zu wirken.

Lara schien erstaunt über die prunkvoll eingerichtete Villa, die von außen eher wie ein heruntergekommenes und unbewohntes Anwesen wirkte. Die Umwelteinflüsse und fehlende Investition in die Fassade von außen waren innen vom Gegenteil bestimmt: Altes Holzparkett und aufwendig angefertigte, massive Möbel wirkten wie aus einer anderen Zeit.

Sie kannte natürlich, wie jeder, der aus Eichwald stammte, die Geschichte der von Saarsteins und deren einstigen Reichtum und Einfluss. Früher hatten sich neben Haushälterinnen im Haus auch Gärtner und ein Hausmeister um die Außenanlage gekümmert. Dies war dem jetzigen Hausherren kein primäres Anliegen mehr.

Sie folgte ihm durch eine zweiflügelige, übergroße Holztür in ein Zimmer mit einer langen Tafel und mehreren Fenstern zur Linken. Von dort aus hatte man einen atemberaubenden Blick über Eichwald und die Weite des Tals. Heutzutage hätte man sicher an dieser Stelle eine Glasfront installiert. Beim Bau dieses Anwesens waren, scheinbar mit dem nötigen finanziellen Hintergrund, zehn aufwendig angefertigte hohe Fenster über die ganze Front eingesetzt worden.

Felix bat Lara, sich an der großen Tafel zu setzen und rückte einen der Stühle zurecht. Er selbst nahm ihr gegenüber Platz.

»Ein Corona-konformer Abstand, hätte man vorletztes Jahr gesagt«, scherzte sie. Felix begutachtete sie optisch, was ihr schon am Eingang aufzufallen schien. Er erkannte sie immer noch nicht.

»Sagen Sie, kennen wir uns nicht?«, fragte er dann ohne Umschweife. »Sie kommen mir irgendwie bekannt vor.«

»Ja, ich komme auch aus Eichwald, lebe aber seit fast zwanzig Jahren nicht mehr hier. Ich denke wir haben uns auch mindestens so lange nicht mehr gesehen.«

Felix nickte zustimmend. Er wusste, dass er auch in den Jahren vor seinem Umzug ins Internat wenig Freundschaften in Eichwald gehabt hatte. Außer Anna, Julian und Emil hatte er sowieso niemanden mehr, an den er sich ernsthaft erinnern konnte.

»Was führt Sie denn zu mir?«, fragte er voller Neugier. »Das LKA kommt ja sicher nicht wegen eines nicht bezahlten Parkscheins hier hoch …«

Umgehend empfand er sich selbst als arrogant und die Art der Frage als unangemessen, dabei wollte er lediglich witzig und gelassen rüberkommen. Ihm fehlte einfach die Routine, lockere Gespräche zu führen.

»Parken Sie denn öfter schwarz? Dann müsste ich das natürlich an die zuständige Polizeiinspektion weiterleiten«, gab sie ihm schlagfertig zurück. Felix grinste und war erleichtert, eine lockere Antwort auf seine komische Frage erhalten zu haben. »Okay, Spaß beiseite. Mein Anliegen hat nur indirekt mit Ihnen zu tun. Die entsprechenden Informationen zu erhalten, wird mir, laut Aktenlage, aber nur so möglich sein. Das Ereignis, zu dem ich Auskünfte benötige, liegt schon etwas in der Vergangenheit. Zwanzig Jahre, um genau zu sein.«

Felix zog die Augenbrauen nach oben. Die Verwunderung stand ihm ins Gesicht geschrieben. Vor zwanzig Jahren war seine Mutter gestorben. Vor zwanzig Jahren hatte sein Leben eine Wende genommen, die ohne die schlimmen Ereignisse so nicht möglich gewesen wäre. Er hörte weiter gespannt zu, vermied es aber, direkt etwas dazu zu sagen.

»Vor ziemlich genau zwanzig Jahren brannte die Hütte aus Ihrem Familienbesitz ab, in der eine Leiche geborgen wurde. Können Sie sich an die Ereignisse erinnern?«

»Natürlich kann ich mich daran erinnern. Ich war zu der Zeit aber im Internat, etwa fünfzehn Autostunden von Eichwald entfernt«, rechtfertigte er sich.

»Keine Sorge, es geht hier nicht um ein Alibi. Ich untersuche auch nicht den Unfall von damals. Laut Aktenlage gehen wir nach wie vor von einem Unfall aus. Es deutet nichts auf ein Verbrechen hin«, beruhigte sie ihn. »Vielmehr haben wir neue Erkenntnisse über den Unfallhergang und benötigen dringend Informationen über die Buchung der Hütte. Laut unseren Ermittlungen soll sich mehr als eine Person dort aufgehalten haben. Wir haben gesicherte Kenntnisse über mindestens zwei Personen, von denen eine wahrscheinlich leicht verletzt vom Unfallort geflohen ist. Gibt es also noch irgendwelche Informationen zur Buchung? Einen Namen oder eine Anschrift vielleicht?«

»Das war ja alles Gegenstand der Anklage damals, die meine Mutter in den Tod getrieben hat. Auch sie hatte damals ausgesagt, dass wir keine Unterlagen dazu hatten. Beziehungsweise die Anfrage über das Kontaktformular kam und der Name sowie die Anschrift falsche Angaben waren. Das müsste alles so in Ihren Akten stehen.«

Seine Verärgerung war jetzt spürbar. Lara war es gewohnt und darauf vorbereitet, dass Befragungen wie diese tiefe Emotionen auslösen konnten. Sie versuchte, deeskalierend weiter nachzuhaken.

»Herr von Saarstein. Die Aktenlage ist mir bekannt. Ich bin nur hier, um Dinge zu klären, die auch Ihre Mutter entlasten werden. Ich bin davon überzeugt, dass Ihre Mutter damals freigesprochen worden wäre. Es gab keine juristisch haltbaren Anklagepunkte, die zu einer Verurteilung geführt hätten. Es gibt nur einige Dinge, die bisher ungeklärt blieben. Die Ermittlungen wurden durch den Freitod auch nicht ordentlich zu Ende geführt. Die Explosion war ein Unfall. Ein defektes Ventil, das zur Explosion geführt hat. Ihre Mutter trifft keine Schuld.«

»Das ist eine nette Erkenntnis. Nur leider hilft das meiner Mutter nicht mehr. Die Vorwürfe standen im Raum. Die Leute haben sich das Maul zerrissen. Die Schuldfrage war in Eichwald schnell geklärt! Und meine Familie hat mit Schuldzuweisungen in den letzten achtzig Jahren genug zu kämpfen gehabt …«

Lara wusste von der dunklen Vergangenheit der Eichwalder Glasfabrik und der engen Zusammenarbeit mit den Nazis. Der Vorwurf der Schuld war ihr bekannt und schwang stets mit, wenn das Gespräch auf die reichen Mitbürger des Dorfes gelenkt wurde. Sie empfand tiefstes Mitgefühl mit dem tiefsitzenden Schmerz ihres Gegenübers. Trotzdem musste sie unbedingt einige Ungereimtheiten klären.

»Eine andere Frage«, lenkte sie das Thema auf ihr zweites Anliegen. »Haben Sie zufällig noch Kontakt zu Anna Schmidt?«

Diese Frage kam für Felix völlig unerwartet. Wieder beobachtete Lara die gehobenen Augenbrauen, die seine Verwunderung nicht verbergen ließen.

»Anna? Wieso fragen sie das? Aber nein, Anna habe ich seit mindestens zwanzig Jahren nicht mehr gesehen.«

»Wir haben Grund zu der Annahme, dass sie im Zusammenhang mit den Ereignissen des Brandes von damals Informationen haben könnte. Meines Wissens waren Sie zur Schulzeit gut befreundet.«

Er blickte zur Decke und schien zu überlegen. Lara ließ ihre Ausführungen so stehen und wartete auf eine Reaktion.

»Ja, das stimmt. Ich denke, Anna war eine der wenigen aus Eichwald, mit denen ich überhaupt etwas zu tun hatte. Wohnt sie noch in Eichwald?«

»Dazu kann ich keine Auskunft geben. Hat sie sich vielleicht nach den Ereignissen oder dem Tod Ihrer Mutter bei Ihnen gemeldet? Oder versucht, Kontakt aufzunehmen?«

»Wie gesagt: Nein. Ich habe Anna weder gesehen, noch hat sie Kontakt zu mir aufgenommen.«

»Okay. Dann vielen Dank für Ihre Zeit. Wenn Ihnen doch noch etwas einfällt, oder Sie eine Idee haben, ob es weitere Informationen zu der Buchung und der Identität der Personen gibt, die sich damals in dem Holzhaus befanden, rufen Sie mich bitte an. Eine Klärung, auch nach so vielen Jahren, wird sicher auch zur Rehabilitation Ihrer Mutter beitragen.«

Ihre Worte wirkten beruhigend auf ihn und doch führten sie zu einem Kapitel, mit dem Felix längst abgeschlossen hatte. Dachte er bis dato.

Anna

Dienstag, 7. August 2023, 17:00 Uhr

Sie googelte ihn jetzt schon seit einer halben Stunde und war immer noch überrascht über seine Prominenz in der Kunstszene. Unter seinem Pseudonym fanden sich unzählige großformatige Gemälde, deren Stil einzigartig und gewaltig war. Ihre Vergangenheit war nun in jedem der Hotels ihres Mannes präsent, was sie eher beunruhigte als erfreute. All die Jahre hatte sie verdrängt und Situationen vermieden, an ihre Vergangenheit erinnert zu werden. Nun war sie mit seiner Kunst kraftvoll und explosiv in ihr altes Leben zurückgekehrt.

Auf keiner der Seiten im Web fanden sich jedoch Hinweise auf seinen echten Namen. Er hatte sein neues Leben von seinem alten abgekoppelt, zumindest virtuell. Genau wie sie. Und diese Gemeinsamkeit wurde ihr in einer Ambivalenz bewusst, die sie freudig und besorgt zugleich aufnahm.

Sicher wäre er genauso erstaunt gewesen, wenn er Anna im Publikum der Vernissage erblickt hätte. Wäre sie ihm aufgefallen? Sie war sich sicher, dass auch er mit der Situation überfordert gewesen wäre.

Ihr schön geordnetes Leben fing an, in ein Chaos zu schlittern. Sie versuchte, sich abzulenken und schloss die Google-App. Genug über Felix' neues Leben. Genug von der Vergangenheit.

Sie öffnete Instagram, um nachzusehen, ob es ein Lebenszeichen von Tom auf seinem Kanal gab.

Zu ihrer Verwunderung war das Nachrichten-Symbol rot eingefärbt, was bedeutete, dass ihr jemand geschrieben hatte. Sie bekam nie Nachrichten. Und wenn, dann war Spam von dubiosen Seiten, die alles und jeden anschrieben, um Follower zu erhalten.

Als sie die Inbox öffnete, traute sie ihren Augen nicht. Das konnte nicht sein! Das war zu viel! Und wieder war sie da, ihre Vergangenheit. Sie zögerte, mit ihrem Daumen auf die ungelesene Direktnachricht zu klicken und entschied sich, zunächst eine Zigarette zu rauchen.

Mit leicht zittrigen Händen rollte sie den Tabak in ein Blättchen ein. Trotz der bereits zweistelligen Temperatur hatte sie Gänsehaut. Irgendetwas war im Gange, das spürte sie. Ihre Vergangenheit war präsenter denn je. Die ersten Züge ihrer mühsam gedrehten Zigarette beruhigten sie nicht merklich. Sie nahm ihr Smartphone erneut in die Hand und drückte zielstrebig auf ›Nachricht öffnen‹.

Hallo Anna. Ich hoffe, du bist es ;) Hier ist Emil, erinnerst du dich noch? Was machst du so? Wie geht's dir? Tom ist verschwunden, ich suche nach Hinweisen, wo er sein könnte ... Hast du vielleicht eine Ahnung?

Das kann nicht sein! Wie hat er mich gefunden?

Anna war entsetzt. Sie hatte versucht, keine Spuren zu ihrer Vergangenheit zu hinterlassen. Ihr Profil enthielt weder ihren Namen noch ein Bild, wodurch man auf sie hätte schließen können. Ihr Profilbild war vor drei Jahren im Mallorca-Urlaub entstanden. Dort war sie nur von hinten als Silhouette zu sehen.

Sie haderte damit, zu antworten. Andererseits wusste sie, dass Emil nicht lockerlassen würde. Er war auf der gleichen Suche wie sie, und sie konnte ihm nicht helfen. Sie musste ihm zurückschreiben, in der Hoffnung, dass durch diese Antwort das Interesse an ihr verschwand.

Hallo Emil, wie hast du mich gefunden? Mir geht es gut, ich hoffe dir auch. Ich habe keinen Kontakt zu Tom, schon seit Jahren nicht mehr ... Ich hoffe, du findest ihn, liebe Grüße.

Anna bereute ihre Frage, wie es ihm gehe. Sie wollte am liebsten keine Rückantwort und keine Nachfragen. Aber sie war zumindest zufrieden, eine freundliche, aber distanzierte Antwort gegeben zu haben. *Vielleicht etwas zu schnell? Vielleicht hätte ich noch ein paar Tage warten sollen?*

Ihre Befürchtungen trafen ein: Er war dabei direkt, eine weitere Nachricht zu verfassen. Ihr war bewusst, dass er sehen konnte, dass sie online war.

Sie wollte unbedingt vermeiden, dass diese Konversation zu einem langen Chat ausartete. Schnell ging sie offline und legte ihr Smartphone zur Seite. Anna ging gedankenversunken auf ihrer Terrasse auf und ab, als ihr Smartphone klingelte. Sie sah auf das Display.

Unbekannte Nummer

War etwas mit Jesse? Oder einfach nur eine dieser nervigen Kundenumfragen? Zögernd nahm sie das iPhone in die Hand und wischte über ›annehmen‹.

»Ja. Hallo?«

»Hallo. Lara Riedel, LKA Rheinland-Pfalz. Spreche ich mit Anna Odenthal?«, vernahm sie die Begrüßung mit einer Mischung aus Überforderung und Verwirrung. LKA? Lara Riedel? Der Name kam ihr bekannt vor.

»Ja, richtig. Wie kann ich helfen?«, versuchte sie, gefasst zu wirken.

»Vielleicht erinnern Sie sich an mich. Ich komme aus Eichwald, Ihrem früheren Wohnort.«

Lara wartete auf eine Antwort, die aber ausblieb. Um das Schweigen zu unterbrechen, kam sie nach einer kurzen Pause zügig zu ihrem Anliegen: »Wir haben Ihre Nummer über das Melderegister ermittelt. Ich ermittle im Todesfall Jakob Wild. In diesem Zusammenhang sind wir auf mögliche Verbindungen zum Brand der Waldhütte im Jahr 2003 gestoßen. Meinen Informationen nach waren Sie damals bei dem Unglück als Zeugin anwesend.«

Diese Aussage kam wie ein Überfall über Anna. Ihre Anspannung war ohne eine Antwort spürbar. Am liebsten hätte sie sofort aufgelegt und angefangen loszuheulen. Die sonst selbstbewusst auftretende Frau war unfähig, einen klaren Gedanken zu fassen, geschweige denn eine adäquate Antwort zu geben.

Die Kommissarin bemerkte die Sprachlosigkeit ihrer Gesprächspartnerin, womit sie fest gerechnet zu haben schien. Allen Beteiligten des Brandes stand die tiefe Schuld ins Gesicht geschrieben. Die Betroffenheit nach so vielen Jahren war für sie ein klares Anzeichen für den tiefsitzenden Konflikt, den die damals Anwesenden in sich trugen. Doch darauf konnte sie keine Rücksicht nehmen. Sie hatte einen aktuellen Todesfall aufzuklären, weshalb sie den Druck nutzte, um an relevante Informationen zu gelangen. Annas Schweigen verriet Lara zumindest schon einmal, dass sie ihren Äußerungen nicht widersprach.

»Keine Sorge, wir behandeln Sie lediglich als Zeugin. Es gibt keine juristischen Folgen für die Ereignisse aus dem Jahr 2003. Vielmehr möchte ich einige wichtige Dinge klären, die mir bei dem aktuellen Todesfall helfen könnten.«

»Ja. Ver … verstehe.«

»Also meine erste Frage bezieht sich auf den

Verbleib von Tom Jung, der damals auch als Zeuge dabei war. Haben Sie noch Kontakt zu ihm?«

Anna riss sich zusammen und versuchte, trotz ihrer Anspannung zu antworten. »Nein, ich habe keinen Kontakt zu Tom. Ich habe ihn seit zwanzig Jahren nicht mehr gesehen.« Ihre Stimme war zittrig und stockend. Lara wirkte misstrauisch. Es schien nicht die ganze Wahrheit zu sein.

»Wir wissen, dass er eine Reise nach Teneriffa geplant hatte. Seine Spur verliert sich aber über die offiziellen Wege und wir suchen nach Hinweisen zu seinem Verbleib.«

»Wie gesagt. Ich habe keinen Kontakt zu ihm.«

»Okay. Dann habe ich eine weitere Frage: Bei dem Brand am 8. August 2003, hat ein weiterer Zeuge von mehr als einer Person in der Hütte gesprochen. Eine Person, die das Unglück damals überlebt hatte. Können Sie das bestätigen?«

»Ja, es gab eine Person, die die Hütte kurz vor der Explosion verlassen hat«, gab Anna jetzt relativ gefasst als Antwort.

»Haben Sie eine Vermutung, wer das gewesen sein könnte?«

»Nein.«

»Okay. Das war's fürs Erste. Danke für die Auskünfte. Wenn Ihnen noch irgendetwas Relevantes einfällt, können Sie mich gerne anrufen. Ich schicke Ihnen gleich per SMS meine Kontaktdaten.«

Sie brachte noch gerade so ein »Okay. Danke.« heraus und legte auf. Im gleichen Moment schossen ihr die Tränen in die Augen. So viel Konfrontation mit der Vergangenheit war zu viel. Sie setzte ihre Kopfhörer auf und startete die Playlist. Direkt zu Sportfreunde Stiller. Direkt zu ›Kompliment‹.

> Ich wollte dir nur mal eben sagen
> Dass du das Größte für mich bist
> Und sichergehen, ob du denn dasselbe für mich fühlst
> Für mich fühlst

Langsam beruhigte sie sich wieder und versuchte, ihre Emotionen in den Griff zu bekommen. *Wir wissen, dass er eine Reise nach Teneriffa geplant hatte.* Sie öffnete Google und gab ›Teneriffa‹ in die Suchleiste ein. Auf ›Maps‹ zoomte sie auf die Insel im Atlantischen Ozean. Sie wischte sich über ihre laufende Nase, als ihr verheultes Gesicht in Freude erstrahlte. Sofort war ihr klar, wo sich Tom befand. Neben Teneriffa lagen die Inseln La Palma, Gran Canaria und La Gomera.

Toms großer Traum. »Ich will irgendwann nach La Gomera auswandern!«

Anna begriff, dass die Sorge um Tom ein Ende hatte. Sie war sich zu einhundert Prozent sicher: Ihr Jugendfreund aus Eichwald hatte sich seinen großen Traum erfüllt.

Lara

Dienstag, 8. August 2023, 09:15 Uhr

In ihrem Büro lagen die Erkenntnisse der vergangenen Tage in Form von Notizen, Akten und Tatortfotos von ihrem Kollegen Wolfgang auf ihrem Schreibtisch. Die nüchterne Erkenntnis ihrer Ermittlungen war: Die Ereignisse um den 8. August 2003 konnte sie valide rekonstruieren und überblicken. Der aktuelle Todesfall Jakob Wild mit dem eindeutig nachgewiesenen Fremdverschulden war für sie diffus und ergebnislos. Sie wollte noch einmal alles der Reihe nach durchgehen und die gesicherten und möglichen Verbindungen deutlich machen.

Als sie ihr Chaos überblickte, fragte sie sich, ob sie nicht besser, wie in jedem zweiten ›ARD-Tatort‹ üblich, eine Wand aufbauen sollte, um die Zusammenhänge mit Fotos und Verbindungspfeilen bildlich darzustellen. Das sogenannte ›Mapping‹ kannte sie auch von der Polizeihochschule, wurde aber bei der echten Polizeiarbeit nur in der Clankriminalität angewandt.

Sie ging die üblichen Fragen während einer polizeilichen Ermittlung noch einmal im Kopf durch. *Gibt es ein Motiv, das auf Rache hindeutet?*

Ihr Haustelefon auf dem Schreibtisch klingelte in einer dumpfen Version des schrillen Originals. Lara zog die Akte der Gerichtsmedizin vom Telefonapparat. »Ja? Lara Riedel«, meldete sie sich hastig. Auf dem Display stand ›Pforte/Eingang‹.

»Hier ist ein Herr Eichwald für dich, Lara«, erklärte die Pförtnerin Petra in ihrer gewohnt sanften Stimmlage. »Soll ich ihn zu dir hochschicken?«

»Äh, ja. Mach das. Danke«, gab sie etwas irritiert zur Antwort. Sie freute sich über den erneuten Besuch von Emil, war sich jedoch bewusst, dass er sicher nicht wegen eines Kaffees vorbeikommen würde. Ihr Büro lag voll mit Protokollen und Akten, die nicht für Außenstehende bestimmt waren. Andererseits war ihr klar, dass Emil viele wichtige Informationen geliefert hatte und ihr eventuell auch heute weiterhelfen konnte.

Schnell verstaute sie die Akten der Gerichtsmedizin in ihrem Schrank und versuchte zu überblicken, welche relevanten Dinge auf keinen Fall offen auf dem Schreibtisch herumliegen sollten.

Nach einer Minute Chaosbeseitigung sah sie Emil durch die Glasscheiben auf ihr Büro zukommen. In den Räumen neben ihr waren glücklicherweise kaum Beamten, die den Besuch kritisch hinterfragen konnten. Viele Kollegen waren im Sommerurlaub. Die meisten der Anwesenden waren mit kriminalstatistischen Auswertungen beschäftigt.

»Guten Morgen, Lara«, begrüßte Emil sie freudig.

»Guten Morgen, Emil. Komm rein«, erwiderte sie ebenfalls mit einem einladenden Lächeln. »Was führt dich zu mir?«

»Ich habe Informationen für dich.«

Emil ließ diesen Satz wirken und setzte sich auf den Besucherstuhl vor ihrem Schreibtisch. Eine Diskussion über Zuständigkeit ersparte sie sich. Eine Zusammenarbeit mit der Presse war Teil ihrer Ausbildung. Diese Form der parallelen Recherche war allerdings einzigartig in ihrer Laufbahn. Sie hatte langsam, aber sicher das Gefühl, dass sie in einem direkten Wettbewerb um die Aufklärung dieses Falles stand. Und das mit Emil Eichwald. Wer hätte das gedacht?

Sie unterdrückte einen bissigen Kommentar, lehnte sich allerdings provokant mit verschränkten Armen in ihrem Bürostuhl zurück. »Dann lass mal hören.«

Er stellte seinen Rucksack ab und zog sein Tablet aus demselben. Mit drei kurzen Wischern auf dem Display öffnete er eine App und hielt ihr das Gerät entgegen.

»Ich habe Anna ausfindig gemacht«, verkündete er stolz. »Das ist ihr Instagram-Profil. Sie hat nahezu alle Beiträge von Tom geliked. Außerdem war ihr Spitzname früher Sunny.«

Lara hörte sich mit einem Schmunzeln an, wie

Emil durch seine Recherche herausgefunden hatte, dass Anna noch lebte, aber keinen Kontakt zu Tom hatte. Ihr unbeeindrucktes Verhalten irritiere ihn. Langsam begriff er, warum das keine Neuigkeiten für sie waren.

»Du hast sie ebenfalls ausfindig gemacht, richtig?«

Lara lachte. Natürlich war ihre Version über den offiziellen Weg der Einwohnermeldeämter deutlich unspektakulärer. Aber das Ergebnis war das gleiche. Jedenfalls fast.

»Ich habe sogar mit ihr telefoniert. Gestern. Dass sie keinen Kontakt zu Tom hat, weiß ich also auch. Und dass sie in München, beziehungsweise in einer sehr schicken Villa in Ambach am Starnberger See wohnt und jetzt Anna Odenthal heißt.«

»Das wusste ich jetzt nicht. Aber freut mich zu hören. Dann scheint es ihr ja gutzugehen.«

Lara wusste nicht so recht einzuordnen, ob Emil das ernst oder ironisch meinte. Sie hatte jedenfalls während des Telefonates nicht den Eindruck gehabt, dass Anna glücklich war. Vielleicht war sie auch einfach nur überfordert gewesen mit der Konfrontation des Themas, das sie damals sicher dazu bewegt hatte, Eichwald zu verlassen.

Lara fügte nach einer kurzen Pause weiter hinzu: »Ich habe noch zwei weitere Sachen in Erfahrung bringen können, die uns aber nicht direkt im aktuellen Fall Jakob Wild weiterhelfen. Und nur deshalb werde ich mit dir darüber sprechen. Ich vertraue darauf, dass du aus dem aktuellen Fall keine Informationen ziehst und auch keine pressetechnisch verarbeitest.« Er nickte zustimmend und glaubhaft.

»Also erstens: Am Unfall von Niels ist überhaupt kein Anzeichen von Fremdverschulden zu erkennen. Es gab ein toxikologisches Gutachten. Komplett negativ. Auch das Auto wurde untersucht. Keine Spuren von Defekten oder Manipulation. Ich habe auch mit der Kollegin gesprochen, die die Untersuchungen geleitet hatte. Sie sagte, wenn es kein Sekundenschlaf war, dann wäre das naheliegendste Motiv ein Suizid. Dafür gab es im familiären Umfeld mehrere Hinweise. Näher möchte ich da nicht ins Detail gehen. Jedenfalls ist eine direkte Verbindung zu einem Fremdverschulden, das auch noch im Zusammenhang mit den Ereignissen von 2003 steht, ausgeschlossen. Das kannst du mir glauben, das ist wirklich sehr sicher!«

»Und zweitens?«, fragte er gespannt. Mit der Begründung und Argumentation war für ihn die Befürchtung von Julian, es gäbe eine Reihe von Rachemorden, etwas weiter ins Abseits gerückt, was ihn wirklich sehr beruhigte. Seit Beginn seines Heimatbesuches hatte er versucht, Gegenargumente zu finden. Aber alle Recherchen hatten lediglich zu neuen Hinweisen geführt, die die Theorie von Julian unterstrichen. Er war sehr zufrieden über diese Entwicklung.

»Und zweitens. Ja, zweitens bezieht sich auf meine nähere Betrachtung des Verschwindens von Tom. Anna konnte mir da zwar nicht weiterhelfen. Was wir aber vermuten ist, dass er mit großer Wahrscheinlichkeit lebt und untergetaucht ist. Wir haben dafür mehrere stichhaltige Beweise. Ich habe ebenfalls mit seiner Familie und seinem Umfeld gesprochen. Er hat etwa zwei Wochen vor seinem Verschwinden sehr viel Bargeld abgehoben. Er hat wichtige Gegenstände mitgenommen oder irgendwo verstaut. Und er hat einen Flug gebucht. Nach Teneriffa. Und zwar nur den Hinflug. Dort verliert sich seine Spur. Auf Teneriffa gibt es keine Kontoaktivität, keine Hinweise, ob er überhaupt noch dort ist. Ich habe mit meiner Kollegin von der Vermisstenstelle gesprochen.«

Lara kramte in ihrem Chaos an Blättern auf dem Schreibtisch. Sie schien etwas zu suchen, womit sie ihre These untermauern wollte. Endlich fand sie die Kopie einer Buchseite und fuhr fort: »Sie sagt, dass in Deutschland jeden Tag etwa 200 bis 300 Vermisstenanzeigen aufgegeben werden. Über 80 Prozent der Fälle klären sich in den ersten vier Wochen auf. Weit über 90 Prozent der Vermissten sind aus freien Stücken geflohen. Haben ihre sozialen Kontakte aus eigenem Antrieb abgebrochen. Und alles deutet bei Tom darauf hin. In den letzten Jahren ist der Begriff des Ghostings entstanden, bei dem vorrangig aus sozialem Druck der Kontakt zu allen Bekannten oder auch nur einer Person abgebrochen wird. Oft jedoch staut sich vieles gemeinsam an und der Betroffene bricht jeden Kontakt aus seinem alten Leben ab und beginnt ein neues. Ein Neustart an einem neuen Ort.«

»Mhh, ok. Das klingt plausibel. Ich habe online die letzten Tage viel von Toms Aktivität versucht nachzuverfolgen. Sein Account auf Instagram und sein Blog waren sehr beliebt. Er hat eine enorme Reichweite mit seinen Reisefotos- und berichten erreicht. Aber seit seinem Verschwinden gibt es keine Einträge mehr, keine Posts oder Reaktionen. Die Taktung an Beiträgen hatte immer eine gewisse Regelmäßigkeit. Und diese ist abrupt abgebrochen.«,

»Ja genau«, nickte Lara zustimmend. »Und das passt exakt ins Bild. Ich vermute, wir haben es hier nicht mit einem Racheakt zu tun. Je mehr ich die Verbindungen zum Jahr 2003 untersuche, desto mehr wird das Motiv entkräftet.«

»Bleibt nur der ›Unfall‹ von Jakob. Der kein Unfall war«, erwiderte Emil.

»Ja, genau. Und das ist auch die ernüchternde Erkenntnis meiner Ermittlung: Wir haben viele der Ereignisse von damals rekonstruieren können. Aber bei meiner eigentlichen Arbeit trete ich auf der Stelle. Viele der Beteiligten von damals – ich kann mit Recht feststellen: alle, mit denen ich Kontakt hatte – leiden bis heute unter den ungeklärten Ereignissen des Brandes. Die Ermittlungen waren schlampig. Es kam zu keinem Prozess. Es kam zu keiner gerichtlichen Aufarbeitung. Die Ereignisse wirken wie eine

Last für die Menschen in Eichwald. Deshalb ist es auch so wichtig, dass ein Verbrechen lückenlos aufgeklärt wird. Nicht nur für die Angehörigen. Man muss ja irgendwann zu einem Ende kommen. Denn wenn die Schuldfrage nicht geklärt wird, hängt am Schluss ein ganzes Dorf endlos in einer kollektiven Schuld fest.«

Mit dieser ernüchternden Erkenntnis musste sich Lara verabschieden. Sie hatte um zehn Uhr ein längst überfälliges, routinemäßiges ›polizeiliches Einsatztraining‹ auf dem Schießstand.

Jürgen

Freitag, 11. August 2023, 10:22 Uhr

Als er den Weg hochfuhr, der am Anwesen der von Saarsteins endete, fühlte er sich wie auf einer Reise in seine Vergangenheit. Sein fester Entschluss, heute ein für alle Mal den Lügen und dem Verstecken ein Ende zu setzen, befreiten ihn schon vor seiner eigentlichen Konfrontation damit. Das Gespräch wollte er in all den Jahren nach dem Tod von Edeltrud schon längst geführt haben. Reinen Tisch machen. Sich von der Last befreien. Es gab viele Gründe, endlich die Wahrheit zu sagen. Dem Gegenüber stand die Angst, seine Frau und die Familie zu verlieren, denen er all die Jahre etwas vorgemacht hatte.

Die Verachtung im Dorf. Das Gerede der Leute. All das kümmerte ihn heute nicht. Er war fest entschlossen und fühlte sich gut dabei. Nach der anfänglichen Trauer nach dem Tod von Edeltrud hatte er versucht, sich schnell wieder aufzurappeln und zu funktionieren. Äußerlich war ihm das auch gelungen. Schließlich war er immer noch Bürgermeister und die Bewohner des Dorfes schenkten ihm immer wieder das Vertrauen, weiter die Belange von Eichwald zu vertreten. Zur Wahrheit gehörte aber auch, dass es niemand anderen gab, der diesen Job ernsthaft machen wollte.

Innerlich hatte er schon lange aufgegeben. Wie die Dorfgemeinschaft im Allgemeinen, so hatte auch seine Antriebslosigkeit über den Enthusiasmus und das Engagement früherer Zeiten die Oberhand gewonnen. Er funktionierte nur noch, fuhr auf Sparflamme. Aber das schien den meisten nicht aufzufallen. Der einstige Stolz auf die Dorfgemeinschaft war mittlerweile der bloßen Existenz der schwindenden Einwohnerzahl gewichen.

Als er am Anwesen ankam, wunderte er sich, dass sich in der langen Zeit, in der er nicht mehr hier oben gewesen war, so gut wie nichts geändert hatte. Das Haus sah aus wie vor über dreißig Jahren. Lediglich die Fassade zeigte deutliche Spuren von Verwitterung. Er wusste, dass Felix von Saarstein der aktuelle Eigentümer des Gebäudes war. Er wusste auch, dass Felix, obwohl er nie im Dorf angetroffen wurde, hier oben arbeitete und lebte. Was ihm nicht bekannt war, war die Tatsache, ob Edeltrud ihr gemeinsames Geheimnis mit ins Grab genommen hatte. Oder ob sie ihrem einzigen Sohn offenbart hatte, wer sein leiblicher Vater war. *Hat sie Felix erzählt, dass er, Jürgen Heller, der Vater von Felix ist?* Diese Frage quälte Jürgen bis zum heutigen Tage.

Wie auch immer die Antwort darauf ausfiel, er war bereit, heute sein Geheimnis zu lüften und sich seinem Sohn als Vater vorzustellen. Mit allen Konsequenzen.

Er parkte auf derselben Stelle, auf der er bei seinem ersten Besuch vor über vierzig Jahren seinen Bauwagen abgestellt hatte, um den ersten Auftrag in Eichwald anzunehmen. Jürgens Anspannung wich einer Zufriedenheit über den Entschluss, sich endlich seiner Verantwortung zu stellen. Er stieg aus dem Wagen aus und ging die Sandsteintreppe des imposanten Gebäudes hinauf.

Von hier aus hatte man einen atemberaubenden Blick über Eichwald.

Mit dem Betätigen der Türklingel ging ein Kapitel seines Lebens zu Ende. Er war bereit für einen Neuanfang.

Hier und jetzt.

Lara

Samstag, 12. August 2023, 10:10 Uhr

Der unscheinbare kleine Bungalow lag am Waldrand eingeengt zwischen vielen zweistöckigen, modernen Einfamilienhäusern. Er wirkte wie ein Fiat 500 in einer Reihe zwischen 7er-BMWs und Mercedes-Limousinen. Aber eher wie die alte, schicke Version des 500er, dem Oldtimer mit Charme und Geschichte.

Noch vor acht oder neun Jahren, als sie das letzte Mal hier gewesen war, war das Haus von Heinz Meier allein gestanden, etwas abseits der Dorfgrenze. Er hatte das Grundstück geerbt und war damit sehr verbunden. Vieles an und in seinem Bungalow hatte er selbst gebaut oder installiert.

Seit seinem Unfall widmete er sich lieber der Gartenarbeit, was Lara auf den ersten Blick auffiel. Nicht nur das Alter und der Baustil hoben sich vom Rest der Neubauten ab. Auch die mit Liebe und Kreativität angelegten Blumenbeete und Pflanzen rund um das Haus wirkten zwischen den Steinvorgärten und Betonflächen wie eine Oase.

Als sie aus dem Wagen ausstieg, nahm sie die Flasche Riesling vom Rücksitz, den sie am Morgen zu Hause im Eisfach auf unter fünf Grad runtergekühlt hatte. Sie wusste noch genau, welchen Wein

Heinz am liebsten trank. Riesling von der Saar, feinherb und fruchtig.

Heinz und seine Frau Birgit öffneten gemeinsam die Tür, als sie auf dem Weg über die Natursteinplatten zum Eingang entlangging. Die Freude war ihnen deutlich anzusehen.

»Lara, schön, dich zu sehen!«, begrüßte Birgit sie in ihrer gewohnt herzlichen Art.

»Schön, euch zu sehen! Wie lange ist das jetzt her? Und euer Garten wird immer schöner.«

Beide grinsten verlegen und freuten sich über das Kompliment.

»Vielleicht noch etwas früh«, hielt sie den beiden die Flasche Wein entgegen. »Aber nach dem Essen wäre die doch perfekt für die Terrasse!«

Die Ankündigung über den Besuch von Lara hatte die beiden so sehr gefreut, dass aus dem ›auf einen Kaffee‹ ein ›Heinz schmeißt gleich den Grill an und zum Kaffee habe ich noch eine schöne Himbeersahne gebacken‹ worden war. Lara fühlte sich befreit und glücklich. Heinz und Birgit waren ihr schon in der Zeit der Ausbildung nahe gewesen und hatten sie in den Jahren als junge Kommissarin einige Male eingeladen. Erst jetzt merkte sie, wie sehr sie diese Treffen vermisst hatte. Sie hatte sich, bis auf eine Verabredung am Abend, für den heutigen Tag nichts vorgenommen. Theo war mit den Kindern über das Wochenende bei seiner Schwester in Stuttgart. Ab morgen früh hatte sie vierundzwanzig Stunden Bereitschaft. Doch heute war erst einmal Urlaub angesagt.

»Ist dein Fall abgeschlossen?«, fragte Heinz neugierig. Birgit war im Haus am Zubereiten des Essens. Sie war eine begnadete Köchin, was ihr Ehemann schon früher immer stolz berichtet hatte.

»Nein, leider nicht«, entgegnete sie frustriert. »Dieser Fall ist wirklich seltsam. Der Unfall war eindeutig Fremdverschulden und die Spuren wurden beseitigt. Die ganzen Vorkommnisse haben mein Bild von meiner Heimat auf den Kopf gestellt. Wie sehr sich Eichwald doch verändert hat. Wir haben einen alten Fall wieder neu aufgerollt, der zunächst scheinbar in Verbindung zu dem aktuellen Todesfall stand. Da ist vor zwanzig Jahren mal eine imposante Holzhütte abgebrannt, in der eine Leiche gefunden wurde …«

Heinz wirkte etwas nervös. Er schien ungewohnt abwesend und mit seinen eigenen Gedanken beschäftigt. Er ließ sie dennoch weiterreden.

»Leider ist das Ergebnis ernüchternd. Wir haben gute Spuren gesichert, den Tathergang rekonstruiert, aber keine Spur eines Motivs gefunden. Der Verunglückte war gut integriert, hatte keine Feinde. Es gab keine Zeugen, keine Hinweise aus der Bevölkerung. Nichts.« Sie dachte an Jonas und dessen Befragung. »Jedenfalls nichts Brauchbares.«

Nach einer einminütigen Pause ergänzte Lara

ihre Gedanken: »Es scheint gerade so, als ob es gar kein Motiv gäbe. Wenn nicht die eindeutigen Hinweise auf Fremdverschulden vorliegen würden, wäre der Fall längst als Unfall abgeschlossen.«

Sie wusste, dass sie nicht mehr lange Zeit hatte, die Ermittlungen ohne Erkenntnisse, Hinweise oder Zeugenaussagen weiterzuführen.

»Ja, so Fälle gibt es manchmal«, reagierte Heinz besonnen mit dem Wissen, dass auch er schon solche Situationen gehabt hatte, die ihn bis heute beschäftigten. »Manchmal muss man einfach nach einiger Zeit nochmal neu anfangen, wenn man nicht weiterkommt. Und die Perspektive wechseln. Aber das klingt ja fast nach dem perfekten Mord: keine Spuren, kein Motiv, keine Zeugen.«

Lara war sich nicht sicher, ob sie ihren alten Chef richtig verstand. Aber plötzlich kam ihr ein Gedanke an einen Vortrag an der Polizeihochschule. Die Kriminalpsychologievorlesungen von Professor Vogelgesang waren spannend und hilfreich zugleich gewesen. Viele seiner Thesen waren international anerkannt. Sein Buch ›Psyche eines Straftäters‹ war ein Standardwerk der kriminologischen Literatur.

> Der perfekte **Mord** ist kein geplanter. Dieser entsteht durch **Zufall**, und zwar genau dann, wenn es keine Beziehung zwischen Täter und Opfer gibt, und damit auch kein **Motiv**.

Diese Passage aus Professor Vogelgesangs Buch kam ihr in den Sinn. Was, wenn es kein Mord oder Totschlag gewesen war, sondern ein wirklicher Unfall, entstanden durch einen Zufall? Wenn keine Planung voranging, sondern lediglich die Beseitigung der Spuren von jemandem vorgenommen wurde, der zufällig vor Ort gewesen war? Wenn dem so sein sollte, dann wäre es unmöglich, ohne Geständnis oder Zeugen die Wahrheit herauszufinden. Ihr Ehrgeiz und ihre Unzufriedenheit über das fehlende Ergebnis ließen sie nicht los und sollten sie noch weiter beschäftigen. Dieser Fall war noch nicht abgeschlossen. Aber für heute war Schluss mit Arbeit. Es sollte das letzte kinderfreie Wochenende für längere Zeit für sie sein. Sie zwang sich, abzuschalten und den Fall für heute ruhen zu lassen.

Emil

Samstag, 12. August 2023, 19:10 Uhr

Sie saßen an dem Stehtisch in der Ecke, als Lara mit zehnminütiger Verspätung eintraf und wie früher im Vorbeigehen einen großen Sprudel mit Zitrone bestellte.

Freudig wurde sie von Julian und Emil begrüßt.

»Du siehst aber entspannt aus«, fiel dem Journalisten ihre Gelassenheit auf. »Hattest du heute einen Wellness-Tag?«

Die Kommissarin lachte. »Fast. Kein Wellness, aber ich war bei meinem alten Kollegen und seiner Frau zum Essen eingeladen. Das war wie Wellness. Und jetzt hier. Wie früher. Schön!«

In der bis zum letzten Platz gefüllten Kneipe fühlten sich die drei Mittdreißiger wie mit siebzehn. Das Publikum war zwar gemischt, der deutlich größere Teil war jedoch jünger. Die Geräuschkulisse war eine ganz andere als letzten Dienstag: Die Musik war der Lautstärke der feiernden Jugendlichen angepasst; eine Unterhaltung war nur schwer möglich.

Emil dachte gedankenversunken über die Ereignisse der letzten Tage nach und folgte nur sporadisch dem Gespräch von Lara und Julian. Dieser wirkte auf seinen Schulfreund zum ersten Mal ausgelassen und zufrieden, seit er in Eichwald angekommen war. Wenn er genauer nachdachte, musste er feststellen, dass Julian sogar zufriedener wirkte als die letzten Jahre. Er war eine gealterte Version seines Jugendfreundes.

Emil überlegte, ob er die Ereignisse der letzten Tage verschriftlichen sollte. Diese Woche war so intensiv und kurios gewesen, wie keine andere zuvor in seinem Leben. Innerlich erfand er Überschriften für einen Artikel. ›Eichwald – Ein Dorf befreit sich‹. Das war ihm dann doch etwas zu kitschig. ›Eichwald und die Schuld. Wie sich ein zwanzig Jahre altes Rätsel aufklärte‹. Das war alles zu pathetisch. Würde sich überhaupt jemand für diese spezielle Geschichte interessieren? Er musste an den Wikipedia-Artikel zum ›Streisand-Effekt‹ denken, an dem er mitgewirkt hatte.

> Streisand-Effekt: Ein soziologisches Phänomen bei dem der Versuch, eine Information zu unterdrücken, das Gegenteil, nämlich die öffentliche Aufmerksamkeit bewirkt. Seinen Namen verdankt das Phänomen Barbra Streisand, die den Fotografen Adelman 2003 erfolglos auf 50 Millionen US-Dollar verklagen wollte. Dieser hatte eine Luftaufnahme ihres Hauses zwischen unzähligen anderen Fotos von der Küste Kaliforniens veröffentlicht. Erst durch die Klage wurde das Foto ihres Anwesens im Internet verbreitet. Adelman's Absicht war lediglich ei-

ne Fotodokumentation, die zuvor keine Hinweise auf das Anwesen der Streisands bot.

Emils Enthüllung über den Innensenator und weitere hochrangige Mitglieder des Bundestages hatten nur dadurch ein enormes Medienecho erlangt, weil diese den jungen Journalisten auf Unterlassung verklagt hatten.

Er hatte bei einem kleinen Berliner Magazin von den Sexpartys der Politiker in einer Villa in Potsdam berichtet, bei der extrem junge Frauen und Männer sehr viel Geld für tabulose Sexpraktiken bekamen; ohne jedoch deren Namen zu nennen.

Der Artikel hatte keine wirkliche Aufmerksamkeit erhalten, das Magazin hatte keine 1000 Abonnenten. Als Emil dann aber von Anwälten der Betroffenen auf Unterlassung verklagt worden war, hatte er die Namen veröffentlicht und der *Stern* hatte seine Reportage als Titelstory gebracht. Am Ende hatte er auch den Prozess gewonnen. Und der Innensenator und einige seiner Kollegen aus dem Bundestag hatten ihre Posten räumen müssen. Seither galt der Fall als ›Deutsche Version des Streisand-Effektes‹.

Es waren wieder einmal Informationen, die jahrelang erfolgreich unterdrückt worden waren, die letztendlich aber doch ans Licht gekommen waren. Es war Emils Grundphilosophie, sein fester Glaube: Jede Lüge, auch wenn sie noch so gut versteckt wurde, fand irgendwann den Weg ans Licht.

Die Angst war kein guter Hüter von Geheimnissen. Und die Angst war in Eichwald lange spürbar.

Dieser Abend war erlösend und ernüchternd zugleich. Sowohl Emil als auch Lara waren unzufrieden mit dem unaufgeklärten Tod von Jakob Wild. Viel mehr war Emil aber interessiert an der möglichen zweiten Person und der Identität der Leiche vom Brand im Jahr 2003. Er beschloss, diese Geschichte weiter im Auge zu behalten. Auch wenn Julians Angst über einen Rachefeldzug, in den er sich jetzt über Jahre hineingesteigert hatte und die Schuld, über die er nie mit jemandem gesprochen hatte, wie eine Last von ihm gefallen waren. Diese Geschichte war noch nicht ganz zu Ende geschrieben. Da war er sich sicher.

Es war der letzte Abend vor Emils Rückreise nach Berlin. Er wurde Zeit für die Großstadt. Er hatte diese intensive Woche zwar genossen, vermisste aber dennoch die stinkenden Straßen der Hauptstadt. Für Lara und Julian begann ab morgen wieder der Arbeitsalltag. Ein Begriff, der Emil fremd war, nachdem er sich schon einige Male zuvor – und nach dieser Woche insbesondere – gesehnt hatte.

VIERTER TEIL: DIE AUFLÖSUNG

Oktober 2023

ZEUGENAUFRUF

Dienstag, 3. Oktober 2023 als Pressemit-

teilung in der SMZ

In der Nacht vom Freitag, 8. August 2003, auf Samstag, 9. August 2003, ereignete sich in einer Waldhütte in Ockhofen (Landkreis Trier-Saarburg, Rheinland-Pfalz) ein folgenschwerer Brand, bei dem ein Mann ums Leben kam.
Auch nach zwanzig Jahren konnte die Identität des Mannes nicht geklärt werden.
Bei dem Brand war nach jetzigem Erkenntnisstand mindestens eine weitere Person anwesend, deren Identität ebenfalls unbekannt ist.
Der Brand ereignete sich in dem sogenannten ›Bockstein Chalet‹ im Waldgebiet zwischen Ockhofen und Eichwald, etwa 20 Autominuten von Trier entfernt. Die Hütte diente bis dato als Unterkunft für Wandertouristen oder Jäger.
Gesucht werden Zeugen, die Beobachtungen gemacht haben oder etwas zur Identität der Personen sagen können, die sich dort aufgehalten haben.
PERSONENBESCHREIBUNG

Der Mann, der in der Hütte ums Leben kam, war mutmaßlich zwischen 25 und 35 Jahre alt und zum Zeitpunkt des Brandes unbekleidet.
Aktuelle Hinweise haben ergeben, dass mindestens eine weitere Person in der Nacht anwesend war, die sich unmittelbar nach dem Feuerausbruch vom Unfallort entfernte. Die Person war nach Zeugenaussagen möglicherweise eine Frau im gleichen Alter des Mannes.
HINWEISE UND ZEUGEN GESUCHT
Hinweise zur Identität der Personen oder zum Unfallgeschehen können (auch anonym) eingereicht werden: e-mil.eichwald@gmail.com
Polizeilich wurden die Ermittlungen in der Zwischenzeit eingestellt. Der Brand wurde als Unfall mit Todesfolge eingestuft.
Als freier Journalist beschäftigt sich Emil Eichwald mit der Aufklärung des Verbrechens, nachdem ihm Hinweise mehrerer Zeugen vorliegen.

Julian

Freitag, 20. Oktober 2023, 17:25 Uhr

Seit Mitte der Woche fielen die Vorboten des Winters über Eichwald herein wie ein ungebetener Gast, den man so früh noch nicht erwartet hätte. Julian hatte die ersten Holzscheite aus dem Keller nach oben gebracht, um seinen freien Abend vor dem Kamin zu verbringen, den er zuletzt im Februar genutzt hatte.

Sophie war im Begriff, zur Nachtschicht aufzubrechen. Sie arbeitete jetzt schon über ein Jahr als Ärztin im Zentralkrankenhaus und war deutlich glücklicher als in der Klinik – trotz vieler Nachtschichten. Julian hatte wie üblich keine Pläne und ergab sich der Antriebslosigkeit des kalten Herbsttages, der für ihn üblicherweise mit Netflix und ein bis zwei Tassen Tee nach weniger als zwei Stunden mit dem Wegdösen vor seinem Tablet endete.

Die Medikamente halfen ihm einerseits dabei, zu vergessen und seine Angst unter Kontrolle zu halten – andererseits wusste er, dass sein Leben ziel- und planlos ohne Motivation so vor sich hinlief. Er konnte einfach nicht vergessen. Und nach einer kurzen Phase der Hoffnung, nachdem er sich seinem Schulfreund Emil geöffnet hatte und zum ersten Mal im Leben alles rausgelassen hatte, kehrten seine Ängste wieder zurück. *Was, wenn alles doch kein Zufall war? Was, wenn ich doch auf einer Racheliste stehe?* Zu viele Fragen waren ungeklärt. Zu viel Schuld hatte er auf sich geladen und all die Jahre vor sich hergeschoben.

Nachdem er immer wieder zu naturheilkundlichen und pflanzlichen Beruhigungspillen gegriffen hatte, war das letzte Mittel der Wahl TAVOR, ein Medikament mit dem Wirkstoff Lorazepam, das ihm als sein einziger Ausweg aus den dunkelsten Phasen seiner Vergangenheit geholfen hatte. Er hatte am Nachmittag eine Tablette genommen, während Sophie ihren täglichen Lauf von mindestens fünfzehn Kilometer absolvierte.

> **Tavor** 1,0 mg ist ein beruhigendes und angstlösendes Arzneimittel (Tranquilizer) aus der Wirkstoffgruppe der Benzodiazepine.
> Anwendungsgebiete
> Symptomatische Kurzzeitbehandlung von Angst-, Spannungs- und Erregungszuständen sowie dadurch bedingte Schlafstörungen.
> Beruhigung vor diagnostischen sowie vor und nach operativen Eingriffen.
> - Gebrauchsinformation: Information für Patienten, Pfizer, Stand: Mai 2021

Sophie hatte ihm das Medikament schon einige Male besorgt, und war stets darauf bedacht, dieses nur in extremen Situationen einzusetzen. Oft bemerkte Julian in den vergangenen Jahren, dass sie heimlich den Bestand kontrollierte, um eingreifen zu können, wenn sein Konsum ihrer Meinung nach zu einer Abhängigkeit führen konnte.

Natürlich war auch er mit Arzneimitteln vertraut und wusste von den Nebenwirkungen von Benzodiazepinen. Oft war seine Situation aber so aussichtslos, dass er die Abhängigkeit ausblendete. Erst recht, wenn die sedierende Wirkung des Medikaments eingesetzt hatte und er sich für wenige Stunden in einem Zustand ohne Angst befand. Er empfand dies als sehr erlösend, da er nur so in der Lage war, den Kreislauf aus immer weiter aufbauenden Schuldgefühlen zu durchbrechen.

Sophie beobachtete sein Befinden oft mit Sorge und hatte alternative Behandlungsmethoden mehrfach mit ihm durchgesprochen und ausprobiert. Auch hatte sie über einen alten Bekannten ihrer Freundin Jessi verschiedene Sorten Gras besorgt, die sie ihm als Cookies oder in einem Joint kontrolliert anbot. Seine Angst wurde dadurch aber eher stärker und unkontrollierbarer. Homöopathische Experimente verfehlten jegliche Wirkung. Da sie beide dieser alternativen Heilmethode generell kritisch gegenüberstanden, wunderte sie auch nicht, dass die Zuckerkügelchen – wie er sie abwertend nannte – keinen Fortschritt brachten.

Julian hatte dieses Jahr lange Zeit ohne Lorazepam ausgehalten. Seit dem unbefriedigend abgeschlossenen Fall am Mord von Jakob und der Konfrontation mit dem Jahr 2003 war er nach der

Abreise von Emil erneut in eine schwere depressive Phase gefallen. Irgendetwas hatte sich grundlegend verändert. Seine Angst war eine andere, er konnte diese jedoch nicht einordnen. Es fühlte sich so an, als sei er seither in einer anderen Gefahrenlage.

Er beabsichtigte, nachdem Sophie das Haus verlassen hatte, eine weitere Tablette zu nehmen und hoffte, morgen ausgeschlafen mit neuer Energie in den Tag starten zu können.

Im Wohnzimmer türmte er die Holzscheite auf einem Häufchen klein gehackter Anzündhölzer auf. Es war das erste Feuer in diesem Jahr, wodurch er versuchte, das Einschalten der Ölheizung noch etwas zu verzögern. Tagsüber war es schließlich noch angenehm warm. Doch seit gestern fielen die Temperaturen nachts unter null Grad. Er benötigte mehrere Versuche, da er sich seit jeher weigerte, chemische Anzündhilfen zu nutzen und lediglich Pappe von Amazon-Kartons aus dem Altpapier zu Hilfe nahm.

Als das Feuer sich entfachte und durch das Öffnen der Luftschlitze am Kamin zu lodern begann, setze er sich auf das Sofa und trank einen Schluck von seinem Tee. Heiß, aber unter 90 Grad. Er liebte es, den perfekten Moment zu erwischen, in dem sein Lieblingstee die optimale Temperatur hatte. Viel zu oft vergaß er, dass er sich kürzlich einen Tee aufgegossen hatte und fand Stunden später die Tasse mit kaltem Kräutergebräu.

»Ich bin weg, bis morgen früh«, rief Sophie ihm

zu, die in voller Hektik auf dem Weg in die Garage war. Kurz wunderte sie sich über den Geruch des Feuers, schien aber keine Zeit für Nachfragen zu haben.

Julian stand vom Sofa auf und ging zum Küchenfenster. Er sah das Auto von Sophie rückwärts aus der Garage ausparken. Als sie auf die Straße abbog, um in Richtung Krankenhaus zu fahren, zog er die weiße Medikamentenbox vom Schrank und nahm eine weitere Tablette. Er trottete ins Wohnzimmer zurück und ließ sich aufs Sofa fallen. Obwohl er wusste, dass es keinen Sinn machte, eine neue Serie auf Netflix anzufangen, da er ohnehin nicht über die erste Folge hinauskommen würde, klickte er auf einen Titel ›Top 10 in Deutschland‹ und legte die Beine hoch.

Bereits nach wenigen Minuten schlief er zufrieden und in der Hoffnung auf Besserung seines Zustandes am kommenden Morgen ein.

Die Flammen im Kamin loderten in voller Pracht und füllten den Raum mit einer angenehmen Wärme. Er war so weit weg, so tief im Schlaf, dass er die Schritte im Flur unmöglich wahrnehmen konnte.

Wolfgang

Freitag, 20. Oktober 2023, 22:41 Uhr

Er hatte sich das Wochenende ursprünglich anders vorgestellt und sich auf den Ausflug mit seiner neuen Liebe gefreut. Nachdem seine Frau Helen vor 14 Jahren an Krebs gestorben war, hatte Wolfgang lange gebraucht, um sich auf eine neue Bekanntschaft einzulassen. Er war einige Jahre der festen Überzeugung gewesen, er wäre nie wieder in der Lage, eine Beziehung nach dem Tod seiner Frau einzugehen. Doch seit einigen Wochen traf er sich regelmäßig mit Sandra, die das gleiche Schicksal wie er teilte und seit vier Jahren Witwe war.

Wolfgang und Sandra kannten sich schon viele Jahre über gemeinsame Bekannte, aber waren sich gegenseitig nie nähergekommen. Sie waren lediglich ab und an auf denselben Gartenpartys oder auf denselben Geburtstagen eingeladen – man kannte sich vom Sehen. Doch dann, eines Abends, trafen sie sich beide am Eingang des Städtischen Museums, dessen Ausstellung über zeitgenössische Kunst sie zur selben Zeit allein besuchen hatten wollen. Dieser Zufall und die Tatsache der gemeinsamen Leidenschaft für Kunst und Museen führte ihre beiden Wege fortan zusammen. Sie trafen sich schon ein paar Tage später in Sandras Lieblingsrestaurant in der Altstadt, das sich ebenfalls als eines seiner favorisierten Lokale herausstellte. Dies waren zu viele Zufälle. Das Schicksal hatte sie zusammengeführt, dem waren sich beide unausgesprochen sicher.

Doch an diesem Wochenende musste Wolfgang die Verabredung mit Sandra absagen. Angesichts der bevorstehenden Arbeit hatte er innerlich seine Pläne bereits at acta gelegt. Er war auf dem Weg zu einem Hausbrand mit Leichenfund und hatte bis auf die Adresse nur wenige Informationen von der Leitstelle erhalten.

Vor dem Haus standen ein großer Löschwagen, zwei Mannschaftsbusse der Feuerwehr und ein Rettungswagen. In der Einfahrt parkte ein Polizeiwagen mit offener Heckklappe und eingeschaltetem Blaulicht. Dem gemütlichen Zusammenrollen der Wasserschläuche und dem Zusammenpacken der Gerätschaften nach zu urteilen, bestand keine Gefahr eines Brandes mehr.

Wolfgang parkte auf dem Bürgersteig und achtete darauf, kein Einsatzfahrzeug zu blockieren. Er schnappte sich seinen Koffer auf der Rückbank und ging unter der Absperrung hindurch. Er nickte den Beamten der örtlichen Polizeiinspektion freundlich zu – schließlich gab es kaum jemanden, der ihn hier nicht kannte. Seinen Dienstausweis hatte er selbstverständlich griffbereit in der Jackentasche, musste diesen aber auch heute nicht vorzeigen.

Er betrat das Einfamilienhaus durch die offenstehende Eingangstür. Nichts deutete auf einen Hausbrand hin, wenn nicht der stechende Geruch von Feuer und Rauch gewesen wäre, der ihm umgehend in die Nase stieg. Der Beamte am Eingang deutete auf die hintere Tür auf der rechten Seite des Flures.

Auf dem Sofa lag ein Mann Ende dreißig. Über seinem Pullover war Erbrochenes zu erkennen, was eine häufige Reaktion bei CO-Vergiftungen darstellte.

Die beiden Fenster des Wohnzimmers waren komplett geöffnet und der in der Ecke aufgestellte Kamin war mit weißem Schaum überdeckt. Wolfgang dachte umgehend an die nicht mehr zu sichernden Spuren und ging zur Leiche des Mannes. Er zog ein Paar Einmalhandschuhe aus seiner Jackentasche und streifte sie über. Auf dem Boden vor dem leblosen Körper lag ein SAMSUNG-Tablet. Sein Blick ging weiter zum Couchtisch, auf dem eine halbvolle Tasse Tee stand. Wolfgang beugte sich vorsichtig vor und roch. Grüner Tee. Er war noch lauwarm.

»Julian Burg, 39 Jahre. Er ist der Eigentümer des Hauses«, erklärte Hauptkommissar Bender. Er war mit Anfang vierzig einer der jüngeren Kollegen der örtlichen Polizei und in vielen Fällen, die Wolfgang begleitete, meistens einer der Ersten am Tatort. Die Zusammenarbeit war routiniert und für Bender an dieser Stelle eine scheinbar eindeutige

Sache, die keiner großen Ermittlung bedurfte.

»Die Nachbarn haben den Notruf gewählt, weil mehrere Feuermelder gepiept haben und auch nach dem Klingeln niemand geöffnet hatte. Aber es kam jede Hilfe zu spät«, erklärte Bender mit Blick auf die Leiche. »Tragischer Unfall. Passiert jedes Jahr, wenn die Kaminsaison wieder losgeht …«

Wolfgang kommentierte die Einschätzung seines Kollegen mit einem nachdenklichen »Hmm. Ja, danke«, und war in Gedanken schon bei der Spurensicherung. Sein Instinkt sagte ihm, dass irgendetwas hier nicht stimmte.

Er versuchte, sich zunächst einen Überblick zu verschaffen. Im Raum waren jetzt nur noch er und sein Kollege, der auf weitere Anweisungen wartete und der Arbeit des erfahrenen Rechtsmediziners interessiert zusah.

»Bitte informieren Sie die Kollegen der KTU und Lara Riedel vom LKA. Sie soll bitte herkommen«, wandte sich Wolfgang nach einer ersten Begutachtung an Bender, der sichtlich erstaunt darüber war, warum das LKA bei einem augenscheinlichen Unfall dazu gerufen werden sollte. »Und bitte sagen Sie den Kollegen, dass niemand mehr die Wohnung betreten darf, wenn keine Gefahr mehr für einen Brand besteht!«

Hauptkommissar Bender machte sich auf den Weg nach draußen, um die Anweisungen zu befolgen.

Jetzt hatte Wolfgang genug Zeit, seiner Intuition zu folgen, und möglichen Spuren – sofern diese noch zu identifizieren waren – nachzugehen. Er sah sich zunächst den Ofen genauer an. Das etwa ein Meter hohe Modell der Firma ›Fireplace‹ wurde durch ein nach oben zur Decke und dann etwa fünfzig Zentimeter nach rechts verlaufendes Ofenrohr mit dem Kaminschacht verbunden. Scheinbar war dieser zu einem früheren Zeitpunkt etwas weiter mittig im Raum platziert gewesen. Er fand die Kennungsplakette des Herstellers auf der Rückseite und suchte nach dem Baujahr. 1998. Der Ofen sah trotz Löschschaum deutlich neuer aus. Oder er war erst Jahre später zum ersten Mal in Betrieb genommen worden. Beide Türen standen offen. Vorsichtig beseitigte er die Reste des Löschmittels und sah die halb verkokelten Holzscheitel. Erst jetzt fiel ihm die Stellung der Lüfterklappen auf, die er zunächst fotografierte und dann nach rechts und links bewegte. Beide waren intakt.

Wolfgang überlegte einen Moment und ging im Kopf seine erste und die augenscheinlich wahrscheinlichste Theorie durch. Der Mann hatte nach dem Kälteeinbruch zum ersten Mal den Ofen in Betrieb genommen. Er war auf dem Sofa eingeschlafen und an einer Kohlenmonoxidvergiftung erstickt.

Doch was ist hier schiefgelaufen? Ein intakter Ofen mit Rauchabzug sollte solch ein Unglück eigentlich verhindern!

Er ging nach draußen und suchte nach Hauptkommissar Bender. Die Feuerwehrleute waren bereits fertig mit der Arbeit und unterhielten sich vor den Fahrzeugen. Während er im Dunkel der anbrechenden Nacht nach seinem Kollegen Ausschau hielt, stand dieser plötzlich neben ihm.

»Herr Dr. Weidig! Ich habe alle Fenster und Türen ums Haus herum überprüft. Keine Einbruchsspuren zu erkennen«, präsentierte er seine gewonnenen Erkenntnisse und war sichtlich stolz auf seine Eigeninitiative.

»Sehr gut, danke«, quittierte Wolfgang seine Bemühungen. »Wer war denn hier der Erste am Einsatzort und hat die Leiche gefunden?«, kam der Rechtsmediziner zu seinem eigentlichen Anliegen.

»Das müsste Brandmeister Lauer gewesen sein.« Bender drehte sich auf dem Türabsatz um und rief in Richtung Feuerwehrleute: »Helmut? Kannst du mal kommen?«

Helmut Lauer, zum Erstaunen von Wolfgang ein recht junger Feuerwehrmann – er schätze ihn auf höchstens Ende dreißig – kam auf die beiden zu. Er dachte, dass dies der jüngste Helmut war, den er je kennengelernt hatte.

»Das ist Brandmeister Helmut Lauer. Er hat die Tür aufgebrochen und ist als Erstes mit einem Handfeuerlöscher rein«, informierte ihn Bender bis zum Eintreffen des Kollegen. »Helmut, der Herr Doktor hat ein paar Fragen an dich.«

»Lauer. Guten Abend«, stellte er sich vor.

»Guten Abend, Herr Lauer. Sie haben den Toten gefunden und haben das Wohnzimmer als Erster betreten?«

»Ja, richtig. Wir haben die Tür aufgebrochen und ich bin mit Atemschutzmaske und Sauerstoff direkt rein. Der Feuerherd war schnell ausfindig zu machen. Ich habe die Glut direkt gelöscht und beim Öffnen der Fenster habe ich den Leichnam dann entdeckt.«

»Haben Sie irgendetwas am Ofen verändert?«, hakte Wolfgang nach.

»Nein, ich habe direkt in den Ofen reingehalten. Die Tür stand ja offen. Es gab kein wirkliches Feuer mehr, nur noch Rauchentwicklung. Wenn Sie mich fragen: Zu nasses Holz, den Ofen irgendwie nicht richtig eingestellt. Aber wir haben nichts angerührt.«

»Wie meinen Sie das? Die Tür stand ja offen.«

»Naja, die Tür vom Ofen stand offen. Der Mann hatte wohl vergessen, sie zu schließen, nachdem er Holz nachgelegt hatte.«

Wolfgang war wie versteinert. Die Luftzufuhr geschlossen, die Ofentür offen und ein Mann, der auf der Couch erstickt war. Er hatte schon einige suizidale Unfälle mit Rauchgas gesehen, aber irgendetwas störte ihn hier noch zusätzlich. Er kam nur noch nicht darauf, was genau es war.

»Wir werden hier noch weitere kriminaltechnische Untersuchungen durchführen müssen. Bitte schicken Sie mir doch Ihr Einsatzprotokoll für meine Akte zu. Danke, Herr Lauer«, verabschiedete sich Wolfgang von dem Feuerwehrmann. »Herr Bender, können Sie versuchen, die Nachbarn zu befragen? Ich mache mich drinnen an die Arbeit und schicken Sie bitte HK Riedel durch, wenn sie hier eintrifft.«

Er ging wieder ins Haus und traf die Vorbereitungen, um mit einer ersten Leichenschau zu beginnen. Wolfgang zog sein Smartphone aus der Jackentasche und öffnete die Diktiergeräte-App. Er legte das Gerät im Aufnahmemodus auf den Sofarand und begann mit seiner Begutachtung:

»Freitag, 20. Oktober 2023. 23:19 Uhr. Erste Leichenschau Julian Burg. Der Tote wurde von Feuerwehrmann Lauer und KHK Bender tot aufgefunden. Der Tod ist mutmaßlich zwischen 17:30 Uhr und 18:30 Uhr eingetreten. Der Leichnam ist gekleidet mit einem grauen Pullover ohne Aufdruck und einer blauen Stoffhose. Er trägt keine Schuhe, jedoch weiße Socken. Der Leichnam ist gepflegt in seinem äußeren Erscheinungsbild. Auf seinem Pullover und in seinem Mundraum sind Erbrochenes seines Mageninhaltes, etwa 250 ml. Im Gesicht sind keine Hämatome zu erkennen – Augen, Nase, Stirnpartie unversehrt.«

Wolfgang drückte auf Pause. Er öffnete seinen Koffer und griff nach der Digitalkamera, um den leblosen Körper von Julian zu fotografieren und seine Auffindeposition zu dokumentieren. Im Anschluss untersuchte er den Kopf genauer, um mögliche Verletzungen und Hämatome am Hinterkopf auszuschließen. Als Nächstes asservierte er vom Erbrochenen einige Proben, um diese im Labor zu untersuchen und dokumentierte die Raum- und Körpertemperatur der Leiche. Wolfgang schloss die weit offenstehenden Fenster. Die Temperatur hatte jetzt den Nullpunkt erreicht.

Die wichtigsten Beweismittel waren asserviert und dokumentiert. Er nutzte die Ruhe, um sich aus verschiedenen Perspektiven im Raum ein Bild zu machen, wie es zu diesem Unglück – oder Verbrechen kommen hatte können. Als Nächstes kniete er sich vor den Ofen, um den Innenraum des Kamins zu begutachten. Gedanklich ging er durch, was seine Kollegen später asservieren würden und welche Erkenntnisse er daraus gewinnen konnte.

»Hallo Wolfgang!«, wurde er von hinten überraschend begrüßt. Im Augenwinkel sah er die sich zu ihm herunterbeugende Kollegin.

»Hallo Lara«, begrüßte er die junge Frau, die er, ohne sich umzudrehen, umgehend an ihrer Stimme erkannt hatte. »Das ging aber schnell. Bist du geflogen?«

»Ich bin mit Sondersignal gefahren.« Langsam ging sie zur Couch und versuchte, ihre Emotionen unter Kontrolle zu halten. Als sie Julian erblickte, schossen ihr tausend Dinge durch den Kopf. Der vorläufige Abschluss des Falls von Jakobs Tod war für sie bisher unbefriedigend. Sie war innerlich noch nicht damit fertig. Zu viele Fragen waren offen und nun war einer der Hauptzeugen tot. Ein weiterer Toter, der im Zusammenhang mit dem Brand von 2003 stand.

»War es ein Suizid?«, wandte sie sich an Wolfgang.

»Alles sieht danach aus. Auf den ersten Blick. Dafür sind aber noch zu viele Fragen offen: Der Kamin stand offen. Der Lüftungsschacht war geschlossen. Es kann sein, dass er die Situation selbst herbeigeführt hat. Warten wir das toxikologische Gutachten ab und die Obduktion. Dann kann ich mehr sagen.«

»Er war einer der Zeugen im Zusammenhang mit dem Todesfall im Sommer. Der Radfahrer in Eichwald«, informierte sie ihren Kollegen über die Brisanz des Todes. »Wir müssen einen möglichen Zusammenhang ausschließen beziehungsweise herausfinden, wie und ob das hier alles zusammenhängt.«

Wolfgang war sichtlich erstaunt. Er erhob sich vom Kamin und legte seinen Fotoapparat auf seinen Koffer. »Irgendetwas stimmt hier auch nicht. Ich werde alle nötigen Untersuchungen durchführen und dich informieren.«

»Danke, Wolfgang. Ich weiß ja, wie gründlich du arbeitest. Aber der zweite Unfall in so kurzer

Zeit, der nicht eindeutig als Unfall zu werten ist, und dann auch noch ein Zusammenhang zwischen den Opfern, der zu einem ungeklärten Todesfall von vor zwanzig Jahren führt. Das sind jetzt doch etwas zu viele Zufälle. Ich werden den ganzen Fall *Jakob Wild* nochmal aufrollen und neu bewerten müssen!«

Sie war entschlossen, fast wütend. Wütend über sich, damals nicht genug getan zu haben. Entschlossen, jetzt alles dafür zu tun, Klarheit in das Wirrwarr zu bringen. Sie musste dringend mit Emil Kontakt aufnehmen.

»Wo ist denn eigentlich seine Frau?«, fragte Lara verwundert.

»Das kann ich dir nicht sagen. Hier war noch kein Angehöriger. Das musst du KHK Bender fragen.«

Sie machte sich auf den Weg nach draußen, um mit seinem Kollegen zu sprechen. Kurz vor der Haustür stoppte sie und ging zurück zu Wolfgang. Ihr kam eine Sache in den Sinn – ein dunkler Fleck der vergangenen Ermittlungsarbeit, den sie jetzt unbedingt erhellen wollte.

»Eine Frage, Wolfgang …«

»Ja?«, sah er seine Kollegin verwundert an.

»Wie ist es möglich, die Identität einer Leiche nicht abschließend zu klären?«

»Was meinst du genau?«

»Bei dem Brand vor 20 Jahren – im Jahr 2003 – da wurde eine Leiche in einer Hütte gefunden, deren Identität nicht in den Ermittlungsakten stand. Es gibt keinen Hinweis zur Identität. Das Zahnprofil oder Reste von DNA muss man doch sichergestellt haben.«

»Normalerweise: Ja.« Wolfgang wusste immer noch nicht, worauf sie genau hinauswollte. Die Identitätsfeststellung war immer ein zentraler Punkt der Obduktion. »Ein Obduktionsprotokoll beginnt immer mit den Personaldaten des Verstorbenen, mit Angabe des Namens, Geburts- und Sterbedatum sowie Wohnanschrift, gegebenenfalls auch des Berufes. Datum, Ort und Zeit der Obduktion, Namen, Qualifikation und Status der Obduzenten. Es werden auch immer Namen und Funktionen der bei der Sektion anwesenden Personen wie zum Beispiel Staatsanwälte oder Polizeibeamte protokolliert und natürlich durch wen der Verstorbene identifiziert wurde. Also die Antwort ist: Ja. Das muss ein Bericht standardmäßig enthalten.«

Lara spürte plötzlich einen inneren Druck, sich den Hintergründen, warum dies 2003 nicht abschließend geklärt werden konnte, noch einmal genauer widmen zu müssen. Hier war etwas mehr als faul. Die Ermittlungen der abgebrannten Hütte stanken zum Himmel!

»Ich habe zwar die Akte im Sommer angefordert, aber ein Obduktionsbericht lag nicht dabei.

Alles, was du gerade aufgezählt hast, stand da definitiv nicht drin! Die Identität ist ungeklärt. Ich muss unbedingt herausfinden, wer diese Obduktion durchgeführt hat und warum die Leiche nicht identifiziert werden konnte. Es muss doch jemand vermisst werden, der zu dem Profil des Toten passt.«

»Mir kommt gerade was in den Sinn. Hast du mal überprüft, ob ein Paragraph 96 Vermerk vorliegt?«

Lara sah ihn erstaunt an. »Na das wäre ja mal was … Aber wieso sollte das eine VSA sein?«

Die Verfahrensakte (und damit auch die bei der Polizei verbleibendende Kopie) gliedert sich in die Hauptakte, die Nebenakte und die Spurenakte. Schriftgut, das der Geheimhaltung im Sinne des § 96 StPO unterliegt, wird nicht in die Verfahrensakte aufgenommen, sondern in einem gesonderten Ordner entsprechend der Verschlusssachenanweisung (VSA) abgelegt.
»Die Vorlegung oder Auslieferung von Akten oder anderen in amtlicher Verwahrung befindlichen Schriftstücken durch Behörden und öffentliche Beamte darf nicht gefordert werden, wenn deren oberste Dienstbehörde erklärt, daß das Bekanntwerden des Inhalts dieser Akten oder Schriftstücke dem Wohl des Bundes oder eines deutschen Landes Nachteile bereiten würde.«
- Strafprozeßordnung (StPO)§ 96 Amtlich verwahrte Schriftstücke

»Also ich denke, wenn die Identität ungeklärt ist, dann wäre es auch genauso dokumentiert. Wenn allerdings alle Informationen zur Person und der anwesenden Personen fehlen, kann es sich um eine Verschlussakte handeln«, erklärte Wolfgang seine Theorie.

Mit einer solchen Brisanz des Brandes vor zwanzig Jahren hatte Lara beim besten Willen nicht gerechnet. Was sollte an diesem Unglück eine solche Geheimhaltungsstufe rechtfertigen? Sie beschloss, dem Ganzen auf den Grund zu gehen. Doch jetzt musste sie erst einmal alles Nötige in die Wege leiten, diesen Einsatz vorschriftsmäßig aufzunehmen.

Lara ließ Wolfgang in Ruhe die Beweise sichern und begab sich nach draußen, um sich mit dem Kollegen der örtlichen Polizei auszutauschen. Jetzt war klar, dass sie den Fall ›Jakob Wild‹ komplett neu überdenken musste. Sie war entschlossen, das alles zu Ende zu bringen.

Lara zog ihr Smartphone aus der Tasche und öffnete ihre Kontakte. Sie überlegte eine Weile und haderte mit selbst. Sollte sie ihn wirklich kontaktieren? Schließlich entschied sie sich dafür und drückte auf ›Anrufen‹.

Emil Eichwald meldete sich innerhalb weniger Sekunden.

Anna

Samstag, 21. Oktober 2023, 10:09 Uhr

An diesem kalten, aber sonnigen Samstagmorgen begleitete sie ihren Mann Roùl zu einem Geschäftsessen zu seinem einzigen Hotel im Nachbarland Luxemburg. In einem imposanten Gebäude aus dem 19. Jahrhundert hatte er zu einem günstigen Zeitpunkt eines seiner teuersten Resorts eröffnet. Über die A8 betrug die Fahrt im neuen BMW kaum mehr als fünf Stunden – und einen Abstecher zu den Häusern in Karlsruhe und Stuttgart hatte er sicher auch im Hinterkopf.

Sie wollten das Wochenende in der Suite des Hotels übernachten und in einer der schönsten, aber teuersten Altstädte Europas ihre Zeit mit shoppen und leckerem Essen verbringen. Zwei Tage ohne Termine. Zwei Tage Entspannung in der Hauptstadt eines Landes, das weniger als halb so viele Einwohner hatte wie München.

Sie kannte die gleichnamige Hauptstadt des Nachbarlandes von Ausflügen aus ihrer Jugend. Die ›Schueberfouer‹, das größte Volksfest Europas, hatte sie jedes Jahr mit ihren Freunden besucht. Von Eichwald aus mit dem Bus nach Luxemburg zur Messe waren es gerade mal 45 Minuten. Shoppingtouren durch die Altstadt hatte sie sich damals natürlich nicht leisten können. Die sündhaft teuren Boutiquen und Restaurants lagen nicht im Budget einer deutschen Jugendlichen. Die ›Fouer‹ zog dafür jedes Jahr über zwei Millionen Besucher aus dem Umland an – ein festgesetzter Termin für Anna und ihre Freunde.

Doch der Plan eines romantischen Wochenendes mit Roùl, das ihrer Beziehung sicherlich gutgetan hätte, wurde schon früh durchkreuzt. Ihr Mann bekam – kaum auf der A8 hinter der Stadtgrenze Münchens – einen Anruf von seinem Prokuristen aus London. Es gab Probleme. Seine Anwesenheit in England war erforderlich. Noch während der fünfstündigen Autofahrt nach Luxemburg wurde ein Flug von dort nach London gebucht.

Natürlich war ihr bewusst, dass er in Luxemburg neben dem romantischen Wochenende weitere geschäftliche Dinge zu regeln gehabt hatte. Schließlich wollte er sich auch vor Ort ein Bild machen und sich blicken lassen. Doch ein so jähes Ende der Pläne kam für Anna nun doch überraschend. Sie ließ sich ihre Enttäuschung nicht anmerken und stand wie immer rollenkonform auf Platz zwei, nach der Firma, hinter ihrem Mann.

»Kein Problem, mein Schatz. Ich mache mir zwei schöne Tage mit der Kreditkarte und fahre zurück nach München«, war ihr Kommentar auf seine Nachfrage, ob es wirklich okay sei, dass er schon am selben Abend einen Flug nach London gebucht hatte.

Jesse war über das Wochenende bei seinem Freund Niklas zu Besuch. Seine Eltern waren Freunde der Odenthals, auch wenn Anna bisher nur oberflächliche Gespräche mit dem Ärzteehepaar geführt hatte. Ihr Sohn und Jesse waren seit dem Kindergarten beste Freunde und allein die Tatsache, dass dieser eine so starke Freundschaft besaß, erfüllte sie mit Glück. Die Jungs waren mit ihren fünfzehn Jahren mit ihren freiheitsliebenden Trieben und ihrer Unbeschwertheit weit entfernt von einer Attitüde, die viele Jugendliche in den reichen Vororten von München innehatten. Sie hoffte so sehr, dass der kleine Spross keiner dieser reichen Schnösel werden würde, die auf andere Menschen mit Verachtung herabsahen.

Nachdem das Geschäftsessen am Abend unter einem Vorwand telefonisch abgesagt wurde, und ein obligatorischer Rundgang durch sein Hotel absolviert war, fuhr Anna ihren Mann zum Flughafen. Dieser lag, wie alles in Luxemburg, nur wenige Autominuten entfernt, sodass sie bereits um 16:20 Uhr allein in ihrer Suite einchecken konnte.

Anna blickte aus der hohen Fensterfront über die Altbauvillen auf die verglasten Bankengebäude, die rund um die Stadt das Herzstück der luxemburgischen Finanzwelt darstellten. Keine zweihundert Meter Luftlinie entfernt lag der Großherzogliche Palast in der Abendsonne. Ihre Gedanken waren schon wieder in Eichwald und ihrer Jugend, mit der sie erst kürzlich durch die Ermittlungen ihrer Jugendbekannten Lara konfrontiert worden war.

Wie aus dem Nichts entschloss sie sich, ihre Pläne für das Wochenende über Bord zu werfen und machte sich erneut auf den Weg in die Tiefgarage zu ihrem BMW X7 M.

Nach zwanzig Minuten erreichte sie die deutsch-luxemburgische Grenze, nach weiteren fünfzehn passierte sie das Ortsschild von Eichwald. Vor über zwanzig Jahren war sie zuletzt daran vorbeigefahren und sogleich fiel ihr auf, dass sich der aufwendig bepflanzte und dekorativ hergerichtete Bereich dahinter zu einer ungepflegten Rasenfläche entwickelt hatte. Für den Eingang war damals der Heimat- und Kulturverein verantwortlich gewesen. Dessen erste Vorsitzende, Frau Justen, war fast täglich mit dem Herrichten von Blumenarrangements und dem Platzieren wechselnder Bepflanzungen und Themenbanner beschäftigt gewesen – je nach Jahreszeit oder festlichen Anlässen. Ihr Meisterwerk waren die aus neun Buchsbäumen geschnittenen Buchstaben E, I, C, H, W, A, L und D.

Einer der größten Skandale im Dorf, an den sich Anna noch heute mit einer gewissen Schadenfreude erinnerte, war ein Morgen nach der Hexennacht um das Jahr 2000. In der Nacht hatten Jugendliche – mutmaßlich aus dem Nachbarort Ockhofen – die Buchsbaumbuchstaben abgesägt und neu angeordnet als WACHLEID platziert. ›Wachleid‹ war der dialektische Begriff für Wachleute, die üblicherweise in dieser Nacht aufpassen sollten, dass keine zu großen Sauereien im Dorf passierten. Die Buchsbäume waren nach dieser Aktion aber nicht mehr zu retten gewesen.

Das Entsetzen über diesen unsäglichen Scherz war groß gewesen und trotz vieler Bemühungen war die Suche nach den Tätern erfolglos geblieben. Während das halbe Dorf die Aktion verabscheute und klare Position bezog, war Anna schon damals ziemlich erheitert gewesen und wäre gerne dabei gewesen, auch wenn sie nachvollziehen konnte, welche Wut die gute Frau Justen angesichts der Tragweite empfunden haben musste.

Heute war von all dem nicht mehr viel übrig. Anna ging davon aus, dass auch an Hexennacht heute keine kreativen ›Scherze‹ mehr umgesetzt wurden, wenn dieser Brauch heute überhaupt noch von den Jugendlichen aus Eichwald gepflegt wurde …

Sie parkte auf dem Dorfplatz, wo früher die Festlichkeiten stattgefunden hatten. Mit Entsetzen stellte sie fest, dass hier sicherlich in den letzten Jahren kein Zelt mehr gestanden hatte. Die große Wiese war teils mit Hecken zugewuchert. Der noch freie Platz daneben war geschottert und diente als Parkfläche für den angrenzenden Fußballplatz.

Ihr SUV stand neben einem in die Jahre gekommenen Unimog. Auf dem Sportfeld sah sie fünf Kinder Fußball spielen. Weit und breit war kein Erwachsener zu sehen.

Noch immer war ihr im Gedächtnis, wie damals die Feste aufgebaut gewesen waren. Direkt vor ihr war der Eingang zum großen Festzelt. Hinter ihr lag das Versorgungsgebäude mit den Toiletten.

Sie schloss den Reißverschluss ihres Mantels und ging in Richtung Bach, um herauszufinden, ob die Brücke noch stand, bei der sich früher alle zum Rauchen getroffen hatten. Und tatsächlich. Das alte Ding war noch da, wenn auch die Sicherheit aufgrund der Verwitterung der Holzbohlen angezweifelt werden konnte. Anna setzte sich auf den ersten Treppenabsatz der kleinen Brücke und drehte sich eine Zigarette.

Ihre Erinnerungen an die Nacht des Brands kehrten zurück. Der Musikverein auf der Bühne, dessen Auftritte sie damals so überflüssig gefunden hatte. Die Anwesenheit vieler Spießer im Ort, die betrunken zur späten Stunde ihr wahres Ich zeigten. Tom, ihr Bruder im Geiste. Er war einer der Wenigen, der trotz ihrer Vergangenheit zu ihr gehalten und immer gewusst hatte, wenn es ihr schlecht ging. Sie hatte auch damals den Abend größtenteils mit ihm verbracht. Schon vor dem nächtlichen Ausflug zum See war sie mit ihm auf den Bänken oberhalb des Sportgeländes gesessen. Ihr fiel auf, dass heute dort keine Sitzgelegenheiten mehr vorhanden waren. Sicher waren sie im Laufe der Zeit durch die Verwitterung so zerfallen, dass man sie irgendwann ganz abgebaut hatte. Kurz vor dem Verlassen des Festes war sie noch einmal zur Toilette gegangen. Sie erinnerte sich an die seltsame Begegnung mit Jürgen, dem Bürgermeister von

Eichwald.

»Wollen Sie etwa schon nach Hause gehen?«, hatte sie Jürgen gefragt, der sich heimlich vom Fest hatte schleichen wollen.

Jürgen hatte aufgesetzt gelacht.

»Nein, ich brauche nur eine kurze Verschnaufpause. Und muss noch ein wichtiges Telefonat führen«, hatte er sich unbeholfen erklärt, um dann in der Dunkelheit zu verschwinden.

Der Eichwald-Orden ist mir sicher: Ich war länger auf dem Weinfest als der Bürgermeister!, hatte sie damals auf dem Weg zurück zu Tom gedacht. Und doch wunderte sie diese skurrile Situation heute noch mehr als damals.

Plötzlich kam ihr der Zeugenaufruf von Emil in den Sinn. Sie hatte diesen vor ein paar Tagen auf seinem Blog gelesen, den sie seit dem Kontakt im Sommer regelmäßig las.

Während sie ihre zweite Zigarette anzündete, zog sie ihr Smartphone aus der Jackentasche und öffnete den Messenger.

> Nachricht an Emil Eichwald:
> Hallo Emil. Bist du zufällig in Eichwald. Können wir uns treffen? Anna

Sie war sich noch nicht sicher, ob sie Emil nur von der Begegnung mit Jürgen erzählen wollte, oder ob sie bereit war, einen alten Bekannten wiederzusehen und auch den letzten Schritt ihrer

Angst und Scham zu überwinden, die sie noch in sich verspürte: Die direkte Konfrontation mit den Ereignissen von vor zwanzig Jahren.

Prompt erschien die Antwort auf ihre Nachricht.

> Nachricht von Emil Eichwald:
> Bin auf dem Weg. Sollen wir uns morgen treffen? E

Mit dem Erstaunen über das Gefühl der Befreiung und einer aufkommenden Form von Mut, suchte sie in ihren Kontakten nach einer Nummer, die sie ebenfalls erst vor kurzem in ihrem Telefonbuch gespeichert hatte und drückte auf ›anrufen‹.

Lara

Sonntag, 22. Oktober 2023, 09:01

Er wartete am Eingang des Kriminaldauerdienstes in Trier, als Lara aus der Tiefgarage nach oben kam. Fast pünktlich erreichte sie um eine Minute nach neun den Eingangsbereich, wo Besucher ohne Ausweis warten mussten. Ohne die üblichen Begrüßungsfloskeln signalisierte sie Emil, ihr nach oben in ihr Büro zu folgen.

Im Großraumbüro des KDD war heute wesentlich mehr los als bei seinem letzten Besuch. Fast alle Räume waren besetzt und es schien einiges an akuter Arbeit vorzuliegen. Sie schloss die Tür hinter sich und zog ihm den Besucherstuhl hervor.

»Setz dich gerne. Wir haben hier die Hölle in Dosen: Am Wochenende waren zwei Razzien und ich bin glücklicherweise nach Eichwald gerufen worden.«

»Danke für deinen Anruf. Ich bin sofort mit dem nächsten Zug nach Trier gekommen. Ich weiß nicht, was ich sagen soll. Ich habe mit Sophie telefoniert. Sie war sehr teilnahmslos – hat keine Frage so richtig beantwortet. Sie hat nur deutlich gemacht, dass sie erstmal keinen Kondolenzbesuch von mir wünscht«, erwiderte Emil betroffen. »Hast du schon Infos aus der Rechtsmedizin?«

»Daher komme ich gerade. Wolfgang Weidig hat wirklich ganze Arbeit geleistet. Mal wieder.« Sie zog einige Unterlagen aus ihrer Aktentasche und fing an, diese auf ihrem Tisch auszubreiten. »Das hier bleibt vorerst alles unter uns. Kein Wort nach außen und vor allem will ich kein Detail in einem Artikel lesen, okay?«

Emils Blicke signalisierten das Selbstverständnis darüber, dass er keineswegs beabsichtigte, vor Abschluss der Ermittlungen überhaupt darüber nachzudenken, über die Ereignisse zu schreiben.

»Okay, was haben wir?«, fing Lara an und blätterte in ihren Unterlagen. »Jakob Wild ist tot. Und es war Fremdverschulden, das ist eindeutig. Jetzt ist Julian tot. Und es gibt sehr deutliche Hinweise, dass es zumindest kein Unfall war. Ein Selbstmord ist aber auch nicht ausgeschlossen. Der toxikologische Bericht von Wolfgang liegt vor: Er hatte eine erhebliche Menge Lorazepam im Blut. Ein sehr starkes Beruhigungsmittel mit sedierender Wirkung. Außerdem war der Rauchabzug des Kamins geschlossen und die Ofentür offen. Julian weiß als Intensivfachpfleger genau, wie Kohlenmonoxid wirkt und wie qualvoll das sein kann. Hätte er also diese Form des Suizids gewählt?«

Emil wurde die Tragweite bewusst. Nur schwer konnte er seine Tränen zurückhalten und einen klaren Gedanken fassen. Er musste sich jetzt zusammenreißen. Hier war etwas faul an der Sache, das war ihm klar.

»Außerdem gibt es noch eine Sache im Ablauf, die Wolfgang noch nicht abschließend bestätigen wollte. Es klang allerdings sehr sicher. Wenn es ein Selbstmord gewesen wäre, dann wäre der Ablauf ja folgender: Julian macht ein Feuer, bereitet alles am Ofen vor, dann nimmt er das Beruhigungsmittel, öffnet die Ofentür, schließt die Abluft, setzt sich auf das Sofa und wartet ab. Eine CO-Vergiftung geht schnell. Sie wäre laut Wolfgang vor dem Einsetzen des Medikaments eingetreten. Julian war aber sicher vorher so sediert, dass seine Lunge sehr viel mehr Ruß hätten enthalten müssen, wenn er noch ohne Sedierung am Atmen gewesen wäre. Um es mal laienhaft auszudrücken: Wolfgang arbeitet noch daran. Er klang allerdings sehr sicher, muss dies nur noch gerichtsfest dokumentieren und untersuchen.«

»Das heißt, er war schon fast komatös, als der Ofen geöffnet wurde?«, hakte Julian nach.

»Ja. Genau. Da lagen mindestens 15 Minuten dazwischen. Es ist also kaum möglich, dass er selbst diese Situation eingeleitet haben könnte.«

»Boa, das ist wirklich übel. Das muss ich erst einmal verdauen.«

Beide schwiegen einige Sekunden. Die Ereignisse hatten eine neue Dimension erreicht. Emil war entschlossen, alle seine Informationen mit Lara zu teilen und dieses Verbrechen aufzuklären, doch der Schlüssel lag eindeutig nicht im Jahr 2023. Jetzt musste endlich der Brand von vor 20 Jahren geklärt werden!

»Wir müssen 2003 ansetzen. Es nützt alles nichts. Wir werden, ohne die Zusammenhänge zu rekonstruieren, nicht weiterkommen. Was haben wir dazu?«, kam er zum, seiner Meinung nach, wichtigsten Punkt.

»Wir haben eine unvollständige Ermittlungsakte. Die Identität des Opfers der Brandhütte ist nicht dokumentiert. Irgendetwas stimmt nicht bei der Akte, es scheint einen Sperrvermerk zu geben. Ich weiß nur noch nicht warum und durch welche Behörde. Was wir sicher wissen ist, dass der Unfall nicht abschließend geklärt und gerichtlich aufgearbeitet wurde. Die Brandursache ist eindeutig beschrieben: Aufgrund eines Defektes an der Gaszufuhr kam es zu einer folgenschweren Explosion, woraufhin das Holzhaus abbrannte und eine Leiche gefunden wurde. Zum Prozess über die Schuldfrage von Edeltrud von Saarstein kam es aufgrund des Freitods von ihr nie. Außerdem gab es keine Nebenkläger, da die Identität der Leiche nie geklärt wurde. Zum Aufenthalt einer weiteren Person ist nichts bekannt gewesen, auch nicht zu den Zeugen, die damals das Geschehen beobachtet hatten. Drei der Zeugen sind tot – Julian, Jakob und Niels. Vermeintlich durch einen Unfall. Ein weiterer Zeuge, Tom, wird vermisst. Eine Zeugin, Anna Odenthal – früher Anna Schmidt – hat die Ausführungen von Julian bestätigt und lebt in München«, fasste sie zusammen.

Emil schaltete sich beim Thema Anna Odenthal ein: »Und Anna Odenthal ist zurzeit in Eichwald. Sie hat mir gestern eine Nachricht geschrieben und möchte sich mit mir treffen.«

»Ach!«, gab Lara erstaunt von sich. »Hat sie einen Grund genannt?« Sie überlegte, ob die Maßnahme eines temporären Personenschutzes angemessen wäre und machte sich eine Notiz, dies prüfen zu lassen.

»Nein, aber darauf bin ich sehr gespannt! Ich treffe mich heute Nachmittag mit ihr. Ich habe aber noch eine andere Spur, bei der ich nicht weiterkomme. Das ginge jetzt wesentlich schneller, wenn das über den offiziellen, behördlichen Weg laufen würde.« Er zog sein Tablet aus dem Rucksack und wischte ein paar Mal über den Bildschirm. Emil hielt ihr den Screenshot des Zeitungsartikels aus der SMZ aus dem Jahr 2003 hin, welches er im Stadtarchiv abfotografiert hatte.

»Hier finden sich alle wichtigen Informationen, wer noch mit dem Brand in Verbindung steht: Es handelt sich um das Bockstein Chalet und man kann mit wenig Mühen einer Internetrecherche den Betreiber und Verwalter herausfinden. Auf dem Bild sind verschiedene Personen zu sehen. Eine davon ist Jakob Wild. Was ist also, wenn die zweite Person in der Hütte diese Informationen ebenfalls recherchiert und zum Beispiel Jakob Wild erkannt hatte? Und jetzt im Zuge der Ermittlungen und des Todes von Jakob Wild auch auf Julian gekommen ist. Es muss also jemanden geben, der im Zusammenhang der Ermittlungen steht, dem aber jahrelang die Informationen, wer die Zeugen waren, gefehlt hatte.«

Laras Gedanken sprangen hin und her. Sie war voll konzentriert, konnte aber noch nicht alle Fäden zusammenführen. Irgendetwas fehlte. Wer war damals noch involviert? Sie zoomte das Foto vom Artikel aus der SMZ noch einmal in die Totale. Es war nicht viel mehr zu erkennen. Alle weiteren Personen waren nicht nah genug am Fotografen oder die Druckqualität war zu schlecht. Eine Person am Rande des Chalets erweckte ihr Interesse. Sie zoomte auf einen Polizeibeamten, der nur schematisch zu erkennen war. Sollte das etwa … Sie kniff ihre Augen zusammen. Das Bild wurde nur unschärfer, je mehr sie den Ausschnitt vergrößerte. Es war eindeutig ein Polizist und die Statur erinnerte sie an jemanden …

»Kannst du mir das mal zuschicken, am besten auf meine E-Mail? Ich muss da was überprüfen lassen«, versuchte sie Emil unaufgeregt mitzuteilen, ohne ihren Verdacht zu äußern.

»Ja klar, ich schicke dir den Artikel und die Bilder gleich.«

»Es muss also jemanden geben, der noch mit der Sache zu tun hatte. Es gibt jemanden, den wir übersehen haben oder der keine zentrale Rolle spielt. Und irgendwie sind hier mehr Menschen involviert als wir gedacht haben. Ich habe langsam das Gefühl, das halbe Dorf hängt da mit drin. Vielleicht hat dein Zeugenaufruf auch noch mal Staub aufgewirbelt …«

Emil bekam Gänsehaut am ganzen Körper. Ihn durchdrang eine Angst, getrieben von diffusen Schuldgefühlen. War er etwa am Tod von Julian mit Schuld? Hatte er einen Stein ins Rollen gebracht, der zum Tod seines Freundes geführt hatte? Er zwang sich, sich zu beruhigen und auf die Ereignisse zu konzentrieren. Schuld war jetzt kein guter Helfer, um die Zusammenhänge zu erklären.

»Ich höre mir an, was Anna zu sagen hat. Und ich werde nochmals meinen alten Trainer Ralf aufsuchen, ob er sich an noch weitere Personen am Unfallort erinnern kann. Ich bin mir sicher, dass er mir den entscheidenden Hinweis gegeben hat, dass durch die Entscheidung von Jakob Wild ihre Hilfe viel zu spät kam.«

»Sehr gut. Und ich gehe einem weiteren Hinweis nach, der mir gerade in den Sinn kam. Wir bleiben in Kontakt. Wenn es was Neues gibt, meldest du dich direkt?«

»Mach ich. Und du ebenfalls!«

Jonas

Sonntag, 22. Oktober 2023, 10:45 Uhr

Er wartete seit gut zehn Minuten in dem unpersönlichen Büro am Ende des Ganges und starrte aus dem Fenster. Zehn Minuten, die ihm vorkamen wie eine Ewigkeit. Zeit, in der er sich in seiner Unsicherheit in Gedanken steigerte, die ihn seit dem Besuch von Lara verfolgten.

Das Gefühl, als einziger den Zusammenhang nicht zu verstehen, hatte Jonas oft. Sein ganzes Leben war gezeichnet von Missverständnissen und Fehlinterpretationen. Offensichtlich ironische Fragen beantworte Jonas meist gewissenhaft und ernsthaft bemüht, seinem Gegenüber zu helfen … Bis er viel zu spät bemerkte, oft unter Gelächter der übrigen Anwesenden, dass die Antwort seine Unfähigkeit ausdrückte. Von seinen Arbeitskollegen wurde er schon früh nach seinem Einstieg in der Bank ›Sherlock‹ genannt. Erst Monate später verstand er, dass damit erneut auf ironische Art und Weise seine kognitiven Fähigkeiten infrage gestellt wurden.

Heute versuchte er, wie so oft im Gespräch mit anderen, aber ganz besonders im Hinblick auf sein Gegenüber Lara, keine Fehler zu machen und keine falschen Schlüsse zu ziehen. Er hatte sich vorgenommen, nur die Fakten und eine nüchterne Schilderung bei seiner schriftlichen Aussage abzugeben.

Fast wäre das bereits zu Beginn in Vergessenheit geraten, als er irritiert zur Kenntnis nahm, dass nicht die junge Kommissarin, sondern ein älterer, lustlos wirkender Beamter seine Aussage aufnehmen sollte.

Warum hat der Beamte so oft nach der Nacht von 2003 gefragt? Hier geht es doch um mehr als den Tod von Jakob. Hatte der irgendwas mit dem Brand damals zu tun?

Die quälende Situation des Wartens und die Ungewissheit, irgendetwas falsch gemacht zu haben, machten ihn nervös. Die bevorstehende Aussage auf dem Revier begleitete ihn seit dem Besuch von Lara gedanklich. So langsam bekam er Panik und sah in allem eine Verschwörung oder Zusammenhänge, wo keine waren.

Erst gestern, beim Fußballspiel der Jugendmannschaft des SV Eichwald, war er ihm nach dem grandiosen Pass von Ole auf seinen Mitspieler Luca und dessen Tor zum 1:0 plötzlich ein Gedankengang in Erinnerung gekommen, den Jakob ihm bei seiner letzten Tour über den mysteriösen Beobachter mitgeteilt hatte.

Aber wie auch die detaillierte Erinnerung an den Abend des Weinfestes, der ihm sehr wohl präsenter war als er im Verhör zugab, verschwieg er diese und andere Theorien, um nicht unnötig Öl ins

Feuer der Gerüchte zu gießen. Er hatte schließlich oft genug am eigenen Leib erfahren, was die Rederei im Dorf anrichten konnte.

»Jonas, Junge. Merk dir mal eins: Reden ist Silber, Schweigen ist Gold!«, hatte sein Vater immer wieder zu ihm gesagt. Vielleicht war das auch in dieser Situation der richtige Rat.

Karl

Sonntag, 22. Oktober 2023, 12:30 Uhr

Auch dieser Sonntag war ein Tag wie jeder andere. Er erinnerte sich mit Freude an die Sonntage, als seine Frau noch gelebt hatte, an denen sie die gemeinsamen freien Tage mit Ausflügen oder in der dörfischen Gemeinschaft verbracht hatten. Lange Jahre war es der einzige Tag gewesen, an dem beide den Kopf frei und Zeit füreinander gehabt hatten. Zudem hatten in den Sommermonaten fast wöchentlich Feste oder Treffen in Eichwald stattgefunden, an denen man Freunde und Bekannte traf und die Dorfgemeinschaft pflegte.

Nicht erst seit den letzten Jahren war das anders. Wenn überhaupt ein Fest in Eichwald zustande kam, dann blieb Karl diesem fern. Schon lange traf er dort keine Freunde mehr. Die meisten seiner Schulkameraden und langen Weggefährten waren schließlich verstorben, während die jungen Leute im Dorf kamen und gingen.

So war auch dieser Sonntag wie jeder x-beliebige. Ein Sonntag, der auch ein Dienstag hätte sein können. Seit dem Sommer – genauer gesagt seit zwei Wochen – bedrückte ihn eine Last, die er zuvor nicht als solche empfunden hatte. Sicherlich, er trug ein Geheimnis mit sich, das nicht für die Öffentlichkeit bestimmt war. Dem war er sich sehr wohl bewusst. Aber irgendetwas in ihm bereitete ihm seit dem Besuch seines Neffen Emil Sorgen. Es war eine nebensächliche Bemerkung, eine kurze Frage, die etwas in ihm aufgewühlt hatte, das er tief in sich verborgen hielt. Seit er dann vor zwei Wochen den Zeugenaufruf seines Neffen in der SMZ gelesen hatte, bedrückte ihn sein Geheimnis nochmals mehr. Er konnte sich nicht erinnern, schon einmal einen Artikel von Emil in der regionalen Zeitung gelesen zu haben. Schließlich schrieb dieser eher über politische Themen, und das für große Blätter oder Onlinedienste der Hauptstadt.

Der Sonntagmorgen war kalt, aber sonnig. Ein Wetter, das Karl liebte und bei dem er lieber seine morgendliche Routine zu seinen Bienen unternahm als an einem heißen Sommertag. Er hatte in den letzten Tagen viel nachgedacht. Heute früh hatte er entschieden, Emil anzurufen. Als Karl wieder in seinem Haus ankam, ging er zielstrebig zur alten Kommode in der Diele, in der er neben den Dokumenten und wichtigen Medikamenten auch sein Adressbuch aufbewahrte. Dort hatte er über Jahrzehnte seine Bekanntschaften und Kontakte mit Telefonnummern notiert und immer griffbereit. Emils Nummer stand auf der ersten Seite, war aber schon dreimal mit ›Tipp-Ex‹ überpinselt und neu aufgeschrieben worden. »*Die jungen Leute wechseln ihre Handynummern heute häufiger als ihre Unterhosen.*« Einer dieser trocknen Sprüche seines Freundes

Herrmann, der ihm immer wieder in den Sinn kam, wenn er eine Nummer auf einem geweißten Untergrund las. Herrmann Kroll. Der letzte lebende Bezug in seine Kindheit war nun auch schon über ein Jahr verstorben.

Im Rückblick war es schon verrückt, darüber nachzudenken, wer aus seinem Jahrgang wann gehen musste. Herrmann, der wirklich keinen Fokus auf seine Gesundheit gelegt hatte, übergewichtig und unsportlich gewesen war, war über neunzig Jahre alt geworden. Und Walter, der sportlichste seiner Jugendfreunde, der sich schon in den Sechzigern rein pflanzlich ernährt hatte, als in Eichwald noch niemand die Worte ›vegetarisch‹ oder ›vegan‹ gehört hatte, war an einem Aneurysma mit gerade mal dreiundsechzig Jahren gestorben.

Karl schob seine nostalgischen Gedanken beiseite und wählte die Nummer von Emil.

Nach fünf Freizeichen ging die Mailbox ran.

> *Emil Eichwald. Ich bin* zurzeit *nicht zu* erreichen, *hinterlasst mir gerne eine Nachricht.*
> *PIEP*

Etwas überfordert mit der Situation, sprach ihm Karl unbeholfen auf die Mailbox.

> Hallo Emil, ich bin es, Onkel Karl. Wenn du Zeit hast, ruf mich doch mal zurück. Ich … Ich kann dir vielleicht weiterhelfen bei dem Brand von vor zwanzig Jahren …

Karl war zufrieden, seinen Neffen kontaktiert zu haben. Grundsätzlich war er der Meinung, dass nicht jedes Geheimnis das Licht der Öffentlichkeit erblicken musste. Aber jetzt war er bereit dazu.

Wehmütig machte er sich an die Arbeit, sein Mittagessen zuzubereiten. Er hatte frischen Kohlrabi in Streifen geschnitten und stellte einen Topf mit Wasser auf den Herd, in dem schon fertig geschälte Kartoffeln und Salz darauf warteten, gegart zu werden. Oft bereitete er seine Mahlzeiten spät abends am Vortag oder morgens vor. Er liebte es zu kochen, wurde allerdings in den letzten Jahren oft zu müde, die ganze Vorbereitung auf einmal zu erledigen.

Er richtete das Mittagessen auf einem Teller an und schaltete den Herd ab. Genau die Hälfte würde heute Mittag reichen, um satt zu werden. Den Rest hatte er dann für heute Abend und musste sich für diesen Tag keine Gedanken mehr um Mahlzeiten machen.

Als er das Küchenfenster auf Kipp stellen wollte, sah er das Auto von Petra in die Einfahrt fahren. *Was will Petra denn um diese Zeit hier?*, dachte Karl, der nicht mit einem Besuch seiner Nichte vor fünfzehn Uhr gerechnet hatte. Er ging zur Tür und war erstaunt über den Besucher, den er dort vor sich sah.

»Emil! Ich habe dich vor einer Stunde versucht, anzurufen. Du bist daheim?«, war er sichtlich erstaunt darüber, den vielbeschäftigten Wahlberliner persönlich anzutreffen.

»Hallo, Onkel Karl. Ja, ich bin kurzfristig nochmal nachhause gekommen und habe deine Nachricht schon abgehört. Deshalb bin ich da«, erklärte er freudig.

»Komm rein. Ich habe mal wieder viel zu viel Essen für mich alleine gekocht. Willst du mitessen?«, log er seinen Neffen an. Die Freude über ein persönliches Erscheinen war ihm anzusehen.

»Da sage ich nicht nein«, nahm Emil die Einladung an und folgte ihm. »Ich habe noch nichts gegessen. Mama kocht heute Abend. Aber ich will dir nichts wegessen.«

»So ein Blödsinn! Ich bin doch froh, wenn ich nicht alleine Essen muss. Und sieh dir das an …«, präsentierte er den schnell zusammengestellten, randvollen Teller. »Wie soll ein alter Mann wie ich so viel auf einmal essen können?«

Emil aß offensichtlich mit großer Freude und hatte wohl ganz vergessen, wie lecker Onkel Karl kochen konnte. Er wollte – trotz Zeitdruck und Neugier – nicht unhöflich sein und mit seinen Fragen bis nach dem ›Festmahl‹ warten. Karl kam ihm zuvor. Schon nach kurzer Zeit legte er Messer und Gabel auf den Tellerrand und durchbrach das Schweigen: »Weshalb ich dich angerufen habe: Ich habe deinen Zeugenaufruf gelesen und mir auch nach deinem letzten Besuch viele Gedanken gemacht. Es gibt Geheimnisse im Leben, die bleiben besser auch geheim. Manches Gras wächst gut über eine Sache und es schadet auch keinem.« Er machte eine kurze Pause. Emil unterbrach ihn nicht. Er wollte einfach nur zuhören.

»Da gibt es eine Sache, die ich schon länger mit mir herumtrage. Mein alter Freund Herrmann – ich hab dir davon erzählt – er ist ja letztes Jahr gestorben. Und er hat mir bei einem der letzten Besuche was erzählt. Er wollte es nicht mit ins Grab nehmen. Ich denke, er wollte es einfach jemandem erzählen. Ich habe ihm versprochen, es keinem zu sagen, aber es ist nicht so, als ob es seinem Ansehen jetzt schaden würde. Ich würde dich nur bitten, seinen Namen herauszuhalten. Das bin ich ihm schuldig.«

Emil nickte. Und Karl war sich sicher, dass er sich auf seinen Neffen verlassen konnte.

»Er wusste, dass es mit ihm zu Ende gehen würde und er hatte damals eine Beobachtung gemacht. In der Nacht, als die Hütte abbrannte, war Herrmann illegal auf der Jagd. Das heißt, er war nicht am Wildern, sondern einfach auf dem Weg in sein altes Jagdrevier. Er hatte öfters nachts seinen alten Hochsitz über den Stollen aufgesucht, um nach dem Rechten zu sehen. Ich wusste das. Nur seine Kinder durften das nicht erfahren. Und die neuen Jagdpächter natürlich auch nicht. Ich habe ihm schon vor Jahren gesagt, dass es zu gefährlich ist, in seinem Alter allein nachts mit dem alten Jeep … Aber so war er. Das war das Einzige, was ihm noch geblieben war. Naja, an diesem Abend des Weinfestes im Jahr 2003 war er auch auf dem Weg zu seinem Hochsitz. Er berichtete von ein paar Jugendliche im See. Bei den Temperaturen in dem Sommer war das ja auch kein Wunder, obwohl das Weinfest parallel stattfand. Aber sowas haben wir ja auch früher gemacht ... Dann hat er wohl die Explosion gehört, woraufhin er schnell umgekehrt und zu seinem Jeep geeilt ist. Als er dann sein Auto erreicht hatte und auf dem Rückweg Richtung Eichwald war, ist ihm plötzlich jemand begegnet. Eine Person ist ihm panisch fast vors Auto gelaufen. Es war eine junge Frau oder eine Jugendliche, die wirkte, als wäre sie auf der Flucht ...«

Emil hörte gespannt den Ausführungen zu. Soweit passte alles zusammen. Es bestätigte noch einmal den Ablauf, den Julian ihm geschildert hatte. Die Begegnung auf dem Rückweg musste Anna gewesen sein. Oder war es etwa die unbekannte zweite Person aus der Hütte?

»Er hat sich bis zum Schluss Vorwürfe gemacht, nicht zur Polizei gegangen zu sein. Und auch nicht nach dem Rechten gesehen zu haben. Es hat ihn fertiggemacht, aber außer mir hatte er niemandem davon erzählt.«

Emil konnte es einfach nicht fassen. So viel Schweigen und so viel Angst. Und niemand hatte sich all die Jahre geöffnet oder der Polizei Hinweise gegeben. Einfach unfassbar! Und traurig.

»Ich bin froh, dass er es mir in unseren letzten gemeinsamen Stunden noch erzählt hatte. Er wollte nicht mit dieser Last gehen. Es war wie eine Beichte für ihn. Und seitdem trage *ich* es mit mir rum.«

Karl machte erneut eine kurze Pause. Emil bemerkte, wie sehr ihn diese Information belastete. Irgendwann musste ja mal jemand den Kreis aus Lügen und Geheimnissen durchbrechen. Ihm wurde klar, dass sein Onkel nicht ohne Grund ihn gewählt hatte, diese Information weiterzugeben.

»Hat er sonst noch was gesehen oder berichten können? Vielleicht irgendwelche Details?«, hakte Emil nach.

»Er war die letzten Wochen zunehmend dement und verwirrt. Ich bin mir nicht sicher, ob er mich bei meinem letzten Besuch überhaupt erkannt hat. Er hatte zum Schluss starke Schmerzmittel und hat nur noch wirres Zeug geredet … Eigentlich hatte ich das Gefühl, dass ihm durch seine Beichte eine riesige Last von den Schultern gefallen war. Drei Tage vor seinem Tod, als ich das letzte Mal bei ihm war, hat er nur immer wieder gemurmelt ›Sie ist wieder zurück! Sie ist das Jüngste Gericht‹. Da kam nicht mehr viel Sinnvolles. Er bekam einfach zu starke Medikamente. Scheinbar konnte er sich doch nicht komplett befreien. Es war eine Erlösung, als ich dann erfahren habe, dass er endlich gehen durfte …«

Emil war froh darüber, dass sein Onkel sich bei ihm gemeldet hatte. Er blieb noch eine Stunde bei ihm, obwohl er einen stärker werdenden Zeitdruck verspürte. Auf dem Weg zum Auto vibrierte sein Smartphone.

Nachricht Anna Odenthal:
Hallo Emil. Treffen um 14:00 Uhr bei Felix v. Saarstein. Ich schick dir den Standort. A

Natürlich wusste er noch genau, wie man zum Anwesen der von Saarsteins gelangte. Mit Blick auf die Uhrzeit war er froh, bei Karl ein leckeres Mittagessen bekommen zu haben.

Er musste noch das Auto seiner Mutter zurückbringen. Schließlich hatte sie mehrfach betont, noch auf dem Friedhof die Gräber machen zu wollen. Mit dem Rad sollte er es, trotz des außerhalb liegenden Herrenhauses, rechtzeitig schaffen.

Wen hat Herrmann damals in der Nacht getroffen? Wenn es Anna gewesen ist, würde die sich sicher daran erinnern. Er behielt die Frage im Hinterkopf und machte sich auf den Weg.

Heinz

Sonntag, 22. Oktober 2023, 13:28 Uhr

Der Zeitpunkt war perfekt, die Obstbäume, die rund um sein Haus prachtvoll wuchsen, zurückzuschneiden. Der Sommer war zu Ende, zumindest wenn man die aktuellen Temperaturen betrachtete.

Heinz war ganz in seinem Element. Sein Arsenal an Gartenwerkzeugen war mittlerweile fast ein Komplettsortiment der Firma GARDENA. Seine Frau Birgit war schon seit neun Uhr in der Früh unterwegs mit ihrer Wandergruppe. So konnte Heinz in Ruhe seiner Leidenschaft, der Gartenarbeit, nachgehen. Das war für ihn wahres Glück.

Im Augenwinkel bemerkte er, dass ein Fahrzeug vor dem Haus am Gehweg parkte. Ein Paketdienstleister am Sonntag kam ihm unwahrscheinlich vor und Besuch erwartete er keinen. Also legte er den Teleskopschneider neben dem Laubsack auf dem Rasen ab und ging am Haus entlang in Richtung Einfahrt. Kurz vor der Hausecke hörte er die Türklingel von innen. Tatsächlich schien ihn jemand am Sonntagmittag unangekündigt besuchen zu wollen. Er hasste solche Spontanbesuche, die ihn von seiner Routine abhielten.

»Hallo!«, rief er ungewohnt mürrisch um die

Ecke. »Wer ist denn da?«

»Hallo Heinz. Ich bin's, Lara«, kam bestimmt, aber freundlich als Antwort. Seine verhaltene Begrüßung wich einem deutlich freudigerem: »Lara. Wie schön. Wo kommst du denn her? Am Sonntagmittag ...«

Etwas im Gesichtsausdruck machte Heinz stutzig. Er erkannte keine überschwängliche Freude, wie beim letzten Besuch. Er ahnte, was auf ihn zukommen würde ...

»Ich bin beruflich hier, Heinz. Hast du ein paar Minuten Zeit?«

Mit einer Kopfbewegung deutete er Lara an, ihm hinters Haus zu folgen. Er selbst legte seine Gartenhandschuhe ab und zog der jungen Kommissarin den Gartenstuhl auf der Terrasse vor. Beide setzten sich und die Besucherin kam umgehend zur Sache. »Du kannst dir denken, warum ich hier bin, oder?«, forderte sie ihn aus der Reserve.

»Lara ... Ich weiß, ich hätte dir frühzeitig einen Hinweis geben sollen. Ich habe lange überlegt, ob ich was sagen soll.«

Es war überflüssig, ihm das Bild aus der SMZ vorzulegen, und ihn damit zu konfrontieren, dass er damals bei dem Unfall im Sommer 2003 am Unfallort anwesend gewesen war.

»Es gibt aber einen Grund dafür. Der Fall hat eine Geheimhaltungsstufe. Der Verfassungsschutz aus Mainz hat noch am selben Abend übernommen.«

Lara starrte ihren ehemaligen Vorgesetzten einige Sekunden wortlos an.

»Du weißt, ich darf mit dir eigentlich auch jetzt nicht darüber reden!«, unterstrich er seine Situation noch einmal. Lara wusste genau, was eine Geheimhaltung vom Verfassungsschutz bedeute. Der Kreis schloss sich für sie. Sicherlich war der Obduktionsbericht auch unter Verschluss. Genau wie Wolfgang vermutet hatte. Und doch war in Heinz' Ausführungen ein kleiner Hoffnungsschimmer auf Information. »*Eigentlich nicht.*«

»Was für ein Wahnsinn! Weißt du, wer damals die Obduktion durchgeführt hat?«, bohrte sie nach.

»Nein, leider nicht. Das waren alles Externe. Keiner von unseren Leuten. Das BKA hat mich informiert, dass der Verfassungsschutz übernimmt. Ich sollte lediglich alles absperren und bewachen. Du weißt, wie es läuft, Lara.«

Sie nickte zustimmend. Beide schwiegen einen Moment. Ein lauter Traktor fuhr über den Feldweg hinter Heinz' Haus vorbei. Der Fahrer hob die Hand zum Gruße, was der pensionierte Kommissar ebenfalls mit einer freundlichen Geste erwiderte. Er wusste, dass Lara am Nachdenken war. Sie prüfte gedanklich alle Informationen unter Berücksichtigung der neuen Erkenntnisse. Der Fall bekam schlagartig eine neue Dimension.

»Aber ich weiß, wer damals die Ermittlungen

geleitet hat. Ich kenne die Kontaktperson beim Verfassungsschutz aus meiner Ausbildung …«

»Ach.« Ihre Anspannung wich einem kurzen Lächeln. »Das ist doch mal ein Anfang.«

Felix

Montag, 24. Oktober 2023, 14:02 Uhr

Der Empfangssaal mit der großen Tafel hatte einst repräsentativen Zwecken gedient. Hier wurden wichtige Kunden und Geschäftspartner empfangen. Mit dem atemberaubenden Blick über das Tal und seinen aufwendig gestalteten Stuckelementen an der Decke, drückte der Raum Erhabenheit und Geschichte aus. Die Wände zierten alte Ölgemälde der männlichen von Saarstein-Vorfahren.

Er sah den SUV durch die bodentiefen Glasfenster die Auffahrt hinauffahren.

Felix nutzte das alte Familienanwesen in Eichwald seit Jahren nicht nur als Wohnraum, sondern in erster Linie als kreative Werkstätte für sich als Künstler. Hier war er ungestört und frei. Außer dem Postboten kam hier kaum jemand hoch. Das Anwesen thronte zwar immer noch über dem Dorf, doch wusste kaum jemand, dass hier einer der bedeutendsten zeitgenössischen Maler lebte und wirkte.

Natürlich war das historische Herrenhaus viel zu groß für ihn allein. Die obere Etage nutze er so gut wie gar nicht mehr. Das Vermögen und die Einnahmen aus Lizenzrechten ließen ihn aber sorgenlos die hohen Nebenkosten vergessen, die das Gebäude verschlang. Geld hatte für ihn noch nie eine primäre Bedeutung gehabt. Für den Verkauf seiner Gemälde war sein Agent zuständig, der sicherlich einen guten Job machte.

Die Hälfte seiner Einnahmen flossen in eine von ihm gegründete Stiftung für den Erhalt von Denkmälern und Gedenkstätten des Zweiten Weltkrieges. Das nahegelegene Konzentrationslager Hinzert wurde zu großen Teilen aus seinen Spenden finanziert.

Er ging zur Tür, um seine Gäste in Empfang zu nehmen. Aus dem SUV stieg Anna aus. *Sie ist noch genauso schön wie damals,* dachte er. Sie blickte die Auffahrt nach unten. Wenige Sekunden später kam Emil mit einem in die Jahre gekommenen roten Fahrrad den Berg hinauf.

»Nicht schlecht!«, hörte er Anna ihm entgegenrufen.

Felix trat durch die Tür und ging die Treppe hinunter. *Was für ein sonniger Herbsttag!,* dachte er und atmete tief durch. Er war einerseits erfreut, aber auch für ihn ungewöhnlich aufgeregt – ja sogar innerlich aufgewühlt – über das Treffen heute Mittag. Doch das wollte er sich auf keinen Fall anmerken lassen.

»Hallo, Leute«, grüßte er seine Jugendfreunde. Anna lächelte ihm entgegen und hob die Hand. Emil kam bis zum schweren Geländewagen vorgefahren und war sichtlich erschöpft.

»Das zieht sich ganz schön hier hoch. Ich war lange nicht mehr hier ... Hallo zusammen.«

»Schön, euch zu sehen«, setzte Felix erneut an. »Kommt rein.«

Die Anspannung war den Dreien deutlich anzusehen. Es gab keinen Grund für freudigen Smalltalk. Aber wie verhielt man sich beim ersten Wiedersehen nach zwanzig Jahren, das durch einen oder mehrere Morde begleitet wurde? Beim Eintreten in die Villa besann sich Emil auf den Ernst der Lage und startete umgehend, nachdem sich alle am Kopf einer langen Tafel niedergesetzt hatten: »Niels ist tot. Julian ist tot. Und Jakob Wild ist tot. Alle drei stehen im direkten Zusammenhang mit dem Hüttenbrand 2003. Niels und Julian waren Zeugen am Tatort und Jakob fuhr den Rettungswagen. Er ist, meiner Recherche nach, durch eine falsche Anfahrt mit erheblichem Zeitverzug dort angekommen. Der Tote in der Hütte konnte nicht mehr gerettet werden. Auch wenn nicht feststeht, ob Jakob eine Teilschuld trägt, er hat zumindest eine Verbindung.« Er machte eine kurze Pause. »Es gibt so viele lose Enden, aber der entscheidende Hinweis fehlt mir noch.«

»Lara Riedel, die in dem Fall ermittelt, hat mich kontaktiert«, fing Felix an, zu erzählen.

»Mich auch!«, warf Anna ein, ohne ihn unterbrechen zu wollen.

»Ich kann zu den Vorfällen nichts sagen. Es gab keine Akteneinsicht damals. Ich habe mit dem Anwalt meiner Mutter gesprochen. Es kam ja nie zu einem Prozess! Und Frau Riedel hat mich auf dich angesprochen.« Er sah zu Anna.

»Ja, sie hat mich auch kontaktiert. Ich habe dir ja erzählt, dass ich mit Tom, Niels und Julian bei der Explosion in der Nähe des Chalets war. Wir waren nach dem Weinfest zum See schwimmen gegangen und dann wollten wir zu der Hütte. Einfach aus einer Laune heraus … Felix, wir waren mal zusammen dort, eventuell habe ich die Alkoholvorräte dort noch in Erinnerung gehabt. Ich habe aber einen anderen Punkt, der mir gestern aufgefallen ist, als ich nochmal unten am Festplatz war.«

Emil und Felix warteten gespannt.

Anna schien sich kurz zu sammeln, um ihre Gedanken richtig rüberzubringen.

»Ich hatte am Abend, kurz bevor wir loswollten, eine seltsame Begegnung mit dem Bürgermeister, Jürgen. Er hat sich heimlich vom Fest geschlichen. So, als ob er nicht wollte, dass jemand bemerkt, dass er geht. Das kann auch nichts bedeuten, es ist mir nur wieder in Erinnerung gekommen.«

»Was, Jürgen?«, gab Felix erstaunt von sich. »Ich denke nicht, dass er was damit zu tun hatte!«

Emil war verwirrt.

»Warum glaubst du das?«

»In dieser Nacht war Jürgen das letzte Mal vor ihrem Tod bei meiner Mutter.«

»Ich verstehe nicht ganz, was du damit sagen willst«, fragte Emil genauer nach.

Felix ging zu dem Sideboard aus rotbraunem Mahagoniholz und zog eine Schublade aus der Mitte. Er nahm einen Brief und reichte ihn Emil. Anna beugte sich vor und las mit.

> 10. August 2003
> Lieber Felix.
> Ich schreibe dir diesen Brief, weil ich nicht die Kraft habe, es dir persönlich zu sagen. Ich werde gehen. So oder so. Der Arzt gibt mir noch höchstens drei Monate. Der Krebs ist überall. Heute habe ich die letzte Untersuchung gehabt, es wird keine weiteren geben und ich bereite mich auf das Ende vor. Du warst immer der wichtigste Mensch in meinem Leben. Ich möchte, dass du das weißt. Wir haben uns die letzten Jahre immer mehr voneinander entfernt und ich habe es nicht geschafft, so für dich da zu sein, wie man es von einer Mutter erwarten kann. Die Hoffnung, dass es dir gut geht, ist mein größter Trost.
> Ich habe im Leben einige Fehler gemacht und merke erst jetzt, was ich damit vielen geliebten Menschen angetan habe. Ein Fehler war, ein Stück deiner Identität zu verschweigen. Dein Vater war nicht der, von dem du glaubtest, dass er es sei. Dein leiblicher Vater ist Jürgen Heller. Wir hatten eine Affäre. Ich liebte Jürgen so sehr, wie ich

niemals einen anderen Mann geliebt habe. Auch das habe ich mir erst heute eingestehen können.
Nachdem ich die Nachricht meines Krankheitsverlaufes am Nachmittag für mich akzeptiert hatte, habe ich Jürgen gebeten, zu mir zu kommen, um mich von ihm zu verabschieden. Wir haben lange geredet und viele klärende Gespräche bis in die Morgenstunden geführt. Auch wenn unsere Liebe längst erloschen ist, wir sind uns immer noch sehr verbunden. Ich finde, du hast ein Recht darauf, das alles zu erfahren, auch wenn es viel zu spät ist. Bitte verzeih mir, mein Sohn.
Deine Mutter, Edeltraud

Anna und Emil waren wie erstarrt.

»Dann ist Jürgen nach dem Weinfest zu deiner Mutter«, stellte Anna fest.

»Hattest du schon einmal Kontakt zu deinem Vater?«, fragte Emil, dessen journalistische Neugier geweckt zu sein schien.

»Ja, er war vor ein paar Wochen hier oben. Ich hatte all die Jahre keine Kraft, mich mit ihm auseinanderzusetzen und zu ihm zu gehen. Aber dann kam er einfach vorbei und stand vor meiner Tür. Seine Familie weiß es nicht, aber ich bin froh, dass er zu mir gekommen ist. Auch wenn schon so viele Jahre vergangen sind. Ich habe ihm den Brief meiner Mutter gezeigt. Er hat mir versichert, dass er in dieser Nacht an der Seite meiner Mutter war und

Trost spenden konnte.«

Anna dachte an die Nacht und die Tragödien, die so weitreichende Konsequenzen für die unterschiedlichen Personen gehabt hatten. »Ich habe auch lange alles verdrängt, was mit dieser Nacht zusammenhängt. Schon der Gedanke an das Feuer und an den Ort hier haben mich an den Rand der Verzweiflung gebracht. So viele Geheimnisse. So viel Schuld. Es war gestern wie eine Befreiung für mich, nochmal nach Eichwald zu kommen.«

»Wie lange warst du nicht mehr hier?«, wollte Felix wissen.

»Zwanzig Jahre. Ich bin einfach abgehauen und bis gestern nicht mehr zurückgekehrt. Aber eine Sache ist klar: Was da passiert ist, kann nur die zweite Person aufklären. Die Frau, die auch bei der Explosion dort war!«

»Bist du dir sicher, dass es eine Frau war?«, fragte Emil, der sich daran zu erinnern schien, dass Julian in Bezug auf das Geschlecht der Person unsicher war.

»Ja, ich bin mir sicher. Ich war es lange nicht. Aber ich habe den Gedanken, das Bild und die Situation auch komplett verdrängt. Ich wollte es nicht zulassen, die Bilder noch einmal in mir aufkommen zu lassen. Es war ganz sicher eine Frau! Und sie ist den Weg entlanggelaufen und etwa zwanzig Meter hinter der Hütte die Weinberge herunter.«

Emil schoss ein Gedanke durch den Kopf. »Als er dann sein Auto erreicht hatte und auf dem Rückweg Richtung Eichwald war, ist ihm jemand begegnet. Eine Person ist ihm panisch fast vors Auto gelaufen. Es war eine Frau oder eine Jugendliche, die scheinbar wie er auf der Flucht war …«

»Anna, du bist doch wie Julian, Niels und Tom weggelaufen. Seid ihr mit dem Auto weg, oder bist du zu Fuß nach Eichwald zurück?«, hakte Emil nach.

»Nein, wir sind mit dem Auto weg, das stand ja unten am See.«

»Du warst also immer mit den anderen zusammen. Bist keinem anderen Auto auf dem Weg begegnet?«

»Nein. Wir sind niemandem begegnet, nur dem Krankenwagen. Wir haben auf der ganzen Fahrt kein Wort gesprochen.«

Emils Gedanken rasten. Er hatte eine Idee, die er dringend überprüfen musste. Doch vorher musste er Lara anrufen. Es war Zeit für einen Informationsaustausch. Emil stand auf und ging in Richtung Ausgang.

»Ich muss dringend mit Lara sprechen. Ich melde mich bei euch.«

Verwundert blickten Felix und Anna ihm hinterher. Sie ahnten, dass Emil mehr wusste. Und der

Zeitpunkt war gekommen: Sie alle wollten die ganze Wahrheit über die Nacht am See 2003 erfahren.

Als Emil auf dem Weg zu seinem Fahrrad war, wählte er Laras Nummer. Besetzt. *Mist,* dachte er, dann musste er jetzt allein handeln.

Gudrun

Montag, 24. Oktober 2023, 14:39 Uhr

Gudrun Hauser saß im dritten Stock ihres Büros im ›Bassenheimer Hof‹ in Mainz und starrte aus dem Fenster. Als leitende Beamtin des Verfassungsschutzes in Rheinland-Pfalz hatte sie jetzt über vierzig Dienstjahre und mit Malu Dreyer nach fünf Ministerpräsidenten die erste Frau als Dienstherrin miterlebt.

In der zuständigen Abteilung 6 arbeiteten neben ihr rund 200 Personen.

Oft beobachtete sie das Treiben der Menschen in der Altstadt und sehnte sich ihrer Pensionierung entgegen. Irgendwie saß sie nur noch ihre Zeit hier ab, mit der hoffnungsvollen Erkenntnis des baldigen Endes ihres Berufslebens. Immerhin hatte sie für eine Frau eine beachtliche Karriere hingelegt. Schnell war sie schon in den 80er-Jahren beim Verfassungsschutz in eine Position aufgestiegen, die vor ihr nur Männer innegehabt hatten. Mit einem Hauch von Neid blickte sie oft auf ihre jungen weiblichen Kolleginnen, die es ihrer Meinung nach heutzutage wesentlich leichter hatten, die Karriereleiter in einer deutschen Behörde emporzusteigen.

In den 80er-Jahren hatte man sich ein kühles Profil mit männlicher Durchsetzungskraft aneignen müssen, was sich in ihrem Fall bis heute bei ihren Kolleginnen verfestigt hatte. Die herzliche und verletzbare Gudrun wurde von ihr auf der Arbeit streng unter dem Radar gehalten. Sie fuhr so einfach besser, das war in zahlreichen Situationen klar geworden.

Sie erwartete nicht mehr viel und hatte zurzeit nur wenig auf dem Tisch zur Bearbeitung. Der Fokus lag auf Cyberangriffen und der rechten Szene, die bundesweit in den letzten Jahren immer stärker in den Vordergrund gerückt war.

Das Klingeln der Telefonanlage riss sie aus ihren Gedanken an einen freien Nachmittag und der Beobachtung der Menschen in der Stadt. Es war die zentrale Anmeldung.

»Hauser, ja?«

»Hallo Frau Hauser, hier ist Gaby von der Zentrale. Ich habe hier eine Anfrage von einer KHK Riedel aus Trier. Darf ich durchstellen?«

»Ja, sicher. Warten Sie bitte noch einen kurzen Moment, zehn Sekunden, dann können Sie durchstellen.«

Gudrun öffnete das Programm der Polizeibehörden des Landes und tippte in die Suchleiste:

KHK Riedel, Trier

Als nur ein Eintrag erschien, öffnete sie die Personalakte von Lara Riedel. Während sie auf das durchgestellte Gespräch wartete, überflog sie die Daten der jungen Kriminalhauptkommissarin beim Landeskriminalamt.

»KHK Riedel aus Trier, spreche ich mit Gudrun Hauser?«, meldete sich eine Stimme freundlich, aber selbstbewusst.

»Richtig. Hallo Frau Riedel.«

»Hallo Frau Hauser, ich habe ein Anliegen an Sie. Ich bearbeite ein Tötungsdelikt, das mich zu einem Unfall im Jahr 2003 führt.«

Lara ließ diese Information sacken und wartete auf eine Reaktion. Gudrun war in derselben Sekunde voller Adrenalin und hochkonzentriert. Sie wollte schnell antworten, um keinen Verdacht aufkommen zu lassen, aber sie ahnte, worum es im Folgenden gehen sollte …

»Und was habe ich damit zu tun?«, antwortete sie kühl nach wenigen Sekunden Pause.

»Sie haben damals die Ermittlungen übernommen.«

Erneute Pause.

»Wie kommen Sie darauf? Worum geht es genau, KHK Riedel?« Gudrun war in ihrem berufstypischen Duktus. Bestimmt, selbstbewusst und in dem ständigen Wissen, dass kaum eine Operation, die sie in ihrer Zeit beim *Personellen Geheimschutz* durchgeführt hatte, öffentlich werden durfte. Auch nicht bei Polizeibehörden. Oft handelte es sich dabei um ein Staatsgeheimnis mit erheblicher Geheimhaltungsstufe.

> (1) Staatsgeheimnisse sind Tatsachen, Gegenstände oder Erkenntnisse, die nur einem begrenzten Personenkreis zugänglich sind und vor einer fremden Macht geheimgehalten werden müssen, um die Gefahr eines schweren Nachteils für die äußere Sicherheit der Bundesrepublik Deutschland abzuwenden.
> - Strafgesetzbuch (StGB) § 93 Begriff des Staatsgeheimnisses

»Es geht um einen Unfall – jedenfalls war es der Aktenlage nach als Unfall abgeschlossen worden – den Sie als Verfassungsschutz vom zuständigen Landeskriminalamt übernommen hatten.«

»Woher haben Sie diese Information?«

»Das spielt keine Rolle. Aber die Information, dass der Staatsschutz diesen Fall übernommen hat, ist ja auch kein Geheimnis.«

»Und was genau erwarten Sie jetzt von mir?«

»Bei diesem Brand ist eine Person zu Tode gekommen. Eine männliche Leiche wurde geborgen und es gibt keine Informationen zu dem Opfer. Kein Obduktionsbericht. Nichts.«

»Das ist richtig. Teile der Akte sind unter Verschluss. Sie werden natürlich – das können Sie sich denken – keine Informationen dazu erhalten. Sie wissen genau, was eine Verschlussakte ist. Es geht um die nationale Sicherheit.«

»Das verstehe ich«, schlug Lara einen versöhnlichen Ton an. Sie wusste genau, dass Gudrun, selbst wenn sie wollte, keine Informationen dazu herausgeben durfte.

»Ich habe nur eine Frage, die Sie mir vielleicht beantworten dürfen. In dem Chalet ist eine Leiche gefunden worden. Wir haben aber Informationen darüber, dass mindestens noch eine weitere Person dort war. Eine Frau. Steht diese Frau im Zusammenhang mit der Geheimhaltung? Wir müssen dringend die Identität dieser Frau klären, Ihre Leiche kann gerne im Keller liegen bleiben …«

Der Humor gefiel Gudrun. Diese junge Beamtin hatte Biss.

»Wir wissen, wer dort anwesend war.«

»Befand sich diese Frau ebenfalls im Zeugenschutz?«

»Nein. Mehr kann ich dazu nicht sagen.«

»Wir ermitteln in einem Tötungsdelikt, eventuell sogar in mehreren. Bitte, Frau Hauser«, machte Lara einen letzten Versuch, auch wenn sie wenig Hoffnung in die Hilfe einer gefühlskalten Verfassungsschützerin zu setzten schien.

Gudrun verspürte eine Art von Sympathie der unbekannten jungen Kommissarin gegenüber. Und den Fall Adam hatte sie noch gut in Erinnerung. Da war einiges schiefgelaufen. Aber schließlich war der V-Mann Adam – ihr wichtigster Kronzeuge – tot und damit der Kontakt in einen der größten Waffendeals, den Gudrun je verfolgt hatte, abgebrochen. Adam und seine Freundin hatten sich damals heimlich in der Waldhütte getroffen, obwohl ein Kontakt bis zur Festnahme der Hintermänner streng verboten gewesen war.

»Frau Riedel. Ich darf Ihnen dazu keine Auskunft geben. Aber ich weiß, dass die Freundin unseres V-Manns unter ihrem richtigen Namen heute in einem kleinen Ort lebt, der unweit dieser Unfallstelle entfernt liegt. Wir überprüfen das routinemäßig alle paar Jahre. Es gibt aber keine Hinweise, dass für sie noch eine Gefahr besteht. Die Person stand damals in einer Beziehung zu unserem V-Mann, wurde aber lediglich verdeckt beobachtet. Sie führt ein ganz normales, bürgerliches Leben. Keine Straftaten, kein Gefahrenpotenzial. Das hätten wir auf dem Schirm …«

»Wie ist ihr Name, bitte Gudrun!«

Lara war von sich selbst überrascht. Hatte sie die ranghohe Beamtin des Verfassungsschutzes gerade geduzt? Ihr Herz pochte. *Bitte, bitte,* dachte sie, *nur den Namen, nicht mehr …*

Emil

Montag, 24. Oktober 2023, 14:44 Uhr

Er nahm die Sprachnachricht noch während der Fahrt vom Anwesen von Felix in Richtung Dorf auf.

Lara, wo bist du, ruf mich zurück!

Das Puzzle aus verschiedenen Teilen seiner Recherche war fast vollständig zusammengesetzt. Jedenfalls glaubte er, das gesamte Bild jetzt vor sich zu erkennen. Wenn Lara nicht erreichbar war, dann wollte er seine These noch einmal verifizieren. Er bog statt an der Auffahrt rechts, zu sich nach Hause, links ab und trat in die Pedale. Emil verspürte einen plötzlichen Zeitdruck. Er war der Lösung so nahe und brauchte dringend die Unterstützung seiner Ermittlungspartnerin.

Emil erreichte das Haus von Onkel Karl nach wenigen Minuten. Er fuhr in den Hof und direkt bis zum Garten durch. Karl, der zu dieser Zeit wie üblich zwischen seinen Blumenbeeten zugange war, sah seinem Neffen wohl die Hektik an.

»Langsam, Junge. Wo willst du denn hin?«

Emil hatte keine Zeit für große Erklärungen und kam direkt zur Sache.

»Onkel Karl. Wo ist Herrmann gestorben? Zuhause oder im Krankenhaus?«

»Zuhause ... Das wäre wohl in seinem Sinne gewesen. Aber er ist im Zentralkrankenhaus gestorben. Auf der Palliativstation. Dort habe ich ihn dann auch die letzten drei Mal besucht.«

»Und was hat er beim letzten Treffen genau gesagt?«

»›Sie ist wieder zurück! Sie ist das Jüngste Gericht‹ sowas in der Art. Wirres Zeug. Dabei war er nicht mal wirklich gläubig ... Aber immer wieder: ›Sie ist wieder zurück!‹, › Sie ist wieder zurück!‹«

»Danke, Onkel, ich muss los.«

Emil hob sein Fahrrad unter sich und drehte es um hundertachtzig Grad. Auf dem schmalen Weg sah er keine andere Möglichkeit, zu wenden.

»Bis bald, ich erklär's dir später!«, rief er Karl zu und verschwand um die Ecke. Ihm war bei Felix klar geworden, und jetzt war er sich zu einhundert Prozent sicher: Die Unbekannte war Sophie.

Er musste dringend Lara erreichen und sie in Kenntnis setzen. Wenn Sophie tatsächlich für die Todesfälle verantwortlich sein sollte, dann waren einige in Gefahr. Er verspürte einen großen inneren Druck und entschied, direkt am Haus seines verstorbenen Freundes vorbeizufahren, um herauszufinden, ob Sophie am Arbeiten oder Zuhause war.

Kurz vor dem Haus in der kleinen Seitenstraße drosselte er sein Tempo. *Was mache ich hier eigentlich?* Er fuhr langsam an der Einfahrt vorbei und konnte nichts erkennen. Kein Auto, kein Mensch war zu sehen. Emil wendete am Ende der Straße, um noch einmal Zeit zu gewinnen. Sollte er allein nachsehen oder auf Lara warten?

Er entschied sich, in die Einfahrt einzubiegen. Emil stieg vor der Garage von seinem Fahrrad und stellte es an die Hauswand. Eine bedrückende Kühle brach über ihn hinein. Er merkte, dass er stark am Schwitzen war, und das nicht nur von der Anstrengung der kurzen Fahrradtour. Rechts am Haus konnte man einen schmalen Pfad herum nehmen, um in den Garten zu gelangen. Vorsichtig ging er den Weg entlang. Die Platten auf dem Boden schienen neu gelegt worden zu sein. Er erinnerte sich an Fliesen, die an allen möglichen Stellen gerissen und abgebrochen gewesen waren.

Er sah erneut auf sein Smartphone, obwohl er die Vibration des Geräts mitbekommen hätte. Immer noch keine Nachricht von Lara. Als er im Begriff war, weiterzugehen, spürte er, wie sich eine Person von hinten näherte. Er schreckte auf und während er sich umdrehte, vernahm er die Stimme von Sophie.

»Wo willst du denn hin?«

»Ha … Hallo Sophie. Ich dachte, es wäre niemand Zuhause.«

Niemand Zuhause? Vor gerade einmal drei Tagen war Julian gestorben. Wer sollte außer ihr denn noch Zuhause sein.

Sophie stand mit etwas Abstand zu ihm auf dem schmalen Pfad. Sie hatte eine alte Regenjacke von Julian an und in der rechten Hand eine verrostete Gartenhacke, an deren einen Seite ein Breitblatt und auf der anderen drei spitze Zinken zu sehen waren.

»Ich bin beurlaubt.«

Es war nicht das, was sie sagte, sondern wie sie es sagte. Emil hatte ein Gespür für Authentizität. Und dieses Gespräch war das Gegenteil. Ob sie ahnte, dass er von ihrer Vergangenheit wusste? Er konnte es nicht abschätzen. Aber auch seine verkrampfte Anspannung konnte er nicht verbergen. Er hatte das Gefühl, Sophie konnte seine Angst spüren wie ein Hund, der erst durch die Furcht eines menschlichen Gegenübers eine Aggression entwickelt.

»Wie geht es dir?«

Sie schwieg ein paar Sekunden. Emil fuhr ein kalter Schauer über den Rücken. Diese Augen. Dieser Hass. Er konnte es spüren. Da war keine Trauer, kein Kummer. In ihren Augen war nur Wut und Hass.

»Wie soll es mir schon gehen? Ich bin erleichtert.«

Emil ging einen Schritt zurück. Er bekam ein

ungutes Gefühl, allein hier neben dem Gebäude ohne Sichtkontakt zur Straße oder anderen Häusern mit einer Mörderin zu stehen. Die Tatsache, dass Sophie ihren Mann umgebracht hatte, war für Emil in dieser Sekunde klar. Ebenso wurde ihm bewusst, dass auch sie wusste, dass er hinter ihr Geheimnis gekommen war.

»Du hast ihn umgebracht, oder?«, ging er in die Offensive. Das Versteckspiel war vorbei. Es war Zeit, die Karten auf den Tisch zu legen. Er hatte das Gefühl, dass Sophie all ihre Last loswerden wollte und bereit war, zu reden. Und er konnte Zeit gewinnen. Emil dachte nach, wie er aus dieser Situation herauskommen wollte. Er sah, wie sie den Griff der Hacke fest umklammerte.

»Leg die Hacke weg, Sophie«, forderte er sie auf. »Und erzähl mir, was passiert ist. Wenn es ein Unfall war, dann kann ich dir helfen!«

Sie bemerkte seine Lüge sofort und runzelte die Stirn. »Es war kein Unfall! Das weißt du genau!«

Beide schwiegen erneut ein paar Sekunden.

»Schließlich warst du es, der alles aufgedeckt hat. Ohne dich wäre er immer noch am Leben und ich mit dem Mörder meines Kindes zusammen.«

Emil zog es fast den Boden unter den Füßen weg. Der *Mörder meines Kindes*? Was sollte das bedeuten?

Sie erkannte seine Ahnungslosigkeit. Das Motiv der Rache war noch diffus, bis jetzt. Emil ahnte, warum sich Sophie damals heimlich mit einem Kronzeugen getroffen hatte – trotz der hohen Gefahr.

»Ja, richtig. Ich habe von Adam ein Kind erwartet. Wir durften uns nicht treffen, aber wir taten es doch. Und an dem Abend ist nicht nur mein Leben zerstört worden. Mein Kind hat es auch nicht überlebt.«

»Und Julian dachte all die Jahre, es würde an ihm liegen …«, sprach Emil seine Gedanken laut aus. Er hatte einige Male mit seinem Freund darüber gesprochen, dass trotz aller Bemühungen seine Frau nie schwanger wurde. Zu einem Fruchtbarkeitstest hatte er sich nie durchgerungen.

»Hätte nur irgendjemand damals geholfen … Alles feige Schweine, in dem Ort. Ich habe all die Jahre die Schuld gespürt. Alle haben mitgeholfen, das zu vertuschen. Aber dass mein eigener Mann daran beteiligt war. Das …«

Sie stockte, als sie bemerkte, dass hinter ihr jemand auf sie zukam. Sophie drehte sich um und sah direkt die auf sie gerichtete Waffe.

»Lara Riedel. LKA. Bitte legen sie die Hacke auf den Boden und treten Sie einen Schritt zur Seite.«

Sophie folgte den Anweisungen der Kommissarin. Emil fiel ein Stein vom Herzen. Er zitterte vor Erleichterung.

»Kein Angst«, sagte Sophie mit zittriger Stimme. »Ich tue doch niemandem was.«

Langsam ging sie in die Hocke und setzte sich gegen die Hauswand auf den Boden.

Lara nahm die Waffe herunter, behielt diese aber in der Hand. Sie konnte wohl davon ausgehen, dass von dem trauernden Häufchen Elend keine Gefahr mehr ausging, wusste aber mit Sicherheit, dass sie die Kontrolle über die Situation behalten musste. Sie durfte jetzt keinen Fehler machen oder aus Mitleid die Situation unterschätzen. Wenn Sophie erst einmal einen Rechtsbeistand zur Seite hatte, kamen meist keine wichtigen Informationen mehr. Emil begriff, dass Lara die Gunst der Stunde und der emotionalen Lage nutzen wollte: »Was ist mit Jakob Wild? Warum musste er sterben?«

Sophie blickte sie mit großen, tief geröteten Augen an. »Was habe ich damit zu tun?«, gab sie glaubhaft mit zittriger Stimme als Antwort.

Lara erhöhte noch einmal den Druck. Sie war so kurz davor, alle offenen Fragen zu klären. »Musste er auch sterben, weil er eine Schuld am Tode von Adam trug?«

»Damit habe ich nichts zu tun. Ich weiß nicht was er damit zu tun haben soll. Ich kenne keinen Jakob Wild. Die Stunden nach der Explosion sind weg. Ich kann mich einfach an nichts mehr erinnern, was damals passiert ist. Ich wollte nur weg. Ich hatte solche Angst …«

»Und Herrmann Kroll? Hast du ihn auch nicht erkannt?«, hakte Emil nach.

Ihre Verwunderung schien nochmal größer zu werden. Sie brauchte ein paar Sekunden, bis sie den Namen zuordnen konnte.

»Herrmann? Was hat der denn damit zu tun? Herrmann war ein Patient von mir. Er ist letztes Jahr gestorben. Er kam auch aus Eichwald und lag bei mir auf der Station im Zentralkrankenhaus.«

»Du bist ihm wahrscheinlich begegnet, als du von der Hütte weggelaufen bist. Er hat dich wiedererkannt.«

Ihre Aussagen machten auf Emil einen glaubhaften Eindruck.

Hat Sophie etwa nur die Gunst der Stunde genutzt und Julian vergiftet? Hatte sie mit allem anderen nichts zu tun?

»Vergangenen Freitag«, fuhr Lara fort, »da haben Sie Ihren Mann vergiftet. Wir haben auf den Luftschlitzen nur Ihre Fingerabdrücke gefunden. Sie haben diese so manipuliert, dass Sie davon ausgehen mussten, dass Julian daran stirbt. Außerdem wussten Sie von der Einnahme von Tavor. Sie haben selbst das Rezept ausgestellt und ihn damit sediert. Sie …«

»Jaa!«, unterbrach sie Lara und war bereit, ihr Schweigen zu brechen. »Ja, ich habe ihm die Medikamente verschrieben. Aber nur für den Notfall. Seine Ängste bekamen wir oft nur mit Lorazepam in den Griff. Und natürlich habe ich mitbekommen, dass er viel zu häufig und viel zu viel davon nahm.« Sophie machte eine kurze Pause. »Er war damals dabei und hätte helfen können! Er hat Adam verbrennen lassen! Und ich dachte, jemand sei hinter uns her. Ich habe bemerkt, dass dort Leute waren und dann die Explosion. Ich habe zwanzig Jahre lang geglaubt, Adam sei ermordet worden. Und wenn ich nicht geflohen wäre, hätten sie mich auch umgebracht! Nach dem Besuch von Emil im Sommer hatte er nochmal eine gute Phase. Da hat mir Julian alles erzählt. Die Ursache für seine Ängste, seine Schuldgefühle und seine Feigheit damals wie heute! Seine Ängste und Psychosen hatte er für wenige Wochen im Griff. Aber dann kam es alles wieder zurück und war schlimmer als jemals zuvor. Er hat in den letzten Wochen mehr Medikamente genommen als in den Jahren zuvor. Und ich habe mich entschieden, mich von ihm zu trennen. Ich habe seine Anwesenheit nicht mehr ertragen. Und ich konnte ihm nicht verzeihen. Im Gegenteil: Meine Wut wurde von Tag zu Tag schlimmer. Aber ich habe ihm bis zum Schluss nichts von meiner Vergangenheit erzählt.«

Sie stockte für einen Moment. Tränen liefen ihr über das Gesicht und tropften von ihrem knochigen Kinn auf den Boden.

»Ich war schon fast aus Eichwald raus, in Richtung Klinik. Da fiel mir ein, dass ich meinen Ausweis vergessen hatte. Da ist ein Chip drin, der auch als Schlüssel dient. Ich komme nur damit in mein

Büro und in die Klinik. Ich habe vorne auf dem Mitfahrerparkplatz gedreht und bin zurück nach Hause. Ich hatte in den letzten Wochen, seit ich von seiner Vergangenheit wusste, schon öfter den Gedanken, ihm etwas anzutun. Aber ich bin doch keine Mörderin. Ich wollte ihn verlassen und irgendwo neu anfangen. Weg von diesem Mann. Weg von diesem Ort. Ich habe letzte Woche in der Klinik gekündigt. Als ich dann zurückkam, lag er auf dem Sofa und war nicht ansprechbar. Ich habe seinen Puls gefühlt, der regelmäßig aber viel zu bradykard war.« Sophie bemerkte die Irritation bei Emil und Lara. Als Ärztin nutzte sie oft ihre Fachbegriffe. Obwohl sie keiner der beiden unterbrach, korrigierte sie sich umgehend und fuhr fort: »Der Puls war langsam, aber er atmete noch. Ich habe in der Küche die angebrochene Medikamentenpackung kontrolliert. Ich wusste, dass er schon eine Tablette am Nachmittag genommen hatte. Scheinbar hatte er nach meinem Verlassen noch zwei weitere eingenommen. Sein Zustand war besorgniserregend genug. Vielleicht wollte er sich das Leben nehmen.« Sie machte eine kurze Pause. »Und ich wollte nur auf Nummer sicher gehen.«

Sie fing erneut an zu weinen, als sie begriff, was sie getan hatte.

Lara rief ihre Kollegen aus dem Hintergrund, um Sophie abführen zu lassen. Sie hatte genug gehört und wollte den Rest auf offiziellem Wege mit einem Rechtsbeistand im Präsidium fortführen.

Emil war sichtlich traurig und fassungslos.

»Was für eine verdammte Scheiße!«, brach es aus ihm heraus. »Zwanzig Jahre und kein Wort. So viel Schuld. So viel Schweigen und wofür?«

Die Antwort auf seine rhetorische Frage blieb Lara ihm schuldig. Sie nahm ihn schweigend in den Arm. Eigentlich sollte sie an diesem Tage zufrieden sein. Sie hatte gemeinsam mit ihrem alten Freund Emil einen Fall gelöst, der wie ein Schatten über Eichwald gelegen hatte. Es war nicht nur für sie, sondern besonders für ihren Heimatort eine Befreiung.

Nur eine Sache störte sie weiterhin an der Geschichte. Wenn Sophie nichts mit dem Tod von Jakob Wild zu tun hatte. Wer dann?

FÜNFTER TEIL: DIE HINTERGRÜNDE

Luca & Ole

Dienstag, 1. August 2023, 18:22 Uhr

Die erste Woche der Sommerferien lag hinter den zwei Siebtklässlern und ein Anflug von Langeweile machte sich in ihnen breit. Luca und Ole gingen in dieselbe Klasse im Gymnasium, nachdem sie die ersten vier Jahre auf der Grundschule in Eichwald gemeinsam verbracht hatten. Optisch unterschieden sie sich in allen Merkmalen, und waren doch beide auf ihre Art ausgesprochen gleich. Luca, der dunkle Typ, mit schwarzen Locken und braunen Augen. Ole, der nordische Typ, mit hellblonden Haaren und strahlend blauen Augen. »Zwei hübsche Burschen«, vernahm man oft von betagteren Damen im Ort.

Schon seit der Kindergartenzeit waren beide beste Freunde und trotz ihrer unterschiedlichen Wesen waren sie sich in vielen Dingen einig. Sie waren wie Brüder. Als Einzelkinder hatten sie sich ›gesucht und gefunden‹, wie Frau Herber, deren Lehrerin in der Grundschule, den besorgten Eltern einmal berichtet hatte. Diese waren nämlich nicht besonders angetan von der intensiver werdenden Freundschaft der beiden, die begleitet war von ›Dummheiten‹ und riskanten Experimenten, die die Jungs schon öfter in Schwierigkeiten gebracht hatten.

Frau Herber hatte sie scherzhaft ›Max und Moritz‹ genannt, und war den beiden die komplette Schulzeit sehr wohlgesonnen gewesen. Sie schätzte deren Leistungen und versuchte, die schelmischen Ansätze mit sorgsam gewählten Mitteln in die richtigen Bahnen zu lenken.

In der dritten Klasse musste sie mit einer Schülerin, der so übel wurde, dass sie sich mehrere Male in der ersten Stunde übergeben musste, in der Eingangshalle auf deren Eltern warten. Als sie zurück in die Klasse kam, sah sie den völlig aufgelösten Ole am offenen Fenster stehen und ihr mit einer panischen Überzeugung entgegenrufen: »Luca ist gesprungen, ich glaube, der ist tot!«

Luca, der sich unter dem Lehrerpult versteckt hatte, ahnte in dieser Sekunde, was auf ihn zukam. Bis der makabre Streich der beiden auffiel, hatte Frau Herber die schlimmsten fünfzehn Sekunden ihres Lebens. Es war nicht das erste Mal, dass die gutmütige, junge Lehrerin die Fassung verlor. Es war eine Idee aus der klassischen Luca-und-Ole-Gedächtnis-Schmiede. Viele ihrer Kollegen hätten die Eltern der beiden einbestellt und einen Verweis erteilt. Nicht so Frau Herber.

Als diese sich wieder beruhigt hatte, war die Strafe nicht die übliche Verwarnung, sondern das Abschreiben und Auswendiglernen eines selbstgewählten Gedichtes. Der Vortrag von Wilhelm Buschs ›Max und Moritz – Dritter Streich‹ war so passend und provokant zugleich, dass Frau Herber beim nächsten Elterngespräch das kreative Potenzial der zwei lobte, statt einen härteren Umgangston an den Tag zu legen oder weitere Konsequenzen zu fordern.

> Max und Moritz, gar nicht träge,
> Sägen heimlich mit der Säge,
> Ritzeratze! voller Tücke,
> In die Brücke eine Lücke.
> Wilhelm Busch - Max und Moritz – Eine Bubengeschichte in sieben Streichen

Die beiden trugen die Strophen fehlerfrei und voller Energie vor. Sehr zur Erheiterung der Mitschüler.

Es waren Situationen wie diese, die den Jungs die Grenzen ihres Handelns immer weiter verschoben. Die Streiche wurden von Mal zu Mal fantasievoller und kreativer. Aber man konnte ihnen einfach nicht wirklich böse sein. »Es sind eben Jungs.« Und beide waren die Lieblinge des Dorfes: freundlich grüßend, zuvorkommend und hilfsbereit. Andererseits aber auch verschmitzt und schelmisch.

So kam, es, dass an diesem Nachmittag in den großen Ferien beide mit ihren Fahrrädern unterwegs waren. Ole hatte am Morgen auf YouTube das neue Video eines Survival-Bloggers gesehen, der auf seinem Kanal regelmäßig davon berichtete, wie er in einem Baumhaus im Wald wohnte und dort ohne technische Hilfe überlebte. Eine paradoxe Situation in Anbetracht des technischen Aufwandes, den dieser ›Influencer‹ betrieb. Aber mit über zwei Millionen Abonnenten waren seine Videos zweifelsohne ein beliebtes Format. Ole liebte diese Clips und das Neuste hatte ihn so fasziniert, dass er seinem Freund Luca vorschlug, das Gesehene selbst einmal auszuprobieren.

> Allein im Wald VII: Wie man eine Wildfalle baut und einen Fuchs fängt

Luca war sofort begeistert. Sein Opa hatte mehrere Schafe, deren Lämmchen oft nach der Geburt von Füchsen gerissen wurden. Er war Feuer und Flamme.

Beide radelten an den Waldrand zu den Felsen, wo sie oft Verstecke bauten und sich bestens auskannten.

Ole hatte sein Smartphone dabei, um die Schritt-für-Schritt-Anleitung nochmal vorspielen zu können. Diese Falle war zwar ohne große Hilfsmittel umsetzbar, erforderte aber viele Schritte und Vorbereitungen, um ein Tier sicher zu fangen.

> Zuerst sucht ihr euch einen jungen Baum, der stabil mindestens drei Meter gewachsen ist, dessen Stamm aber noch nicht dicker als sechs bis acht Zentimeter Durchmesser ist.

Etwas abseits des Radweges unterhalb des Waldes stand ein Baum, der Luca direkt ins Auge fiel und der für das Vorhaben perfekt schien.

Dieser Baum dient als Spannvorrichtung, um die aktivierte Falle zuschnappen zu lassen. Die eigentliche Falle im Boden wird nun in etwa zwei Meter vom Baum entfernt gebaut. Um das Wildtier sicher zu fangen ist ein Seil oder Draht von Vorteil. Das findet man nahezu überall in der Umgebung. Haltet einfach die Augen offen.

Während Ole nach der Krone greifend an dem jungen Baum hochsprang, suchte Luca in der Umgebung nach einem Seil. Er wusste von seinem Opa, dass dessen Schafe hier früher geweidet hatten, als das Feld noch brachliegende Wiese gewesen war. Er erkannte an einem der alten Begrenzungspfosten auf der anderen Seite des Weges ein Stück Stacheldraht. Luca ging zielstrebig auf den Pfosten zu, erkannte jedoch schon früh, dass dort nur noch das letzte Stück einer einstigen Umzäunung zu sehen war. Er kämpfte sich durch Brennnesseln und Sträucher, die den Weg zwischen dem Radweg und dem Feld sehr unübersichtlich wirken ließen. Als er an dem Pfosten ankam sah er, dass der Stacheldraht länger war als gedacht. Er war erleichtert, dass es keiner dieser modernen Zäune mit NATO-Draht war, an dem er sich beim Einstieg auf das alte Fabrikgelände der Glasfabrik im Frühjahr seine Hand aufgeschlitzt hatte.

Luca zog an dem verrosteten Stück Draht, der sich mit wenig Anstrengung vom zugewachsenen Boden bergaufwärts löste. Zu seinem Erstaunen kamen bestimmt zwanzig Meter davon bergaufwärts zum Vorschein. Ernüchternd grübelte er nach einer Idee, wie er den Draht vom letzten Zaunpfahl abbekommen sollte. Dieser war dort so festgenagelt, dass er ohne Werkzeug oder größere Kraftanstrengung nicht zu lösen war.

Er zog das lose Ende zu sich und überlegte. Die Entfernung zu Ole entsprach etwa der Länge des Drahtes. Kurzerhand nahm er das wichtige Utensil der Falle und zog es quer durch das Gestrüpp, um einen schräg gewachsenen Baum herum, bis zu Ole.

»Schau mal, was ich hier habe«, präsentierte er seinen Fund stolz seinem Freund, der damit beschäftigt war, die Bodenvorrichtung nach Anleitung in den Boden zu graben. »Perfekt, oder? Wenn wir das nur irgendwie durchgetrennt bekommen.«

»Richtig gut!«, gab Ole zu, der in Gedanken schon einen Fuchs an dem verrosteten Stück Stacheldrahtzaun hängen sah. »Spann das Teil mal um den Baum, vielleicht bekommen wir den durchgebogen. Oder wir ziehen den so stramm, bis er bricht?«

Die beiden waren sich unsicher, ob der Plan aufgehen würde. Aber einen besseren hatten sie nicht. Ole spannte den Draht um den Baum und merkte, dass dieser von oben an einem Felsvorsprung hängen blieb. *Perfekt!*, dachte er.

Der alte Stacheldraht war nun auf Zug und fest gespannt. Während Ole weiter an der Bodenvorrichtung arbeitete, suchte Luca nach einer Lösung.

Keiner der beiden bemerkte den Mountainbiker, der immer schneller werdend aus dem Wald den schmalen Weg nach unten gefahren kam.

Die beiden blickten stumm über die Felswand hinunter und sahen den reglos am Boden liegenden Körper, der durch die hohe Geschwindigkeit über das Geländer in die Tiefe gestürzt war.

In diesen Minuten endete ein Leben. Und das Leben der beiden Jungs war ab sofort ein anderes.

Ohne ein Wort zu sprechen, liefen die beiden so schnell sie konnten zu ihren Fahrrädern und fuhren zurück in den Ort. Sie sprachen bis dato nicht über das Ereignis. Lediglich ihre Eltern bemerkten die Wesensänderung der beiden. Fortan gab es keine ›Dummheiten‹ mehr. Nach außen vernahm man in der Schule und der Familie die positive Entwicklung. Nach innen herrschte jedoch Scham und Schuld.

> Kurz, im ganzen Ort herum
> Ging ein freudiges Gebrumm:
> »Gott sei Dank! Nun ist‘s vorbei
> Mit der Übeltäterei!«
> Wilhelm Busch - Max und Moritz – Eine Bubengeschichte in sieben Streichen

Was keiner der beiden Jungs bemerkte, war der unbekannte Beobachter auf der anderen Seite des Feldes. Was geschehen war, war geschehen. Daran konnte man nichts mehr ändern. Was jetzt wichtig war lag auf der Hand: Damit Ole und Luca und die Dorfgemeinschaft Frieden schließen konnten, mussten die Spuren des tragischen Unfalls beseitigt werden.

Seit zwanzig Jahren versuchte Eichwald, seinen Frieden zu finden. Wie lange die Schuld wirkte, wusste er genau, als er den Stacheldraht von der Unfallstelle entfernte und versuchte, die Spuren im Boden zu verwischen.

Nun sah es wieder nach einem tragischen Unfall aus, dessen unwiderrufliche Folgen nicht noch mehr Menschen schaden sollten.

Adam

Freitag, 8. August 2003, 17:26 Uhr

Die Abendsonne färbte den Eichenwald und das gesamte Saartal in ein kräftiges Orange. Die Hitze war unerträglich, weshalb er sich umgehend nach seiner Ankunft im abgelegenen Chalet seines Shirts entledigt hatte. Adam schloss die Augen. Er wollte alles um sich herum für einen Moment ausblenden und die Freiheit genießen. Er spürte den Sonnenbrand auf seinen Schultern und atmete tief ein. Für einige Sekunden waren seine Gedanken leer. Alle Sorgen und die ständig präsente Angst waren in der sommerlichen Idylle wie ausgeblendet. Für diesen kurzen Moment war er ganz bei sich – ein Augenblick der Stille und Ruhe. Die letzten Monate waren das Gegenteil. Der reinste Alptraum.

Er befand sich als ehemaliger V-Mann im Zeugenschutz des Innenministeriums und war sich vor einem Monat, als die Entscheidung über die Anklage gefallen war, nicht im Geringsten darüber bewusst gewesen, was *das alles* bedeutete. Die Auswirkungen waren so gewaltig, dass selbst ein gestandener und intelligenter Mensch wie er sich nicht hätte vorstellen können, durch welche Hölle er damit gehen würde.

»Das ist nur für eine kurze Zeit, bis zum Prozess«, hatten sie gesagt. Und: »Wir sorgen für Ihre Sicherheit, danach können Sie in ihr altes Leben zurück!«

Adam wusste, dass es kein Zurück mehr geben würde. Seine Aussage würde die Schuld des Hauptangeklagten und zwei seiner engsten Partner beweisen und diese hinter Gitter bringen. Aber damit war es bei Weitem nicht getan. Man hatte jetzt schon Rache an ihm, dem Hauptbelastungszeugen, geschworen und sein früheres, unbeschwertes Leben würde er so nicht mehr führen können. Nie wieder!

Er öffnete die Augen und war geblendet von der Helligkeit der Umgebung, obwohl die Hütte und er selbst schon seit ein paar Minuten im Schatten des Berges lagen.

Adam zog das Nokia 5110 aus seiner Hosentasche und schob den Akku von der Rückseite, während er sich auf den Boden kniete und unter der Lasche seines rechten Turnschuhs eine kleine Plastikhülle hervorzog. Vorsichtig platzierte er die SIM-Karte in den Halter seines alten Handys. Er schob den Akku wieder darüber und drückte ein paar Sekunden auf die rote Hörertaste. Das Telefon benötigte einen Moment, um dann vollen Empfang zu haben. Adam schmunzelte, denn ihm war schon bei der Ankunft aufgefallen, dass direkt gegenüber ein großer Sendemast auf dem Berggipfel stand. Sicherlich hatte sie das mitbedacht. Ihr einziger Kontakt war schließlich über die Prepaid Handys, die nur ihre Nummern gegenseitig gespeichert hatten und zu denen es keine personenbezogenen Daten gab.

Adam klickte einmal nach rechts und wählte ›Nachrichten‹ aus.

Du kannst kommen, alles ok.

tippte er und drückte auf ›senden‹

Die Abmachung war im Geheimen zwischen den beiden getroffen worden und niemand vom Verfassungsschutz wusste davon. Zu groß war seine Angst, dass es im Staatsapparat einen Spitzel gab.

Als Fahrer des Transportunternehmens ›JPD Logistik‹ hatte er sich sein Studium der Rechtswissenschaften mit wochenendlichen Transporttouren quer durch Europa finanziert. Gegen Ende 2002 hatte Adam dann eine Tour über Polen nach Belarus zugeteilt bekommen. Nicht alltäglich war dabei nur, dass ein Teil der Ladung in der Nähe von Prag geladen werden sollte. Für ein internationales Unternehmen wie JPD Logistik war dies aber keine ungewöhnliche Praktik. Schließlich profitierte die Firma von der Globalisierung und dem damit einhergehenden, immer stärker werdenden innereuropäischen Transport von Waren. Die Euroumstellung im vergangenen Jahr hatte diesen Trend noch einmal verstärkt.

Drei Tage vor der Abfahrt kam es dann zu einem Treffen, das sein Leben schlagartig ändern sollte. Wenn er heute an dieses Gespräch zurückdachte, war ihm bewusst – nein völlig klar – dass er damals hätte absagen müssen. Doch dafür war es nun zu spät.

Freitag, 6. Dezember 2002, 10:59

Bibliothek der Johannes-Gutenberg-Universität Mainz

Adam saß an seinem Stammplatz im alten Lesesaal der altehrwürdigen Bibliothek. Obwohl hier nur wenige Rechtswissenschaftler anzutreffen waren, liebte er das Flair der hoch gebauten Holzregale und die Atmosphäre, die von den alten Büchern und Schriften ausging und die die historische Bedeutung dieses Ortes festhielt. Dass er als Sohn von Einwanderern als Erster seiner Familie in Deutschland studieren konnte, empfand er von Anfang an als Privileg und Ehre. Seine Eltern waren als politische Flüchtlinge Anfang der Achtzigerjahre nach Deutschland immigriert. Beide waren in ihrer Heimat, dem Irak, als Ärzte tätig und nach der Flucht ohne Anerkennung der ärztlichen Approbation im Zentralkrankenhaus als Pflegekräfte im Einsatz.

Adam genoss die Ruhe im Lesesaal, der kurz vor den Weihnachtsferien und nach den Klausurphasen wie verwaist, fast menschenleer zum konzentrierten Studieren einlud.

Am Ende der Tischreihen saß ein älterer Herr, vertieft in eine Schrift der Kunstgeschichte. Adam kannte ihn vom Sehen. Offenbar ein Teilnehmer des Seniorenstudiums, dem sich einige wissensdurstige Rentner widmeten.

In den Regalreihen am Anfang des Saales bemerkte er eine junge Studentin, die scheinbar auf der Suche nach einem bestimmten Buch durch die Reihen irrte. Die Stille des Raumes wurde durch ein kurzes ›Piep Piep‹ durchbrochen. Der NOKIA Standard-SMS-Ton.

Adam musste schmunzeln. Er wusste genau, wie peinlich es sein konnte, die angeordnete Ruhe durch ein nicht stummgeschaltetes Handy zu stören. Ein Ereignis, das vor einigen Jahren noch nicht existiert hatte. Noch extremer empfand er das Geräusch eines auf lautlos geschalteten, vibrierenden Handys auf einer Tischplatte, wenn ansonsten absolute Ruhe in der Bibliothek herrschte.

Seine Konzentration wurde durch das Öffnen der Tür am anderen Ende des Saales unterbrochen. *Jetzt ist ja hier ein Betrieb wie auf dem Bahnhof,* dachte er und war erheitert über seine Gedanken. Seine Konzentration war heute auf dem Tiefpunkt. Er ließ sich einfach von jeder Nebensächlichkeit ablenken. Zu euphorisiert war er immer noch über die guten Prüfungsergebnisse der letzten Klausuren, die er heute Morgen im Intranet des Prüfungsausschusses eingesehen hatte. Er nahm sich vor, noch das letzte Kapitel aus dem Beiwerk zum Staatsrecht zu Ende zu lesen und den Rest des Vormittags mit einer Trainingseinheit auf seinem Rudergerät zu verbringen.

Doch sein Plan sollte so nicht aufgehen. Noch ahnte er nicht, dass die Frau, die die Bibliothek soeben betreten hatte, nicht die Absicht hatte, hier nach Literatur zu suchen. Sie hatte einzig und allein das Ziel, ihn zu treffen und den Verlauf seines weiteren Lebens zu ändern.

Erst spät bemerkte er, dass die unbekannte Besucherin sich nach einem kurzen Aufenthalt am mittleren Bücherregal der Betriebswirtschaftslehrer mit einem zufällig ausgewählten Buch neben ihn setzte.

So viele freie Plätze, und sie wählt ausgerechnet den neben mir ... Höflich blickte er zu ihr und gab durch ein Lächeln zum Ausdruck, dass er die Frau wahrgenommen hatte.

Adam spürte, dass es unnötig war, einen weiteren Anlauf zu nehmen, das Kapitel zu Ende zu lesen. Seine Aufmerksamkeitsspanne sank gegen null. Einen kurzen Moment, bevor er sein Buch zuklappen wollte, sprach ihn die Unbekannte neben ihm an: »Adam Zamani?«

Adam blickte verwundert auf. Hatte er gerade seinen Namen neben sich flüstern gehört? Vorsichtig drehte er sich der Unbekannten neben sich zu.

»Mein Name ist Gudrun Hauser.« Sie schob ihm einen Ausweis über den Tisch. »Ich bin Beamtin beim Verfassungsschutz und zuständig für Gefahrenabwehr.«

Adam starrte auf die Karte und war unfähig, verbal zu reagieren. *Was will diese Frau von mir?,* dachte er und wartete auf weitere Informationen.

»Morgen früh ist Ihnen eine Tour bei JPD Logistik zugeteilt. Sie fahren mit einer Ladung von Prag aus nach Belarus.«

Adam war erstaunt über die Informationen, die er selbst zu diesem Zeitpunkt noch nicht hatte. Er wusste lediglich, dass er eine Tour hatte, geplant auf drei Tage. Um den Rest kümmerte sich der Kunde oder der Disponent im Büro bei JPD Logistik.

Gudrun schien seine Verwirrung zu bemerken. Sie war geschult, solche Situationen einzuleiten und die Überzeugungsarbeit – mit dem nötigen Druck – zielgerichtet auszuführen.

»Diese Fahrt ist von absoluter innenpolitischer Brisanz und Bedeutung. Es geht um einen der größten Waffendeals des letzten Jahrzehnts. Sie sollen einen wichtigen elektronischen Bausatz für eine Langstreckenrakete liefern. Mehr Informationen kann ich Ihnen dazu nicht geben.«

Sie ließ die Informationen wirken und beobachtete seine Rektion.

Adam starrte auf seine Lektüre und kam sich vor wie in einem falschen Film. *Verfassungsschutz. Langstreckenrakete. Innenpolitische Brisanz.*

Er klappte das Werk vor sich zu – ›Degenhart. Staatsrecht I‹.

»Wir wollen lediglich Informationen über den Transportweg und die beteiligten Personen und Stationen der Lieferung. Da Sie an allem dran sind, können Sie uns dabei unterstützen. Und natürlich soll das – neben der Sicherheit, für die wir natürlich sorgen werden – auch positive Auswirkungen auf Ihre berufliche Zukunft haben.«

Ihr Blick fiel auf das Buch vor Adam.

»Degenhart war auch mein Standardwerk im Jurastudium. Ich kenne ihn persönlich, wenn Sie wollen, stelle ich Sie einander vor … Sie sind ein fleißiger Student – tadelloser Verlauf bisher und beste Ergebnisse in allen Klausuren. Ihre Eltern sind sicher stolz auf Sie.«

»Habe ich eine andere Wahl?«, antworte er mit zittriger Stimme.

»Man hat immer eine Wahl«, gab Gudrun als Antwort. »Es ist nur die Frage, ob es die Richtige ist.«

Freitag, 8. August 2003, 18:45 Uhr

Adam sah sie von weitem den Wirtschaftsweg auf Höhe der Waldhütte entlanglaufen. Die Vorfreude auf das Treffen stieg mit der Erkenntnis, dass er nach über einem Monat Isolation endlich seine große Liebe wiedertreffen würde. Er konnte es kaum fassen, aber es hatte tatsächlich funktioniert. Und das, obwohl sein eigentlicher Aufenthaltsort streng bewacht und er vierundzwanzig Stunden unter dem Schutz von Beamten des LKA stand. Und doch hatte es Adam geschafft, ihr ein Prepaid Handy zukommen zu lassen und sich mit ihr an einem Ort zu verabreden, an dem keiner von ihnen jemals zuvor gewesen war. Er war sich sicher, dass niemand davon erfahren hatte. Den Beamten hatte er eine Nachricht hinterlassen, dass er nach dem Wochenende, rechtzeitig zum Prozessbeginn am kommenden Dienstag wieder zu seinem eigentlichen Safehouse zurückkehren würde.

Von Sophie wussten nur wenige in seinem Umfeld. Selbst seinen Eltern hatte er seine neue Liebe noch nicht vorgestellt. Er hatte die zurückhaltende Medizinstudentin letztes Jahr im Juli auf der Loveparade in Berlin kennengelernt. »Einmal Loveparade im Leben muss man mal mitgemacht haben«, war ihre Antwort auf seine Frage gewesen, ob sie schon öfter hier gewesen sei. Es hätte auch seine Formulierung gewesen sein können.

Als sie beide dann feststellten, dass sie in derselben Stadt studierten – er Jura, sie Medizin – da war es um die beiden geschehen. Sie hatten sich eine Woche später in seiner Studentenbude verabredet und waren fortan ein Paar. Ein heimliches Paar, denn Sophie musste zunächst ihre Beziehung zu ihrem Freund beenden, was sie innerlich schon lange getan hatte.

Von ihrer Liebe wussten bis zum besagten Tag in der Bibliothek nur wenige. Und so kam es, dass Adam ihren Namen bei allen Gesprächen des Verfassungsschutzes nicht erwähnt hatte. Als Freundin hätte sie mit ihm in den Zeugenschutz gehen können. Dieses Risiko wollte er jedoch keinesfalls eingehen.

Sophie hatte Adam vor über einem Monat das letzte Mal gesehen. Es war ein Abschied mit ungewissem Wiedersehen gewesen. Ein Abschied voller Emotionen. Wut. Trauer. Liebe. Hoffnung. Und ein Abschied mit vielen Zärtlichkeiten und wildem Sex. Sie hatten sich ohne Rücksicht auf Verluste geliebt. Und ohne auf so eine Nebensächlichkeit wie Verhütung zu achten. Das Resultat dieser Nacht trug Sophie nun voller Freude und Zuversicht in sich und wollte ihn, Adam, den Vater ihres ersten Kindes, heute mit der Nachricht überraschen.

Als Sophie am Chalet ankam, fing sie an, in seinen Armen zu schluchzen. Zu sehr hatte sie ihn vermisst. Gepaart mit der freudigen Botschaft ihrer Schwangerschaft inmitten der präsenten Gefahr, unter der sie sich trafen. Es war einfach alles zu viel und doch war der Moment überwältigend schön.

Sie lagen sich mehrere Minuten in den Armen und weinten. Bis Adam irgendwann zu ihr sagte: »So, Schluss jetzt. Aufhören zu weinen. Jetzt wird gefeiert.«

Sophie wischte sich die Tränen aus dem Gesicht und folgte ihm in das Holzhaus.

Adam war wie euphorisiert, nachdem sie ihm die freudige Nachricht berichtet hatte. Beide waren voller Glück und Stolz und für die wenigen Stunden vergaßen sie den Prozess, und die damit einhergehende Gefahr. Er wollte unter allen Umständen vermeiden, dass Sophie etwas passierte und bat sie, schon morgen in ihr altes Leben zurückzukehren. Sie hatten noch diese Nacht. Und dann wollte er es hinter sich bringen, um so schnell wie möglich mit ihr ein neues Leben zu starten.

Die Hitze war unerträglich. Selbst in der Nacht war es in dem Chalet kaum auszuhalten. Sophie ging mehrmals nach draußen, um frische Luft zu schnappen. Adam lag komplett nackt in dem geräumigen Doppelbett des Chalets. *Mit fünfzehn Grad weniger wäre die Hütte ein Traum,* dachte er. Er nahm sich fest vor, hier noch einmal mit Sophie Urlaub zu machen, wenn alles vorüber war.

Lange lagen sie wach nebeneinander und genossen den Moment der Ruhe und der Zweisamkeit.

Als Sophie dann – es musste kurz vor drei Uhr nachts gewesen sein – erneut draußen frische Luft schnappen wollte, entschied er sich, eine Zigarette rauchen zu gehen. Natürlich nicht in der Hütte, schließlich war der Zigarettenrauch für eine

Schwangere keine gute Sache. Adam rauchte nur gelegentlich. Trotzdem hatte er immer eine Schachtel bei sich. Es gehörte einfach zu bestimmten Momenten für ihn dazu. Sophie war bereits vor dem Chalet. Hektisch suchte er nach seinem Feuerzeug, das er normalerweise in der Zigarettenschachtel stecken hatte. Er kramte in seinem Rucksack. Irgendwo hatte er doch noch so ein Teil …

Mit Erleichterung und Vorfreude fand er das alte Zippo in der Seitentasche. *Hoffentlich geht das noch.* Er setzte sich auf die Bettkante.

Das letzte, das er durch die offenstehende Tür sah, war Sophie, die ihn von draußen verliebt anlächelte.

EPILOG

Mittwoch, 23. August 2023, 10:10 Uhr

Die Laderampe des Lkw senkte sich mit einer Europalette, auf der ein Gegenstand mit Expandern fixiert und mit Schutzfolie umhüllt stand. Der polnisch sprechende Spediteur war über ein Headset wild gestikulierend am Telefonieren, während er die Fracht vor dem Anwesen der Odenthals ablud.

Anna wunderte sich über die Anlieferung, da sie kein Paket erwartete. Sie beobachtete die Szene und schickte Roùl eine Sprachnachricht.

> »Roùl, Liebling. Hier kommt gerade ein Riesending auf einer Palette mit einem Lkw an. Hast du was Spezielles über die Spedition EUROTRANS bestellt?«

Während der Spediteur die Palette mit einem Elektro-Hubwagen die Einfahrt hochzog, sah sie im Chatverlauf, dass ihr Mann im Begriff war, zu antworten.

Einige Sekunden später kam die Auflösung: Ein Geschenke-Emoji, gefolgt von einem Herz-Emoji. Anna verdrehte die Augen. Das war typisch Roùl: Keine Zeit, eine ordentliche Sprachnachricht zu schicken. Zwei Emojis reichten und sie verstand, dass es eines seiner Überraschungsgeschenke war, die sie von Zeit zu Zeit unerwartet per Paketdienstleister oder Spedition erhielt.

Nachdem sie dem Lieferanten den Lieferschein unterschrieben hatte – dieser war immer noch auf Polnisch am Telefonieren – stand sie allein vor der mysteriösen Fracht. Sie ging zurück ins Haus und suchte in der Garage nach geeigneten Werkzeugen, um die Verpackung zu entfernen. Die Ausstattung von Roùls Werkstatt war professionell, obwohl dieser sie kaum nutzte.

Eigentlich war er handwerklich begabt, kam aber nie dazu, irgendetwas selbst zu reparieren. Meistens musste Anna sich darum kümmern und einen Handwerksbetrieb engagieren. Sie kannte bereits sämtliche Fliesenleger, Trockenbaumonteure und Elektriker im Umland von München. Doch heute war es so weit.

Der Seitenschneider und der Cutter wurden in Eigenregie erstmals benutzt. Anna war etwas unbeholfen, die Fracht wirkte teuer, aber nicht schwer. Sie entfernte die Unmengen an Sicherheitsfolie, die das Holzpaket in der Mitte der Platte schützten. Dann kniff sie die Plastikspanngurte mit dem Seitenschneider durch, die für den nötigen Halt sorgten. Als sie den Holzkasten in der Mitte freigelegt hatte stellte sie fest, dass es sich hier nur um einen Holzrahmen handelte, der mit Gurten befestigt als Hülle diente. Sie schnitt die beiden Gurte durch und sogleich klappte der vordere Teil des Rahmens nach hinten weg.

Erschrocken von der unvorhergesehenen Wirkung ihrer Handlung und dem Aufschnellen der Box ging sie langsam um die Palette herum. *Hoffentlich ist der Inhalt nicht beschädigt!* Hinter einem weiteren Schutz aus Luftpolsterfolie konnte sie bereits erahnen, was sich dahinter befand. Es war ein Gemälde. Und zwar ein sehr farbenfrohes. Sie spürte den schneller werdenden Puls in ihrem Körper. Ihre Erinnerungen überfielen sie wieder einmal ohne Vorankündigung. Anna zog die Folie vom Bilderrahmen. Und ihre Anspannung löste sich auf eine, für sie wundersame, Weise. Das Bild war auch ohne die Signatur eindeutig als eines ihres alten Freundes Felix zu identifizieren.

Noch vor einer Woche hätte sie einen Nervenzusammenbruch durch die Konfrontation mit ihrer Vergangenheit fürchten müssen. Das Gemälde löste aber zu ihrem eigenen Erstaunen nichts als Freude aus.

Nachdem sie die aufwendigen Befestigungs- und Schutzmaßnahmen entfernt hatte, trug sie es ins Haus und beschloss, noch heute eines der alten dadurch zu ersetzen.

Beim Betrachten des Bildes kam ihr ein Gedanke in den Sinn. Sie überlegte, welchen Teil ihrer Idee sie selbst für völlig absurd hielt. Aber sie war sich schlagartig sicher. Sie öffnete auf ihrem Smartphone die Reisebestätigung ihres Urlaubs mit Jesse, der für die letzte Ferienwoche geplant war. Ihr Sohn wusste ohnehin nur, dass die beiden in die Sonne fliegen wollten, während Roùl nach New

York musste, um mit neuen Investoren zu verhandeln. Ihrem Ehemann hatte sie das Ziel des Urlaubs noch nicht mitgeteilt. Sie stornierte den Flug nach Mallorca und suchte nach Flügen von München nach Teneriffa.

Sie buchte die überteuerte Reise und suchte im Anschluss nach Unterkünften in der Nähe von San Sebastián, der Hauptstadt auf La Gomera.

Nachdem der Flug und die Ferienwohnung gebucht waren, betrachtete sie das Bild erneut. Es war mit Abstand das schönste der Serie, die ihr Mann für viel Geld erstanden hatte. Je länger sie das Gemälde ansah, desto magischer erstrahlte es in ihrer Wahrnehmung. Sie empfand einen gewissen Stolz über das Talent von Felix. Sie war sich sicher, ihm damals in einer schweren Zeit beigestanden und geprägt zu haben. Ihr abrupter Abschied von Eichwald war ein konsequenter Abbruch mit allen Beziehungen gewesen.

Die Zeit war reif für ein Wiedersehen mit einem wichtigen Teil ihrer Vergangenheit.

Weitere Infos und Hintergründe:

www.eichwald.net

Po w

88791707R00223